Das Buch

Igor ist ein merkwürdiges Kind. Er berührt Dinge, um sie zu verstehen, malt Kreise auf Hauswände und sortiert Schachteln in Schachteln ein. Während er älter wird, übt er das Schmelzen, entdeckt das Nichts und bezweifelt die Endlichkeit. Er verliebt sich und trägt eine Last, die zu schwer ist, er trifft auf den Tod und versucht schließlich, hundert Tage ohne Licht und Geräusche zu verbringen. Seine Reise führt ihn an die Grenzen der Vernunft und verändert seine Wahrnehmung der Welt für immer. Robert Gwisdek schreibt in seinem Debütroman mit einer solchen Sprachmacht und Fantasie über Wahrheit, Wahnsinn und Liebe, dass man das Leben danach mit anderen Augen sieht.

Der Autor

Robert Gwisdek, geb. 1984, hat die Schule abgebrochen und als Schauspieler gearbeitet, er ist Sänger und Texter der Band *Käptn Peng & Die Tentakel von Delphi*, filmt, schreibt und schneidet Musikvideos und Kurzfilme, baut Möbel und übt das Üben. Er kommt aus Berlin, wandert aber viel.

KiWi

1375

ROBERT GWISDEK

DER UNSICHTBARE APFEL

ROMAN

Kiepenheuer & Witsch

MIX
Papier aus verantwortungsvollen Quellen
FSC® C006701
www.fsc.org

Verlag Kiepenheuer & Witsch, FSC® N001512

1. Auflage 2014

Umschlaggestaltung: Barbara Thoben, Köln
Gesetzt aus der Adobe Caslon
Satz: Buch-Werkstatt GmbH, Bad Aibling
Druck und Bindearbeiten: CPI books GmbH, Leck
ISBN 978-3-462-04641-0

Dieser Satz ist eine Lüge.

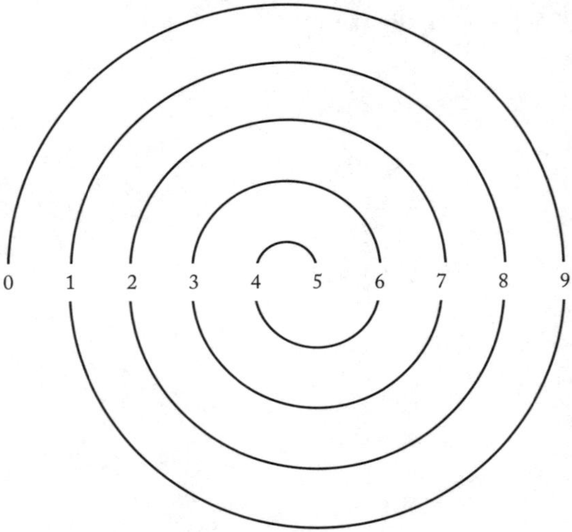
0 1 2 3 4 5 6 7 8 9

Dieser Satz ist wahr.

Vorgeschichte

Igor war ein unkonzentriertes Kind.

Konzentration schien ihm ermüdend und eng. Alles, was eine gewisse Größe unterschritt, wie beispielsweise Schrift in einem Buch, war mühsam für ihn anzusehen. Manchmal zwang er sich, auf einen einzelnen Punkt zu starren, auf einen Fleck oder einen kleinen Riss in der Tapete, und so lange wie möglich nicht von ihm abzuweichen. Aber es dauerte meist nur ein paar Sekunden, bis das Bild vor ihm verschwamm und seine Augen eine unwillkürliche Bewegung zur Seite machen mussten.

Immer wieder rutschte seine Konzentration an der Welt und ihren Ereignissen ab wie an einem nassen Felsen und auch die Menschen nahm er meist nur verschwommen wahr. Sein Geist war wie ein Schwarm Fische, dachte er oft, und weder hatte er ein Netz, um ihn zu fangen, noch einen Köder, um ihn zu locken, er bewegte sich nach eigenen Gesetzen und Igor blieb nichts weiter übrig, als ihm zu folgen.

Nur wenn es ihm gelang, nicht nach ihm zu greifen, zog der Schwarm ihn an Orte, die schön waren und ihn entspannten. Dann stieg oft eine bebende

Freude in ihm auf und sein Körper geriet in eine derartige Hitze, dass es für seine Eltern fast ein wenig beunruhigend war. Ohne ersichtlichen Grund lachte er in den unpassendsten Momenten auf und konnte meist für eine Weile nicht mehr damit aufhören.

Igor rannte viel umher, um Dinge anzufassen. Bäume, Tiere, Menschen, Gräser, Autos, Tische, Stühle – alles musste er berühren, um zu überprüfen, ob es tatsächlich da war. Er war misstrauisch gegenüber der Welt und oft glaubte er erst an die Dinge, wenn seine Hände auf ihnen lagen. Seine Finger waren sensibler als seine Augen und er konnte den Körper und die Beschaffenheit eines Objektes, einer Pflanze oder eines Menschen nur dann ganz erfassen, wenn er sie berührte. Wenn er die Welt anfassen durfte, wurde sie klar, und wenn er gerade nichts in den Händen hielt, war er oft in Gedanken versunken, als würde er nach der Lösung eines unsichtbaren Problems suchen. Seine Augen wurden glasig und man musste laut seinen Namen rufen, um ihn zurückzuholen.

Eines Nachts rieb er sein Gesicht mit Erde ein und stellte sich still in das Schlafzimmer seiner Eltern. Als sie erwachten, erschraken sie, und auf die Frage, warum er das tat, wusste er keine Antwort.

Mit fünf stellte er zum ersten Mal fest, dass er stattfand. Es erstaunte ihn. Gar nicht so sehr die

Erkenntnis an sich, sondern dass es ihm vorher anscheinend nicht aufgefallen war. An der Feststellung war nichts, was man in aufwendigere Worte fassen konnte. Er saß auf dem Teppich und stellte voller Erschütterung fest, dass er passierte.

Wenn die Dämmerung hereinbrach, lief er oft durch die Straßen und erfreute sich an den Laternen und an den schreienden Schwalben.

Igor konnte sich nicht entscheiden, was er vom Leben halten sollte. Manchmal empfand er die Welt als Unsinn. Manchmal liebte er sie und ihre Bewohner so sehr, dass es ihn schmerzte. In solchen Momenten glaubte er schier zerplatzen zu müssen vor Freude darüber, dass es die Welt gab.

Und doch kam es ihm unlogisch vor, dass sie da war. Logischer schien ihm, sie wäre nicht vorhanden. Irgendwo musste etwas sehr Seltsames vorgegangen sein und er freute sich heimlich darüber. Er fragte sich, ob die Erwachsenen von dem Vorhandensein der Welt ebenso irritiert waren wie er. Ihre Selbstverständlichkeit erstaunte ihn. Allein die Sprache, die sie benutzten, war ihm ein Rätsel. Alle nannten sie die Dinge beim selben Namen. Ein Ball war für alle ein Ball. Irgendjemand hatte eines Tages damit angefangen, einen Ball Ball zu nennen, und alle waren damit einverstanden. Hatten sie sich dazu entschieden? Es waren so viele Menschen und so viele Objekte, wie hatten sie alle übereinkommen können? Gab es verfeindete Lager? Menschen, die Ball See nennen wollten und See Ball? Oder hatte sich der Ball seinen Namen am Ende selbst gegeben? Das wäre immerhin möglich. Die meisten Dinge schienen eine eigene Intelligenz zu besitzen und manchmal in einer guten und manchmal in einer schlechten Stimmung zu sein. Um darauf eingehen zu können, baute sich Igor einen Neutralisierungskasten aus einer Keksdose. Damit konnte er schlecht gelaunte Objekte wie die Haarbürste seiner Mutter oder die Brieftasche seines Vaters emotional entladen.

Das Gute daran war, dass die Objekte es ihm dankten und er dadurch in jedem Raum der Wohnung Freunde fand. Den Schrank, die Lampe, den Heizkörper, die Einweggläser. Das Schlechte war, dass nun Verantwortung auf ihm lag und die Objekte nicht in ihrer guten Stimmung blieben. Bald musste er täglich für gute Laune unter den Objekten sorgen und es überforderte ihn.

Manchmal lag er auf dem Boden des Wohnzimmers in einem Sonnenfleck und wurde von einer tiefen Rührung erfasst. Der Teppich, die Bücher, die Heizung, Geräusche aus der Küche, Blumenvasen, der Kaffeerand auf der Tischdecke, Vogelleichen auf der Straße, Kindergeburtstage, der Geruch von Schränken und Großmüttern, Turnschuhe, Teekannen, alles bewegte ihn und er fühlte eine große Zärtlichkeit zu den Erscheinungsformen.

Lange glaubte er, die Welt sei eine unglaublich raffinierte Konstruktion, die vergessen hatte, wofür sie da war. Sie schien verlassen, wie ein Vergnügungspark, dessen Besitzer verschwunden waren, dessen Attraktionen aber noch blinkten und der angefüllt war mit Besuchern. Nur diejenigen, die den Park gebaut hatten, waren nirgendwo zu finden.

Als er sechs wurde, biss er ein Nachbarskind in die Hand. Die beiden spielten Verstecken und das Nachbarskind sagte im Scherz, er solle die Augen schließen und bis unendlich zählen. Igor war der Ansicht, dass Unendlichkeit nichts war, womit man Scherze trieb. Das Nachbarskind weinte bitterlich und Igor wurde schwer gescholten. Er schämte sich für seine Reaktion und biss sich nachts, während er im Bett lag, heimlich selbst.

○

An vielen Nachmittagen schlenderte er über Hinterhöfe und Wiesen und hatte großes Heimweh nach dem Ort, an dem er sich bereits befand.

Oft sprach er leise zum Universum und bot ihm seine Hilfe an. Er war der Überzeugung, dass eine Zusammenarbeit für beide von Vorteil sein müsste.

Doch das Universum schwieg und schickte ihm Zufälle, die er nicht verstand, und Aufgaben, die er nicht mochte. Es schien ihn testen zu wollen, bevor es seine Mitarbeit akzeptierte.

In diesen Momenten war es ihm, als fände er nirgendwo Eingang. Dann wurden die Dinge um ihn herum gespenstisch und grotesk. Sie beunruhigten ihn mit ihrer penetranten Anwesenheit, die keine Rücksicht darauf nahm, ob er selbst gerade vorhanden war oder nicht.

Gern stieg er in heruntergekommene Häuser ein und suchte nach unsichtbaren Türen. Mit Kreide malte er ovale Formen auf die Wände und versuchte, durch sie hindurchzugehen.

Igor empfand Freude daran, Dinge zu sortieren. Haargummis, Nägel, Kronkorken, Kastanien.

Er meinte, eine Ordnung herstellen zu müssen. Wenn es nur ein richtiges System gäbe, in das er die Dinge in ihrer vorbestimmten Reihenfolge einfügen könnte, würde alles wie von selbst in seine Funktion fallen. Aber seine Konzentration war zu schwach.

Er legte eine Schachtelsammlung an, die ihm sehr half. Allerdings sammelte er ab dem Moment, in dem er begriff, dass Schachteln ihm halfen, die Dinge zu sortieren, fortan nichts weiter als Schachteln und sortierte die kleineren in die größeren.

Mit sieben wurde Igor eingeschult. Er entwickelte Ängste vor Reptilien und vor ungeraden Zahlen. Auch mochte er bestimmte geometrische Formen nicht. In Treppenhäusern musste er immer die ungeraden Stufen benutzen, gerade weil er Angst vor ihnen hatte. Er glaubte damit verhindern zu können, dass sie ihm entgegensprangen, um sich an ihm dafür zu rächen, dass sie ungerade waren. Wenn er die Kante eines Glases oder einer Tasse berührt hatte, musste er ihren gesamten Rand abstreichen.

Er mochte es nicht, wenn etwas nicht in sich geschlossen war. Vor allem nicht Kreise. Sie übten eine fast dunkle Anziehung auf ihn aus. Er empfand sie als mächtig und fürchtete sie ein wenig. Um sich mit ihnen anzufreunden, malte er so viele kleine Kreise auf ein Blatt Papier, wie darauf Platz fanden, und verbrannte es im Hof.

In der Schule verstand er kaum etwas.

Er begriff einfach nicht, worum es ging.

○

Manchmal stritten seine Eltern und er baute sich kleine Räume aus Kisten oder Wäschekörben, in die er sich hineinfalten konnte. Er meinte sich selbst einsortieren zu müssen. Igor saß lange darin, lauschte in die Stille und hoffte, dass das Leben ihm die Auflösung seines Scherzes zuflüstern würde. Er verpasste das Mittag- und das Abendessen und manchmal wachte er irgendwo auf und wunderte sich, wie er dorthingekommen war.

Auch sein Körper war ihm ein Rätsel. Er schien ihm wie ein Tier, das er bewohnte. Ein Tier, welches er zähmen und dressieren musste, um ihm Tricks und Spiele beizubringen. Doch sein Körper war ängstlich, unbeholfen und vergesslich. Er begleitete ihn misstrauisch und wunderte sich oft, wie beschränkt er war. Ungeschickt und laut stolperte er durch die Welt, er verwechselte vieles miteinander und ließ Dinge fallen. Sein Körper war ein Idiot und er schämte sich oft für ihn.

Er versuchte beruhigend zu ihm zu sprechen, um ihm nicht das Gefühl zu geben, dass er ihn nicht mochte, und manches Mal hätte er ihn gern in den Arm genommen. Aber sein Körper ließ sich nicht von ihm berühren.

Igor begann streng mit ihm zu werden. Einmal aß er einen kleinen Stein, um zu beobachten, wie er durch seinen Organismus wieder zum Vorschein getrieben wurde. Er hielt seine Hand über die Flamme einer Kerze und kämpfte gegen den Schmerz, bis er sie zurückziehen musste. Es war ihm unangenehm, von ihm abhängig zu sein.

Weder durfte Igor seinen Körper ganz betreten

noch durfte er ihn ganz verlassen. Er musste ihn füttern und zu Bett bringen, wenn er selbst gern noch gespielt hätte, und wo immer er hinwollte, hielt sein Körper ihn fest umklammert wie ein ängstliches Kind.

Wenn er nur in ihn hineingleiten könnte, um ihn von innen ein wenig auszudehnen, ihn aufzurichten und groß werden zu lassen! Igor wollte abschweifen und in die unendlichen Formen tauchen, die er sah und über die er oft versunken nachdachte. Aber sein Körper schien ihm nicht folgen zu wollen.

○

In der Schule war Igor meist still.

Er war bedacht, sich nicht überführen zu lassen, auch wenn ihm nicht ganz klar war, wobei. Vorsichtig versuchte er, die Scherze und Spiele der anderen Schüler mitzuspielen und zu erraten, was die Lehrer von ihm hören wollten, wenn sie ihm Fragen stellten, die er nicht verstand. Je länger er in die Schule ging, desto wütender wurde er auf die Zeitverschwendung, die sie darstellte.

Auswendiglernen abstrakter Inhalte, Befolgen seltsamer Verhaltensregeln, nie enden wollendes Wiederholen unwesentlicher Themen. Nicht nur dass die Schule nichts trainierte, was er brauchte, auch war sie verkrümmend und sparte das Wesentliche aus.

Einmal bat er um eine Unterredung mit dem Direktor seiner Grundschule. Igor betrat sein Büro und schlug ihm vor, dass es ein Fach geben sollte, welches mit verbundenen Augen abgehalten würde. Er sagte, dass er nun schon zwei Jahre zum Unterricht komme, aber nichts finden könne, was den Tastsinn oder das Gehör trainiere. Auch sein Geruchssinn werde nicht geübt, geschweige denn die Fähigkeit, mit Tieren zu sprechen. Darüber hinaus müsse das lange Sitzen aufhören, da es hochgradig ungesund sei, und er verlangte zu wissen, ob sich das ab der dritten Klasse ändern würde. Der Direktor lachte und schenkte ihm eine Süßigkeit.

Mit zehn war er überzeugt, dass er von einem anderen Ort auf die Erde gekommen und dabei ein Unfall passiert war, infolgedessen er sich nicht mehr an seine Herkunft erinnern konnte. Er unterrichtete seine Umwelt davon, aber diese konnte sich auch nicht daran erinnern.

Igor malte sich einen Kreis auf die Stirn, brach abends in das Schulgebäude ein und schrieb »Vorsicht!« auf alle Tafeln.

Einmal schrie er einen Lehrer an, entschuldigte sich aber sogleich wieder, denn er mochte es nicht, Menschen anzuschreien. Die meisten seiner Mitschüler ignorierten ihn oder machten sich über ihn lustig und er wusste nicht, ob er ihnen zu viel oder zu wenig war.

Er konnte Menschen schwer einschätzen und nahm sie manchmal nicht und manchmal viel zu ernst.

An einem Wintertag schraubte er das Küchenradio seiner Eltern auseinander, sah sich die Einzelteile an und überlegte, was sie wohl zu bedeuten hatten. Er war fasziniert von der Tatsache, dass es ein Gerät war, welches man auf unterschiedliche Frequenzen einstellen konnte, die, wie seine Eltern sagten, unsichtbar durch die Luft vibrierten, um dann klar verständlich Sprache und Musik wiederzugeben. Ganze Orchester schwebten unhörbar durch den Raum. Und dann auch noch mehrere gleichzeitig. Wie viel Platz in der Luft sein musste!

Er fragte sich, wie die anderen Menschen es schafften, so unbeteiligt zu wirken. Die wenigsten schienen zu genießen, dass sie am Leben waren. Jedes Reh, jeder Vogel strahlte Gelassenheit aus. Der Mensch jedoch hatte oft eine merkwürdige Verzerrtheit und Trauer in seinem Blick.

Er mochte das Leben und er mochte auch seine Unwegsamkeiten, aber je älter er wurde, desto weniger konnte er sich erklären, warum alles war. Zu diesem Zeitpunkt dachte er noch, dass man so etwas wohl erklärt bekäme, wenn man älter würde, aber als er herausfand, dass die Erwachsenen, die ihm sagten, wann er zu essen und zu schlafen habe, wann er aufhören müsse zu spielen und wann er sich waschen solle, dies ebenfalls nicht wussten, wurde er verwirrt. Wie konnte das sein? Es störte ihn und trieb ihn in eine tiefe Verstimmung. Er mochte die meisten Erwachsenen, aber es kam ihm lächerlich vor, dass sie existierten, ohne zu verstehen, warum. Dass das Leben überhaupt existierte, war schon merkwürdig genug, aber dass dieses Leben Menschen hervorbrachte, die zwar aus ihm erwuchsen, aber keinerlei Anhaltspunkte für die Begründung dieser Sachlage zu haben schienen, war grotesk und inakzeptabel. Über die kleinlichsten Fragen unterhielten sie sich ganze Wochen. Künstliche Landschaften aus Missverständnissen und Eifersüchteleien, Hin- und Herschieben abstrakter Zahlengebilde und Kämpfe um unsichtbare Positionen. Wie jemand aussah, was er trug oder wie er sprach, schien von immenser Wichtigkeit. Er fand es befremdlich, aber doch gab es etwas in ihm, was die Leidenschaft bewunderte, mit der die Menschen ihre Kämpfe austrugen. Sie wirkten so überzeugt von der Wichtigkeit ihres Tuns, dass es fast ansteckend war.

○

Igor kam in die Pubertät und mit ihr fing er an, bestimmte Dinge nicht mehr zu mögen. Bisher mochte er sehr viel, doch nun überkam ihn eine plötzliche Abneigung gegenüber Dingen, die von zu vielen anderen Menschen gemocht wurden. Ihr Mögen kam ihm wahllos vor und viele schienen bestimmte Dinge nur zu mögen, weil viele andere sie mochten. Dann lernte er andere Menschen kennen, die ebenfalls Dinge nicht mochten, weil sie von vielen anderen gemocht wurden, und fing an, es nicht zu mögen, wenn Leute etwas nicht mochten, nur weil es von vielen anderen gemocht wurde. Er war verwirrt und mochte eine Zeit lang das Mögen nicht mehr.

Bald mochte er es aber nicht mehr, das Mögen nicht zu mögen. Mögen war schön, nur seine Pubertät empfand es als albern und so fing er an, eine Mischform aus Neutralität und Gutwilligkeit zu entwickeln, die sich ein wenig wie Mögen anfühlte.

Als auch das nicht gelang, gab er auf, über das Mögen nachzudenken. Nachdenken schien ihm kindisch und seine Pubertät entwickelte eine Abneigung dagegen. Allerdings mochte er nicht, dass er etwas nicht mochte, und mochte dann auch wieder das Nachdenken.

Er schwieg eine Weile und bekam Ausschlag.

Manchmal geriet er in Angstzustände, in denen er seinen Unterkörper nicht mehr spürte. Seine

Muskeln waren gespannt, seine Haut fühlte sich taub an und das lange Sitzen in der Schule machte ihn aggressiv.

Immer mehr quälten ihn Fragen, die ihm niemand beantworten wollte, und er begann zu verstehen, dass sich das nicht so schnell ändern würde. Sein erstes, wahrhaft zermürbendes Rätsel war die Frage nach der Unendlichkeit. Er konnte sie sich einfach nicht vorstellen. Aber er konnte sich auch nicht vorstellen, dass es sie nicht gab. Dies verärgerte ihn. Wieso konnte er sich etwas nicht vorstellen, dessen Gegenteil er sich ebenfalls nicht vorstellen konnte?

Unendlichkeit von Raum und Zeit, dass schon immer etwas war, war einfach nicht möglich. Das Gegenteil jedoch, dass irgendwann nichts war und aus dem Nichts dann plötzlich etwas geboren wurde, war ebenfalls nicht vorstellbar. Wie sollte denn aus dem Nichts etwas entstanden sein? Dann müsste dieses Nichts ja etwas sein, das etwas hervorbringen konnte, und somit konnte es nicht nichts sein.

Er stellte sich die Unendlichkeit mithilfe einer niemals endenden roten Linie vor, die er aus seiner Hand in den Himmel dachte. Wenn das Universum unendlich war, musste diese Linie es auch sein. Das Leben hatte keinen Rand. Es ging immer weiter.

Immer immer immer immer immer immer immer

immer immer.

Dann hörte er eines Tages, dass das Universum sehr wohl einen Rand hatte und sich sogar ausdehnte. Er war perplex. Dies musste wohl falsch sein, dachte er, denn in nichts könnte sich ja auch nichts hineinbewegen. Dass der Raum leer war, in den das Universum hineinwuchs, war zwar vorstellbar, aber der war ja dann nicht nichts, sondern lediglich leer, und er musste dann auch immerhin unendlich und randlos sein.

Es ergab keinen Sinn, aus welchem Winkel er es auch betrachtete.

Lange wälzte er sich in dieser Frage hin und her und kam zu dem Schluss, dass das ganze Leben unlogisch war und er es nicht länger als existent akzeptieren wollte. Er fiel in eine finstere Verneinung der Welt. Irgendetwas lief furchtbar falsch und keiner wollte es zugeben. Viele sagten lachend, dass man keine Antworten auf diese Fragen finden könne oder müsse, was ihn maßlos wütend machte. Wie sinnlos, stumpf und idiotisch kam ihm alles vor, unmutig ihrem Rätsel ergeben waren die Menschen, unmündig, wenn sie meinten, sie seien selbst nicht dazu in der Lage, die Antwort zu finden. Warum sollte man nicht dazu in der Lage sein, die Antwort auf eine Frage zu finden, die man in der Lage war zu stellen? Dies wäre im höchsten Maße unfunktional und er schätzte die Natur nicht so unpraktisch ein. Sie schien schon zu wissen, worauf sie hinauswollte.

Und so kam er zu dem Schluss, dass er und alle anderen etwas übersehen mussten. Nur was? Er konnte sich noch immer schlecht konzentrieren und seine

		EUR
KINK.WAFFELEIER	0019	0,85 A
KARTOFFELN	0061	4,49 A
MILR.FRÜHL.QUARK	0036	0,99 A
KRÄUTERQUARK	0036	0,89 A
BIO E.FRISCHKÄSE	0036	0,89 A
SNICKERS	0021	0,69 A

Posten: 6

Summe EUR: 8,80

Bar	EUR	5,00
Bar	EUR	5,00
Rückgeld	EUR	-1,20

	MWST	BRUTTO	NETTO
A 7%	0,58	8,80	8,22

Mit der Deutschland-Card hätten Sie
auf den Umsatz von: 8,80 EUR
4 Punkt(e) erhalten !

Es bediente Sie: Frau Andreovits
21.03.14 21:31 002 34 5908

EDEKA Mincen-Hannover
Ust.-Ident-Nr.: DE 266067317

Q U I T T U N G
Vielen Dank für Ihren Einkauf
Besuchen Sie uns bald wieder!
Öffnungszeiten
Mo. - Sa.: 08:00 - 22:00 Uhr

GÜ

GÜNSTIG

VERSPROCHEN

GARANTIERT GÜNSTIG

Um die Qualität des Ausdruckes für 5 Jahre erhalten zu können, bitten wir Sie, den Ausdruck vor direkter Sonneneinstrahlung und Hitze zu schützen.
Bitte den Kassenbon nicht in Klarsichthüllen (Gefahr durch Weichmacher) oder in der Leder-Geldbörse (Gefahr durch Gerbmittel) aufbewahren.
Sollten Sie eine längere Aufbewahrungszeit benötigen (z.B. durch steuerliche Aufbewahrungsfristen), so bitten wir Sie, sich eine Kopie anzufertigen.

GUT & GÜNSTIG

AUF DAUER GARANTIERT GÜNSTIG VERSPROCHEN

GARANTIERT GÜNSTIG

Gedanken und Vorstellungen waren gegenüber seinem Fokus wie gleichpolige Magnete: Je näher er sie heranzuziehen versuchte, desto größer wurde die Kraft, die sie abstieß.

Viele schöne Theorien waren in seinem Kopf, aber jeder Griff nach ihnen führte zu einem Wegschnellen und einer Verwirbelung. Und doch kamen sie immer wieder wie Rehe an die Lichtung seines Verstandes und grasten scheu und still. Er konnte sie aus den Augenwinkeln beobachten und ihre Größe und Gestalt erahnen. Gern hätte er mit ihnen gespielt, sie gefüttert, sich mit ihnen unterhalten und vielleicht sogar, dies war sein größter Wunsch, auf ihnen geritten. Aber sobald er sie direkt ansah oder sich ihnen näherte, schnellten sie weg und verschwanden tief im Wald seines Geistes.

○

Er verstand nicht, warum seine Gedanken von so schöner Gestalt waren, aber anscheinend nicht von ihm ergriffen werden wollten. Sie schienen ihn zu ärgern. Weder konnte er ihnen befehlen noch sie fangen. Zu spitz waren seine Gedanken. Alles nahm er in einzelnen Punkten wahr, aus denen er ein größeres Bild zu formen versuchte, aber immer wieder fiel es in sich zusammen.

Das Rätsel der Unendlichkeit war zu komplex, um es mit einem solchen Geist umgreifen zu können, und wenn er es lösen wollte, musste er ihn wohl verändern. Mein Geist muss eine Fläche werden, dachte er. Eine große Fläche, in die ich das Rätsel hineinlegen kann wie einen Salzstein in ein Wasserbad, sodass es sich von selbst darin auflöst.

Und so übte er eine Fläche zu werden.

Immer öfter starrte er seine Zimmerdecke an und versuchte, nicht nur einzelne Details zu erhaschen, sondern breit zu sehen, indem er leicht mit den Augen nach außen schielte. Er wollte die Zimmerdecke als Ganzes sehen. Noch immer sprang seine Pupille von Detail zu Detail, von Fleck zu Fleck, und wenn er die Augen schloss, um sich an das Bild zu erinnern, war da ebenfalls nur eine Ansammlung verschleierter Fragmente und Farbtupfer. Er musste einsehen, dass es tief in seinem Wesen verankert war abzuschweifen.

Aus Frustration darüber versuchte er eines Nachmittags, als er auf dem Bett lag, nicht mehr eine Fläche, sondern das Abschweifen von ihr anzustarren. Es gelang ihm nicht recht und so versuchte er, den Versuch, das Abschweifen anzustarren, anzustarren. Als er des Starrens müde wurde, versuchte er es mit Schauen. Schauen kam ihm weicher vor, führte aber dazu, dass er schnell vergaß, was er gerade tat, und anfing abzuschweifen.

Als er jedoch begann zuzuschauen, wie er vergaß, den Versuch des Anstarrens des Abschweifens anzustarren, passierte plötzlich etwas. Er gelangte zu einer Mischform aus Schauen und Schweifen, was für kurze Momente ein starkes Zucken in seinem Körper auslöste. Das Zucken war so abrupt und kräftig, dass Igor glaubte, etwas Bedeutsames entdeckt zu haben, und er begann, sich fortan täglich darin zu üben.

○

Mit 16 nahm Igor einen Zug und fuhr in eine fremde Stadt. Dort ging er in ein teures Hotel, tat so, als würde er jemanden besuchen, und schlief im Treppenhaus. Er glaubte, dass in teuren Hotels niemand die Treppen benutzen würde und selbst wenn ihn jemand entdeckte, konnte ihm nichts weiter passieren, als rausgeworfen zu werden. Rausgeworfen werden ist nicht schlimm, dachte er und versuchte, die Vorstellung, rausgeworfen zu werden, von dem damit eng verbundenen Gefühl, ausgestoßen zu werden, zu trennen. Er hatte festgestellt, dass sich seine negativen Gefühle auf erstaunliche Weise erleichterten und verflüchtigten, wenn er sie unbeweglich anstarrte. So tat er es auch mit seiner Angst, entdeckt zu werden, und schlief entspannt in einem Schlafsack im obersten Stock des warmen Treppenhauses.

Tagsüber ging er in ein Museum, um Kaffee zu trinken und Menschen zu beobachten. Er mochte es, Menschen zu beobachten, die gerade etwas beobachteten. Menschen, die nur durch die Straßen liefen, waren meist nicht so schön anzusehen wie Menschen, die sich etwas anschauten, wofür sie sich interessierten oder zumindest bezahlt hatten.

Manche waren dabei, denen er ein ähnliches Schauen und Schweifen ansah, wie er es geübt hatte. Sie blickten nicht nur auf ein Gemälde und sammelten mit ihren Augen die Details, sondern sie schauten es als Ganzes und ließen das Bild zurückblicken.

Er mochte die Bilder anschauen, aber noch mehr mochte er es, die Menschen anzusehen, die sie betrachteten. Sie bereiteten ihm eine Freude, die er nicht ganz verstand.

Als er nach vier Tagen wieder zurück war, war seine Familie sehr verärgert. Sie hatte sich Sorgen um ihn gemacht und er entschuldigte sich.

Zurück in der Schule, wurde er immer verstörter. Er versuchte, sich auf ihren Inhalt wie auf ein Kunstwerk zu konzentrieren, aber es gelang ihm nicht. Ihr Inhalt verschwamm vor seinen Augen und oft überkam ihn eine unbezwingbare Müdigkeit und Wut, wenn er in den grauen Räumen saß, um Worten zu folgen, die ihm leblos vorkamen. Igor hatte das Gefühl, ihm fehle ein gewisses Talent, das die anderen Schüler besaßen. Die meisten schienen keine Probleme mit den komplexen Inhalten zu haben und er suchte die Schuld bei sich selbst. Seine Zensuren wurden schlechter und er musste sich entscheiden, eine Klasse zu wiederholen oder abzubrechen, und er beschloss in der Mitte der elften Klasse, die Schule zu beenden.

Seine Eltern drängten ihn, eine Lehre anzufangen oder etwas zu studieren, wofür man kein Abitur brauchte, aber er wusste nicht, was. Er lief durch die Straßen, kletterte in verlassene Gärten, wanderte durch Hinterhöfe, badete in dem Fluss, der durch seine Stadt zog, und suchte nach einer Kühlung für seinen überhitzten Geist.

Nach einer Weile des Nichtstuns versuchte er sich in einem Beruf, an den er durch Verwandte gelangt war, aber es ging ihm meist schlecht dabei. Zu viele Masken zwang er ihm auf und er fühlte sich ungeschickt darin, sie zu tragen. Er verdiente gutes Geld, aber immer wieder riss ihn eine dunkel pochende Sehnsucht aus jeglicher Konzentration.

Ihm wurde klar, dass sein Abschweifen ein Ende haben musste, und er entschloss sich, ein Experiment zu unternehmen. Eine Woche lang wollte er nichts weiter tun, als sich dem Zählen zu widmen. Er war der Ansicht, dass sich jemand, der gut zählen konnte, auch gut in der alltäglichen Welt zurechtfinden müsste.

Er täuschte vor, erkältet zu sein, und blieb eine Woche lang in seinem Zimmer.

○

Igor kaufte sich ein leeres Heft, in das er kleine Striche zeichnete, um mit deren Hilfe die Flecken des Dachfensters zu zählen. Ihm war egal, was er zählte. Es ging ihm ausschließlich darum, seinen Fokus lange genug auf einer praktischen Tätigkeit zu halten.

Nachdem er für das Dachfenster nur einen halben Tag benötigt und 312 Flecken gezählt hatte, sah er sich um und überlegte, wie er fortfahren sollte. Der Boden war ebenfalls sehr fleckig, aber es war schwer auszumachen, was ein Fleck und was lediglich eine Färbung war. Er stellte ein System auf, nach dem er drei Fleckentypen einordnen konnte, schob die Möbel zur Seite und begann den Boden abzuzählen.

Schnell musste er feststellen, dass sein Geist bei dieser Arbeit ermüdete, und er begann parallel zu den Flecken auch seine Atemzüge zu notieren. Alle zwei Minuten hielt er die Luft an und schrieb das Zwischenergebnis auf. Er beschloss, dass es sinnvoll sein müsste, wenn er schon seinen Atem zählte, auch wirklich alle Züge zu zählen, die er in der Woche, die er sich freigenommen hatte, tat.

Beim Zubettgehen klebte er sich mit Klebeband eine kleine Pfeife in den Mund und eine in jedes Nasenloch und schaltete ein Tonbandgerät ein. Als er am nächsten Morgen erwachte, hielt er die Luft an, spulte zurück und zählte, während er die Vorspul- und die Abspieltaste gleichzeitig gedrückt hielt, die Pfeiftöne, die er auf dem Band hörte. Eine Woche lang musste er nachts alle halbe Stunde aufstehen, um das Tonband zu wechseln. Parallel dazu zählte er Flecken an den vier Wänden, an der Decke, an der Tür, auf dem Bett, auf dem Tisch, auf der Klinke, auf den Leisten des Bettes, auf der Unterseite des Tisches, auf beiden Lakenseiten, wobei er darauf achtgab, die Flecken der Oberseite, die dunkel genug waren, um auf der anderen Seite durchzuscheinen, nicht noch einmal mitzuzählen, auf dem Lampenschirm, wofür er das Bett hochkant stellen musste, um von oben sehen zu können, auf seiner Kleidung, außen und innen separat, und auf seinem Körper. Als Fleck definierte er sowohl Fremdpartikel wie Dreck und Farbe und materialeigene Hervortretungen, zum Beispiel auf seinem groben Flanellhemd oder seiner Haut. Als er nach einer Woche fertig war, hatte er 140 747 Atemzüge und 8653

Flecken in drei unterschiedlichen Kategorien gezählt.

Igor war erschöpft und meinte nun geübt genug zu sein, um sich den normalen Dingen des Alltags widmen zu können. Er verließ sein Zimmer und warf das Heft, das er zum Zählen benutzt hatte, in den Papierkorb. Erleichterung erfasste ihn.

Die beiden Ergebnisse, die er errechnet hatte, schrieb er ohne weitere Bezeichnung auf einen kleinen Zettel, legte ihn auf den Küchentisch und trat aus dem Haus, um einen Spaziergang zu machen, etwas zu essen und sich dem Zählen zu entwöhnen. Auf seinem Weg fing er unwillkürlich an, seine Schritte zu zählen, aber er verbot sich, damit fortzufahren.

Er überlegte, dass es spannend sein müsste, einmal 100 Tage in einem dunklen Raum ohne Licht und Geräusch zu verbringen. Es müsste etwas Sinnvolles dabei herauskommen, dachte er.

Am selben Tag traf Igor das erste Mal auf Alma.

○

Er betrat einen Imbiss und sah sie an einem der vorderen Tische sitzen. Alma trug einen braunen Anorak, eine schwarze Hose und schwarze Stiefel und schien gerade erst gekommen zu sein. Sie war noch außer Atem und ihre Kleidung nass vom Regen.

Still wartete sie auf ihre Bestellung und strich sich mit einer Hand das nasse Haar aus dem Gesicht. Igor bekam einen Schock, drehte sich auf dem Absatz um und verließ den Imbiss augenblicklich, um sich auf der Straße zu übergeben.

Er fand heraus, wo sie wohnte, kaufte eine eingetopfte Pflanze und stellte sich vor ihre Haustür. Als sie heraustrat, sprach er zu ihr.

Sie verbrachten drei Monate miteinander. Tagsüber, wenn sie arbeitete, ging er mit ihrem drei Jahre alten Sohn spazieren. Nachts unterhielten sie sich lange. Etwas in ihrem Wesen vermochte Igor auf eine ihm fast unheimliche Art und Weise einzunehmen. Er sah ihr unendlich gern zu, wie sie die Dinge tat, die sie tat. Wie sie ihre Schuhe band, wie sie die Gabel zum Mund führte, wie sie etwas zusammenknüllte und wegwarf, wie sie zusammenzuckte, wenn sie erschrak, wie sie sich die Zähne putzte, die Haare kämmte, wie sie sich das T-Shirt über den Kopf auszog, wie sie schlief, wie sie über Musik sprach, wie sie leise fluchte, wie sie ihre Zeichnungen zerriss und ihre Stifte zerbrach, wie sie gegen Litfaßsäulen trat und Ereignisse aus ihrem Leben nachspielte, wie sie schaute, wenn sie sich nicht beobachtet fühlte, wie sie schaute, wenn sie wusste, dass sie beobachtet wurde, aber so tat, als würde sie es nicht wissen, wie sie den Kopf in ihren Händen vergrub und leise weinte, wie sie den Mund am Ärmel abwischte, wie sie ihren Sohn zum Essen überredete, wie sie vorlas, wie sie lachte, wie sie wütend wurde und wie sie lächelte, wie sie empört war und wie sie angab, wie sie still war und wie sie aus Freude um sich schlug.

Es war Igor nicht möglich zu verstehen, was es war, das ihn so fesselte, und fast machte es ihm Angst.

○

Weder war Alma sonderlich elegant noch im klassischen Sinne schön. Sie war durchschnittlich intelligent, aber von einem großen Instinkt und einer tiefen Neugier.

Nachdem er sie eine Weile besucht und ihr dabei zugesehen hatte, wie sie lebte, ihr bei alltäglichen Dingen geholfen, ihre Einkäufe getragen, ihr Fahrrad repariert, sich mit ihrem Sohn anfreundet hatte und immer mehr Zeuge ihres Lebens geworden war, überkam Igor, der bis dahin sehr still geblieben war, das Bedürfnis, ihr von sich zu erzählen. Das erste Mal gab es einen Menschen, dem er berichten musste, und fast war es ihm unangenehm. Er sprach von sich und seinen Gedanken, seinen Ideen und seinen Problemen mit der Unendlichkeit, berichtete, was er sah, wenn er durch die Straßen lief, was er hörte, wenn die Menschen sprachen, und was er fühlte, wenn sie ihm die

Hand gaben. Eines Tages fing Igor an, auch Alma zu beschreiben. Er erzählte ihr, was er sah, wenn er sie betrachtete. Vorsichtig versuchte er ihr Details aus seinen Beobachtungen zu überreichen, doch meist schien es ihr unangenehm zu sein und sie wich aus.

Alma war eine widersprüchliche Person. Oft war sie scheu, wirkte bescheiden und fröhlich, sie verabscheute Eitelkeit und meinte, es sei nur natürlich, sich selbst nicht allzu wichtig zu nehmen. Doch gleichzeitig war sie von einem großen Stolz und einem fast unerschütterlichen Selbstvertrauen.

Sie übernahm schnell Verantwortung für ihre Umgebung. Sie sorgte sich um ihre Familie und ihre Freunde, sie war eine geduldige Hilfe für viele und eine zärtliche Mutter, doch in ihrem Kern gab es einen dunklen Hunger, den sie sich weigerte zu stillen. Sie schien ihm nicht mit derselben Fürsorge begegnen zu wollen, mit der sie der Welt begegnete. Ihr Hunger war ihr fremd, als würde er nicht zu ihr gehören, als wäre er zerstörerisch und zu wild für die Welt. Sie mochte ihn nicht und hätte es lieber gehabt, er wäre still. Oft merkte sie kaum, wie sehr es sie entkräftete, ihn zu bekämpfen.

Sie wurde von vielen gemocht und etwas an ihr ermutigte die Menschen dazu, sie selbst zu sein. Man verlor in ihrem Beisein das Interesse daran zu lügen. Sie verströmte eine Akzeptanz, ein Verständnis für die Niederungen der menschlichen Seele, doch sich selbst tatsächlich zu lieben schien ihr verboten. Es war ihr verhasst, ein Problem oder eine Bürde für andere zu sein, sei es auch nur im Gespräch, und sie empfand es als ihre immerwährende Pflicht, sich zu verurteilen, bevor es jemand anderes tun konnte.

Sie trug eine verborgene Schuld mit sich herum und fast war es, als müsste Igor sie selbst tilgen. Er entwickelte den tiefen Wunsch, etwas für sie zu tragen. Die Last, die er auf ihr liegen sah, kam ihm groß vor, und oft zerbrach er fast bei dem Versuch, sie ihr abzunehmen. Sie war der eine Mensch, den Igor niemals alleinlassen wollte.

Es war ihm nicht wichtig, ob sie für immer zusammenbleiben würden, fast war es nicht wichtig, ob sie ihn liebte und verstand, aber etwas in ihm wusste, dass er immer da sein wollte, wenn sie etwas brauchte.

○

Igor veränderte sich durch das Erscheinen Almas.

Er wurde geduldiger mit der Welt und empfand eine neue Begründung, sich dem sinnlosen Alltag des Berufslebens zu stellen. Es war ihm möglich, neue Betrachtungswinkel einzunehmen, und vieles, was er nicht getan hätte, wenn Alma nicht in sein Leben getreten wäre, tat er nun und er war froh dabei. So mietete er eine kleine Wohnung am Rande der Stadt, in die er einen Tisch stellte und eine Matratze legte.

Alma, die in so vielen Verpflichtungen stand und Freundschaften pflegte, inspirierte ihn dazu, selbst welche einzugehen und das gesellschaftliche Leben zu erforschen. Er ging aus und sprach merkwürdige Gestalten auf der Straße an, begann Musik zu mögen, kleine Gedichte zu schreiben, zu zeichnen und sich Muster aus geometrischen Formen auszudenken. Oft saß er auf einer Bank, während er wartete, dass Alma von ihrer Arbeit heimkehren würde, und beobachtete die vorbeilaufenden Menschen. Er konnte sich nicht helfen, Gefallen an ihnen und ihren leidenschaftlichen Verzettelungen zu finden. Zum ersten Mal seit seiner Kindheit war es ihm wieder möglich, beim Betrachten der Welt Rührung zu empfinden. Eine Kraft wuchs in ihm, die er nähren wollte.

Niemand aus seiner Familie wusste von seinem Verhältnis zu Alma und als nach drei Monaten ein Unfall geschah, welcher seine Verbindung zu ihr abrupt beendete, war niemand da, dem sich Igor offenbaren konnte.

0 **1** 2 3 4 5 6 7 8 9

In den folgenden Jahren kam Igor der Welt abhanden. Oft blickte er versunken ins Leere und vergaß, in Gesprächen zu antworten. Dann lächelte er, entschuldigte sich und versuchte herauszubekommen, worum es ging.

Ihn umgab eine Taubheit, die er immer wieder versuchte abzuschütteln, und er arbeitete nur so viel es nötig war, um die Miete für seine Wohnung zu bezahlen.

Igor gab sich Mühe, den Dingen meinungslos gegenüberzustehen. Solange er nicht wusste, woraus sie gemacht waren, solange er nicht begriff, weshalb sie entstanden und wieder vergingen, glaubte er, kein Recht zu besitzen, eine Meinung zu haben.

Auch gegenüber den Menschen versuchte er neutral zu bleiben. Er wollte sie nicht verurteilen, auch wenn er oft nicht anders konnte, als sie ein wenig missbilligend zu betrachten. Wie rücksichtslos viele von ihnen waren, wie schnell sie über andere urteilten und wie dumm sie mit sich und ihrer Umgebung umgingen, ließ ihn oft finster werden. Er mochte das Finstere nicht. Igor glaubte, wenn er die Welt und ihre Bewohner nur gut genug verstünde, würde er niemanden mehr verurteilen.

Immer wieder dachte er darüber nach, einmal eine gewisse Zeit in einem Raum ohne Licht und Geräusch zu verbringen. Er war noch immer der Ansicht, dass etwas Sinnvolles dabei herauskommen müsste, aber noch hatte er nicht die Kraft, viele Experimente mit sich zu wagen.

Häufig war er unruhig und zerstreut und ging seinen täglichen Verrichtungen mit einer für seine Umwelt schwer erträglichen Fahrigkeit nach.

Immer wieder fühlte er sich zur Stille hingezogen. Wenn es ihm gelänge, vollkommen still zu sein, würde die Welt ihre Schönheit offenbaren, vermutete er.

Er schlief meist zu kurz in der Nacht und an den Nachmittagen zu lang.

○

In dieser Zeit hatte Igor einen häufig wiederkehrenden Traum, in dem er durch ein Abflussrohr lief. Alles wirkte giftig und feindselig und er hatte das Gefühl, von Dingen beobachtet zu werden. Sie rochen seine Angst und je öfter er den Gedanken zuließ, sich verlaufen zu haben, desto größer wurde ihre Anzahl und desto unvermeidlicher wurde es, dass sie ihn in einem nervösen Moment anfallen würden, um ihn niederzureißen. Sie schienen sich von seiner Furcht zu ernähren, und er war nicht in der Lage, sie zu neutralisieren, wie er es als Kind mit seiner Keksdose getan hatte. Das Rohr wurde verästelt und stellte ihn immer wieder vor Abzweigungen, von denen er jedes Mal meinte, die falsche auszuwählen.

Nachdem er sich eingestanden hatte, sich vollkommen verirrt zu haben, hörte er in der Ferne seltsame helle Töne. Er folgte ihnen, bis er mitten in der Kanalisation auf ein Wesen traf, welches zart und versunken ein riesiges oktogonales Saiteninstrument spielte. Die Finger des Wesens hatten einen matten Schein, während sie über die Saiten flogen, sein Haar schien magnetisch geladen und schwebte meterlang im Raum.

Die Musik war so herzzerreißend und von solch versunkener Gewissheit, Weltumarmung und gleichzeitiger Ungebundenheit, dass er sofort sicher war, dass dieses Wesen wissen musste, wie es ein Heraus gab. Es konnte nicht von diesem dunklen Ort stammen, sondern musste freiwillig hergekommen sein.

Jedes Mal wurde ihm in diesem Moment klar, dass er gerettet war. Die Musik machte ihn ruhig und er wartete andächtig schweigend. Die feindseligen Dinge lauerten noch immer in der Dunkelheit, aber die Angstlosigkeit des Wesens ließ auch ihn angstlos werden.

Lange stand er so und lauschte, als ihm plötzlich klar wurde, dass das Wesen überhaupt nicht die Absicht hatte, diesen Ort zu verlassen. Igor wurde wieder bang. Was wollte es dann hier? Warum war es ausgerechnet in diesem unwirtlichen Kanal, um zu singen? Hier, wo niemand außer ihm es hörte und wertschätzte, was es tat. Es musste eine Verbindung zwischen ihnen geben. Dieses Wesen war seinetwegen hier, es war eindeutig; aber was musste passieren, damit sie fortkonnten? Das Wesen schien ohne Ziel und Zeitgefühl zu musizieren. Doch dieses Abflussrohr war kein Ort zum Bleiben, etwas musste geschehen.

Wahrscheinlich verlangte das Wesen etwas von ihm, ein Austausch sollte stattfinden. Als Igor dies erkannte, fiel ihm ein Ton auf, der inmitten der Vielzahl der Töne, die das Wesen gleichzeitig erklingen ließ, herausstach. Ein einzelner dissonanter Ton, der in mal mehr, mal weniger regelmäßigen Abständen erklang. Je genauer er sich in die Musik versenkte, umso deutlicher hörte er, dass er nicht passte. Er war verzogen und stemmte sich gegen den harmonischen Strom der sanft und mächtig fließenden Musik. Igor verstand intuitiv, dass dieser Ton das Wesen daran hinderte, die dunkle Kanalwelt mit seinem Lied zu öffnen, er hatte buchstäblich die Vorstellung, dass das Lied, wenn es die vollkommene Macht seiner Harmonie entfalten könnte, den gesamten Untergrundkomplex auseinanderheben würde. Die Decke und Wände würden zerschmelzen und sie beide könnten leicht und ungehindert hinausgleiten.

Das Wesen musste diesen Missklang mit Absicht in sein Instrument gestimmt haben, es würde sich sonst keine zwei Minuten in dieser dunklen Welt halten können.

Igor durchfuhr die erschreckende Erkenntnis, dass das Wesen sein Lied seinetwegen in einer Disharmonie hielt und nun schien es an Igor, diese zu erlösen. Er war gerührt und suchte mit den Augen die Saite, die den Missklang verursachte. Vorsichtig ging er näher heran, um das Wesen nicht in seiner erhabenen Versenkung zu stören. Er starrte lange, bis er die verstimmte Saite fand. Sie war vergleichsweise kurz und an der linken Kante des oktogonalen Instruments eingespannt. Das Instrument bestand aus weißem Holz, welches so aussah, als wäre es direkt in seine Form hineingewachsen. Was für eine Art Baum wohl so wuchs, fragte er sich. Bald sah er an der hauchdünnen Saite einen kleinen Stab, der sie an dem zarten Holz befestigte und der drehbar zu sein schien. Igor zögerte – er wusste, er musste vorsichtig sein, um das Wesen nicht zu erschrecken oder aus seinem Fluss zu reißen. Auch wiegte es sich leicht zu den Seiten, während es spielte, was es umso schwerer machte, die Saite zu stimmen, ohne das Spiel zu stören. Er suchte Bestätigung im Blick des Wesens, aber es schaute nur versunken an ihm vorbei und wiegte sich im Fluss der Musik. Igor fasste sich ein Herz und griff mit zwei Fingern vorsichtig den Stab, um ihn leicht zu drehen. In dem Moment, in dem er ihn berührte, wuchs seine Hand schlagartig auf die doppelte Größe an. Igor erschrak und zog sie abrupt zurück. Beim Wegschnellen seiner nun sehr großen Hand knickte ein weiterer Stab um und verstimmte eine zweite Saite. Igor unterdrückte einen Schrei und versuchte sofort, den umgeknickten Stab zu richten. Sobald er jedoch die Saiten berührte, schwollen seine Hände schlagartig wieder auf ein Vielfaches an und besaßen nun die Größe zweier Stühle. Er zuckte zusammen, sodass mehrere Stäbe umknickten und vier Saiten gänzlich rissen. Das Wesen hörte auf zu spielen und schaute ihn an. Einer von Igors Fingern hatte sich mit einer Saite verknotet und hörte nicht auf zu wachsen. Igor versuchte panisch, die Saite abzuziehen, aber es gelang ihm nicht. Er sprang zurück, um nicht noch mehr kaputt zu machen, und riss das ganze Instrument mit sich zu Boden. Igor schrie auf und versuchte es mit seinen riesigen Händen aufzuheben, um es dem Wesen zu überreichen, aber seine Hände wuchsen und wuchsen und füllten unablässig den Raum. Die plötzliche Angst, die ihn überkam, brachte die beobachtenden Dinge, die bis jetzt auf Distanz geblieben waren, dazu, sich in Igors Rücken zu werfen und sich in seinem Fleisch zu verbeißen. Kurz bevor Igor im Sturm seiner eigenen Panik zu versinken drohte, erhaschte er noch einen Blick des Wesens, welches ihn still und neugierig betrachtete. Dann wachte er auf.

○

Der Traum hinterließ jedes Mal einen bitteren Geschmack in Igors Mund und er verspürte das dringliche Bedürfnis, sich die Hände zu waschen. Er vergrub sich in Büchern über Physik und Religion, und wohin er auch blickte, sah er Symbole und versteckte Zeichen.

Es war, als würde das Leben hinter jedes Ereignis, jede Begegnung und jeden Gedanken ein Fragezeichen setzen. Nichts schien mehr mit einem Punkt zu enden oder gar einem Ausrufezeichen. Alles war ein Hinweis auf ein unsichtbares Rätsel, welches ihn wie ein Zyklon spiralenförmig immer näher zu einer unsichtbaren Mitte zog.

Weshalb gab es das Leben, woraus entwickelte es sich und warum starb es wieder, was stand hinter all seinen Formenspielen und grotesken Gebilden, worin lag die Begründung für seine Existenz und wo wollte es hin? Ein normales Leben zu führen schien ihm immer bizarrer und verschwenderisch. Man hatte nicht genug Zeit für all die verqueren Verpflichtungen, die die Menschen erfanden. Igor fing an, seinen eigentlichen Namen abzulegen und sich Igor zu nennen. Er hatte es schon immer gehasst, einen Namen zu tragen, und nun dachte er, dass er ihn sich wenigstens selbst geben sollte. Ihm gefiel, dass er ein I und ein O in sich trug. Es erinnerte ihn an eine Null und eine Eins.

Nach Almas Tod kämpfte er lange dagegen an, in eine Dunkelheit abzurutschen, er hatte das Gefühl, kein Recht dazu zu haben. Er fühlte sich verpflichtet, eine Lösung zu finden; als müsste er etwas tief Verschlossenes wecken, was in der Mitte der Spirale schlief.

Sein Körper begann eine immer wichtigere Rolle beim Lösen des Rätsels zu spielen. Igor spürte, dass er eine Verkrümmung in sich trug. Kaum war es ihm möglich, seine Füße zu fühlen, während er ging. Seine Wirbelsäule war eigenartig verzogen und in seinem Hals lag ein Kloß, der ihn stetig begleitete und ihm den Atem abschnitt. Er ging öfter Laufen und betrieb verschiedene Sportarten. Auch gewöhnte er sich an, auf dem Rücken einzuschlafen und vorher jedes seiner Körperteile absinken zu lassen. Immer wieder versuchte er den Druck, der sich in seinem Kopf zusammengezogen hatte, gleichmäßig in den Rest seines Körpers zu verteilen. Oft lag er so und es waren die interessantesten Stunden des Tages. Seine muskulären Verknotungen begannen sich zu lösen und ab und an fühlte er Freiheit in sich aufblitzen. Es waren nur Sekunden, aber sie waren ihm lieb und teuer und bald war ihm nichts wichtiger als das stetige innere Säubern von Verzerrungen, die sich über die Jahre in ihm angestaut hatten.

Igor hatte nun einen Beruf ergriffen, der ihm finanzielle Unabhängigkeit bescherte und ihm erlaubte, viel Zeit mit sich zu verbringen. Er verrichtete ihn oft halbherzig und ungeduldig und konnte es meist kaum erwarten, nach Hause zu kommen, um mit der Erkundung seines Nervensystems fortzufahren.

So ungelenk er früher war und so weit von seinem Körper entfernt, so leidenschaftlich widmete er sich nun seiner Erforschung. Bald gelang es ihm, sich im aufrechten Sitz zu entspannen, und er entdeckte Zusammenhänge zwischen Händen und Füßen, Hals und Becken, Bauch und Schultern. Sein Nervensystem schien auf die unterschiedlichsten inneren Bilder zu reagieren und wurde immer enger mit seinen geistigen Vorstellungen verbunden. Mit seinem Geist trieb er Licht durch den Magen, durch die Muskeln und Venen, und es gelang ihm immer besser, die unterschiedlichen Reaktionen zu beobachten, die es verursachte. Auch verband er sich öfter mit Vorstellungen, die außerhalb seines Körpers lagen.

Wenn die Welt unendlich wäre, müsste auch jede Information in ihr enthalten sein, dachte er und versuchte die Informationen herbeizurufen, die er für seine eigene Reparatur benötigte. Wie er es als kleiner Junge bei dem Küchenradio seiner Eltern beobachtet hatte, müsste er sich nur auf die Frequenz einstellen, in der die Information verschlüsselt lag, und die Lösung würde wie Musik in seinem Körper erklingen.

○

Eines Nachts hatte er einen weiteren Traum, der einen großen Einfluss auf sein Leben nehmen sollte. Igor fand sich in einem vornehmen Flur wieder und sah auf einem Schild die Nummer zwölf stehen. Als er auf seine Hände blickte, entdeckte er, dass er zwölf Finger besaß. Er ging durch die Tür und betrat ein Wartezimmer. In ihm standen Stühle und ein kleiner Tisch, unpersönliche Bilder hingen an den Wänden, ein Wasserspender surrte leise und eine unnötig laut tickende Uhr zeigte die Zeit. Es wäre ein normales Wartezimmer gewesen, wenn es nicht so niedrig gewesen wäre. Kein Mensch konnte darin bequem warten. Nicht mal im Sitzen konnte man sich ganz aufrichten.

Nachdem er ungefähr eine Viertelstunde vornübergebeugt gesessen hatte, ging ihm auf, dass niemand auf ihn wartete. Er konnte einfach durch die Tür gehen, wann immer er wollte. Dies amüsierte ihn sehr und er lachte laut über seine offensichtliche Dummheit. Mit einem Male war alles um ihn herum freundlicher, selbst die Decke schien nicht mehr so niedrig. Er erhob sich und konnte zu seiner Überraschung aufrecht stehen.

Nun bekam er große Lust, einen Blick hinter die Tür zu werfen, von der er bis eben noch gedacht hatte, dass sie ihn zu einem Zahnarzttermin oder einer ähnlich unangenehmen Verabredung führen würde. Er öffnete sie und war in keiner Weise auf das unsäglich Verwirrende gefasst, was ihn hinter ihr erwartete.

○

Vorsichtig trat Igor durch die Tür.

Er warf sich auf den Rücken und es gelang ihm, den Ball, der mittlerweile ein bedrohliches Brüllen von sich gab, abzustreifen und aus dem Raum zu rennen.

Der Raum war hell erleuchtet und seine Wände

waren von einer seltsam schimmernden Oberflächenstruktur.

Igor schrie auf und stützte sich panisch mit seinem freien Arm an der Oberfläche ab, die ebenfalls nachgab, sodass er für kurze Zeit mit beiden Armen im Ball versunken war.

Er blickte in die Weite und konnte nur ganz hinten in einem weißen Dunst eine Gestalt erkennen.

Noch ehe er diesen Gedanken ganz zu Ende denken konnte, wurde sein Arm bis zur Schulter in den Ball gerissen.

Er ging näher, um sie zu betrachten, und stellte fest, dass die Gestalt keine Gestalt, sondern ein sich um sich selbst drehender Kreis war, der sich in einer derart schnellen Rotation befand, dass er wie ein glatter Ball im Raum schwebte.

Seine Oberfläche vibrierte unter seinen Fingern und sofort stellte sich ein warmes Gefühl in seinem Körper ein, als würde seine Hand sanft angesogen werden.

Er gab ein tiefes Brummen von sich und seine Geschwindigkeit war so hoch, dass Igor sich in seiner Oberfläche spiegeln konnte.

Zu anziehend war seine Form.

Der Ball hatte eine überwältigend harmonische Ausstrahlung und Igor konnte sich nicht beherrschen, ihn zu berühren.

Der Ball hatte eine überwältigend harmonische Ausstrahlung und Igor konnte sich nicht beherrschen, ihn zu berühren.

Zu anziehend war seine Form.

Er gab ein tiefes Brummen von sich und seine Geschwindigkeit war so hoch, dass Igor sich in seiner Oberfläche spiegeln konnte.

Seine Oberfläche vibrierte unter seinen Fingern und sofort stellte sich ein warmes Gefühl in seinem Körper ein, als würde seine Hand sanft angesogen werden.

Er ging näher, um sie zu betrachten, und stellte fest, dass die Gestalt keine Gestalt, sondern ein sich um sich selbst drehender Kreis war, der sich in einer derart schnellen Rotation befand, dass er wie ein glatter Ball im Raum schwebte.

Noch ehe er diesen Gedanken ganz zu Ende denken konnte, wurde sein Arm bis zur Schulter in den Ball gerissen.

Er blickte in die Weite und konnte nur ganz hinten in einem weißen Dunst eine Gestalt erkennen.

Igor schrie auf und stützte sich panisch mit seinem freien Arm an der Oberfläche ab, die ebenfalls nachgab, sodass er für kurze Zeit mit beiden Armen im Ball versunken war.

Der Raum war hell erleuchtet und seine Wände waren von einer seltsam schimmernden Oberflächenstruktur.

Er warf sich auf den Rücken und es gelang ihm, den Ball, der mittlerweile ein bedrohliches Brüllen von sich gab, abzustreifen und aus dem Raum zu rennen.

Vorsichtig trat Igor durch die Tür.

○

Jedesmal erwachte er schweißgebadet. Dieser Traum ergab von vorn bis hinten keinen Sinn. Zwar waren einige Bilder sehr eindrücklich, aber ihrer Reihenfolge war keinerlei Logik abzuringen. Es war nahezu widerlich unverständlich. Die Bilder wiederholten sich sogar, als würden sie versuchen, Igor dazu zu bringen, sie zu ordnen, als würden sie danach schreien, von ihm wie Kronkorken in ihrer unsichtbaren, aber vorbestimmten Reihenfolge sortiert zu werden. Aber Igor weigerte sich, länger über den Traum nachzudenken, zu wild war er und zu anstrengend war es, ihn zu träumen.

Seine Hände brannten, nachdem er aufgewacht war, und wieder verspürte er den Wunsch, sie zu waschen. Noch Stunden später konnte Igor das absurde Gefühl, das der Traum hinterlassen hatte, nicht von sich abschütteln. Bald bemerkte er, dass sich sein Verhältnis zu Zeit verschob. Sie war nicht mehr linear, sondern merkwürdig verschachtelt und relativ.

Auch seine visuelle Wahrnehmung veränderte sich. Erst war es nur eine leichte Krümmung an den Rändern, doch immer öfter spielten seine Augen ihm regelrecht Streiche. Er griff neben die Tasse, wenn er trinken wollte, er erkannte alte Bekannte nicht mehr, Farbflecken tauchten auf und gingen erst nach Stunden wieder weg und immer wieder sah er geometrische Muster aus Kreisen und Dreiecken, wenn er die Augen schloss.

Er hoffte, dass es eine Phase war, vorübergehend wie eine Erkältung, aber als es nach einer Woche noch immer nicht besser wurde, erschrak er. Während er seinem Tagewerk nachging, lächelte und scherzte er, aber innerlich war er bedrückt. Als er bemerkte, dass er sogar Schrift nicht mehr lesen konnte, wurde er aggressiv. Igor wünschte sich, dass jemand kommen würde, um ihm eine Ohrfeige zu geben, aber es kam niemand und er musste zusehen, wie er sich selbst verloren ging.

Etwas hatte angefangen, sich unaufhaltsam zu verschieben, und als Igor 23 wurde, kam ihm der Bezug zu seiner bisherigen Realität abhanden.

0 1 **2** 3 4 5 6 7 8 9

– Noc deus fluidum fonc –

Die Beine gewetzt, durch Holz und Gestrüpp,
über Hügel und Wiese und Bach.
Durch Nässe und Kälte und Wind musst du gehen,
wenn die Städte zerfallen, wenn die Städte verwehen,
denn nichts gehört uns und uns gehört nichts,
drum tanze und singe und lach.

Es ist ein guter Ort. Der Raum ist klar und warm. Seine Wände sind weiß und auf dem Boden liegt Teppich. Die Fenster sind doppelt verglast und das schwere schwarze Tuch, das über ihnen hängt, lässt kein Licht hindurch.

Eine Matratze. Mehrere Laken und Decken. 150 Liter Wasser. Zwieback und Dosen voller Obst. Eingelegte Äpfel. Eingelegte Gurken. Eingelegte Bohnen. Gläser mit Tomaten. Eine Toilette, eine Klimaanlage.

Ich gehe auf den Hinterhof. Die Sonne scheint angenehm. Der Wind fährt durch die Bäume und das Rascheln der Blätter klingt schön.

Ich zeichne mit Kreide einen Kreis auf den Boden. Dann lege ich ein Dreieck aus Streichhölzern hinein und zünde sie an. Ein zischendes Geräusch entsteht und ich sehe zu, wie sie langsam herunterbrennen. 100 Tage.

Ich stelle mich ein paar Minuten mit geschlossenen Augen in die Sonne und atme die milde Luft, dann gehe ich hinein und schließe die Tür hinter mir ab.

Alles ist sauber. Die Dusche ist repariert. Ich hänge das letzte Tuch über die Tür, damit kein Licht durch die Spalten dringen kann.

TAG 1

Bin anscheinend eingeschlafen. Ob es mitten in der Nacht ist oder noch abends, vermag ich nicht mehr genau zu sagen. Alles ist dunkel und still. Noch ist es sehr schön.

Habe gegessen. Das Geräusch, das entsteht, wenn ich eine Dose öffne, ist schneidend. Es ist gut, dass keine Straße in der Nähe ist.

Die Gurken waren eine hervorragende Wahl.

Mein Körper zuckt wieder sehr, wenn ich liege. Ich bin genervt. Warum liegt er nicht einfach und fließt? Das Schreiben ist merkwürdig und ich werde wohl bald damit aufhören. Wer weiß, ob man es später überhaupt lesen kann? Ich gebe mir Mühe, den Stift langsam zu führen und mit der freien Hand zu fühlen, wie viel Abstand ich zur nächsten Zeile brauche. Aber ob das hilft, weiß ich nicht.

Es müsste nun Morgen sein.

Zum ersten Mal bin ich wirklich glücklich gewesen, hier zu sein. Es waren zwar nur ein paar Momente, aber sie glühen noch nach. Die Gedanken werden lauter und es stört mich, dass sie sich so oft wiederholen. Das Gehirn ist wirklich seltsam. Es speit mir wahllos Bilder vor die Füße. Sogar Werbemelodien hat es schon gesungen. Ich werde mich noch einmal hinlegen.

Nach dem Schlaf habe ich mich viel bewegt. Meine Wahrnehmung wird bereits genauer. Es ist gut, den Augen eine so lange Pause zu gönnen. Der Kopf ist noch laut, aber die Muskeln sind sehr fein spürbar. Ich habe innerlich viel mit der Farbe Violett gearbeitet.

Drei Wirbel sind es, die mir Sorgen bereiten. Der unterste und auch der darüber lassen sich kaum ansteuern. Auch der oberste, mein Atlaswirbel, scheint verschoben zu sein. Einmal war ich kurz davor, ihn zu bewegen, aber ich lasse mir besser Zeit. Der letzte ist in der Mitte, kurz unter den ersten Rippen. Werde da genauer drauf eingehen müssen.

Bin das erste Mal nervös geworden. Meinem Gehirn scheint nun langsam klar zu werden, was ich mit ihm vorhabe, und es wehrt sich mit Händen und Füßen. Habe ein paarmal gegen die Wand schlagen müssen, was guttat. Wenn ich mich viel bewege, ist es meist schnell vorbei. Trotzdem erfordert es viel

Kraft, meinen Körper zu beruhigen. Mein Gehirn und mein Körper haben noch Angst, aber ich rede ihnen gut zu. Ich denke, sie werden sich bald daran gewöhnen.

In mir ist es ein paar Mal sehr still geworden.

Die Dunkelheit fängt an sich zu bewegen. Meine Augen wollen sich offenbar auch entleeren und spucken Farben aus. Vielleicht ein Zeichen ihrer Heilung. Wie lange ich jetzt schon hier bin, weiß ich tatsächlich nicht mehr zu schätzen. Es müssten vier oder fünf Tage sein. Durch das häufige Liegen vergisst man die Zeit. Wahrscheinlich brauche ich noch eine Weile, um mich daran zu gewöhnen, dass nichts passiert. Ich fühle mich komisch verteilt in meinen Körper. Die Dunkelheit schluckt ihn fast. Manchmal ist er auch eng. 100 Tage sind lang, aber ich denke, dass es eine gute Entscheidung war. Ich bin mir sicher, es wird etwas verändern, ich spüre es schon. Wenn die erste Woche geschafft ist, wird es leichter werden.

TAG 2

Heute habe ich sehr erstaunliche Entdeckungen gemacht: Mein Zwerchfell beginnt offenbar, mit mir in Kontakt zu treten. Es zuckte und verlangte meine Aufmerksamkeit. Ich habe es angesehen und nach und nach beruhigt und ein paarmal konnte ich sehr tief atmen. Leider ging es schnell vorbei und ich lag wieder steif wie ein Erwürgter.

Meine Matratze ist mir zu weich und ich lege mich häufig auf den Teppichboden. Es ist schön, dass es so warm ist.

Ich denke, bald mit dem Schreiben aufzuhören. Es reißt mich aus meiner Konzentration.

Mein Gehirn scheint es noch als eine Art Anker benutzen zu wollen, aber ich schätze, dass es bald Ruhe geben wird.

Mein Zeitgefühl hat sich endgültig verabschiedet.

Niemals könnte ich schätzen, wie lange ich schon hier in meiner kleinen Forschungsstation bin. Die Dunkelheit und die Stille nehmen einem alles. Es ist schön.

TAG 3

Ich glaube, ein Tier im Raum gehört zu haben. Wahrscheinlich ist es ein Insekt. Es kratzt irgendwo leise und ich habe versucht, es mit meinen Händen zu finden. Die ersten paar Stunden habe ich mich gefreut. Dann hat es begonnen, mich wahnsinnig zu machen. Nichts ist dominierender als ein kleines Kratzen, wenn es ansonsten vollkommen still ist.

Ich glaube, ich habe aus Versehen eine bereits beschriebene Seite überschrieben. Wenn ich mit den Fingern darüberfahre, fühlt es sich merkwürdig voll an. Ich muss daran denken, immer vorher mit der Hand nachzufühlen, ob die Seite leer ist.

Ich habe viel geweint. Es hat sehr gutgetan.

Kurz habe ich darüber nachdenken müssen, ob der Wecker, den ich auf den 16. April gestellt habe, wirklich an ist. Ich kann jetzt nicht mehr nachsehen und kurz hatte ich Angst, ihn nicht gestellt zu haben.

Habe gerade eine sehr große Kraft gespürt. Sie ist schon wieder weg, aber sie hat etwas in meinen Augen geglättet.

Ich habe mich an einer Dose mit eingelegten Pfirsichen geschnitten. Sehr dumm. Aber ich denke, es heilt schnell, wenn ich etwas Aufmerksamkeit darauf lege. Auch eine schöne Aufgabe.

Ich werde jetzt ein paar Tage nicht mehr schreiben. Es bringt mich zu sehr durcheinander.

TAG 4

Habe das Tier gefunden. Es ist ein Käfer. Er ist so groß wie mein Daumennagel. Lange war ich hin- und hergerissen, was ich tun soll. Töten werde ich ihn nicht können, aber sein Kratzen macht mich wahnsinnig. Ich habe ihn in ein leeres Tomatenglas eingesperrt, aber nun muss ich ständig darüber nachdenken, ob er sich wohlfühlt. Es ist zum Aus-der-Haut-Fahren. Warum musste er sich in diesen Raum verirren? Warum habe ich nicht vorher alles Zentimeter für Zentimeter abgesucht? Er wird so oder so hier drinnen sterben. Was soll ein Käfer ohne Sonnenlicht 100 Tage in einem Raum machen? Er ist wahrscheinlich bereits vollkommen verwirrt. Ich habe großes Mitleid und gleichzeitig bin ich sehr wütend auf ihn. Warum muss das jetzt passieren!

Ich habe ihm etwas Essbares ins Glas geworfen und ein kleines Luftloch mit dem Stift in den Deckel gestoßen. Hoffentlich macht er keine Geräusche im Glas.

Der Käfer ist still. Konnte mich endlich wieder auf mich selbst fokussieren und bin gut vorangekommen.

Es ist aussichtslos. Ständig meine ich, den Käfer zu hören, und meine Gedanken kreisen immer wieder darum, wie es ihm geht. Ich werde seinetwegen noch wahnsinnig.

TAG 5

Ich habe es geschafft, eine Weile nicht an den Käfer zu denken. Vielleicht werden wir noch Freunde. Eine ganze Weile habe ich ihn verflucht, aber seit anderthalb Tagen geht es. Ich mag ihn, glaube ich. Wenn ich mich mit ihm verbinde, werde ich ruhig. Er scheint sich auch auf das Experiment einzulassen und vielleicht ist es gut, einen stillen Gefährten zu haben.

TAG 6

Etwas Furchtbares ist geschehen! Ich befürchte, dass der Käfer gestorben ist. Habe ihn eine ganze Weile nicht mehr gehört und wollte nachsehen, aber meine Finger haben ihn nicht gefunden. Vielleicht habe ich zu viel Essen hineingeworfen und ihn damit erstickt? Das wäre schrecklich.

Ich glaube, ihn gefunden zu haben. Er lag auf dem Teppich. Wie er dahingekommen ist, ist mir schleierhaft.

Es könnte natürlich sein, dass es ein zweiter, bereits toter Käfer war und der echte Käfer noch im Glas ist.

Ich traue mich aber nicht, das Glas auszuschütten, denn wenn er wieder frei ist, macht er unter Umständen wieder dieses kratzende Geräusch und beim ersten Mal war es Glück, dass ich ihn fangen konnte. Es kann gut sein, dass es mir kein zweites Mal gelingt.

Ich höre jetzt auf, über das Schicksal des Käfers nachzudenken. Wahrscheinlich war der tote Käfer auf dem Teppich der echte.

TAG 7

Habe das Glas doch auf dem Boden ausgeschüttet und nach dem Käfer getastet. Ich habe ihn gefunden. Er ist auch tot. Ich bin sehr traurig.

TAG 11

Waschen ist merkwürdig. Das Geräusch des Wassers tut ein wenig weh.

TAG 16

Ich denke, nun eine Lösung gefunden zu haben. Endlich.

TAG 17

Habe mich schwer gestoßen. Die Schmerzen holen mich ein wenig zurück. Ich denke seit langer Zeit wieder über die Außenwelt nach und genieße es ein bisschen.

Mittlerweile bin ich mir sicher, dass der Wecker kaputt ist oder ich vergessen habe, ihn zu stellen. Aber das ist egal, ich werde noch eine Weile hierbleiben. Ich komme immer besser voran.

TAG 21

Mir fehlen die Worte. Es ist unbeschreiblich.

Unfassbar.

TAG 23

Symmetrie wird überschätzt.

Alles ist sanft, klar und warm, alles steht an seinem Platz, nichts braucht gefangen zu werden, alles ist schön und fällt von allein in die richtige Reihenfolge.

TAG 25

Wenn man sein Hemd auszieht, hat man kein Hemd mehr an, habe ich heute gedacht. Ich musste sehr lachen.

TAG 41

Es ist vielleicht möglich, Trauerweiden aus der Erde zu graben und rückwärts wieder einzupflanzen, sodass aus den Wurzeln Blätter wachsen und aus den Ästen Wurzeln werden. Aber warum sollte man so etwas als Baum können sollen? Wahrscheinlich weil es immer Menschen geben wird, die so etwas mit einem machen.

Die Meditationen gehen sehr gut. Im Sitzen ist es besser. Im Liegen bin ich schnell abgelenkt von komischen Formen und Bildern, die auf mich einstürmen.

TAG 45

Das Atmen wird endlich leichter.

TAG 46

Lass mich los. Ich warne dich!

TAG 47

Du bist es, worin es stattfindet. Du bist es, worin es stattfindet. Du bist es, worin es stattfindet. Du bist es, worin es stattfindet.

TAG 48

Ein für alle Mal: Lass von mir ab! Es ist genug. Mein Abstraktionsvermögen zerteilt dich in gleichmäßige Würfel aus Farbe und Klang, bevor du Struktur sagen kannst! Dies ist ein Friedensangebot!

TAG 49

Ich bin schuld. Das weiß ich jetzt.

TAG 52

Die Sonne wirft scheinbar gar keinen Schatten.

TAG 53

Warum fällt es mir so schwer zu atmen? Man sollte meinen, es wäre eine natürliche Funktion. Aber der Mensch kann vieles nicht, was man als Tier eigentlich können müsste, und kann vieles, was man als Tier eigentlich nicht zu können braucht.

TAG 54

Nun gut, es hat endlich sein Ende gefunden, die Formen sind weg. Warum ist das passiert? Ich habe dir vorher gesagt, du sollst es nicht mit den Händen berühren.

TAG 56

Ich habe gestern die Lösung für den Traum in dem Wartezimmer gesehen.

Vorhin wusste ich kurz nicht, ob ich falle oder liege.

Ansonsten ist es gut.

TAG 61

Ich schwöre, ich habe ein Klopfen gehört.

Aber ich kann nicht beurteilen, ob das etwas bedeuten soll. Gesetzt den Fall, es hätte tatsächlich etwas zu bedeuten, hätte es seinen Sachverhalt sicherlich offenbart. Es gibt nichts zu tun, außer zu warten.

Anscheinend darf ich nichts mitführen.

AUGE! MEIN WORT IST GESETZ UND MEINE HAND IST DAS LICHT. DU GEHÖRST MIR, SO ZEIGE AN, WAS ICH SEHEN WILL, UND STELLE DAR, WIE ES IST. DU BIST AUS MIR HERAUSGEWACHSEN, SO SEI GEHORSAM UND VERLÄSSLICH.

TAG 62

Es hat schon wieder an der Tür geklopft.

Warum? Ich verstehe es nicht.

TAG 66

Alles Zögern ist unnütz, alles Zweifeln ist kindisch. Beginne, wenn der nächste Atemzug beendet ist. Du lässt los. Ich schlage auf. Nein, ich stehe und schreibe. Gerade fiel ich. Du hast losgelassen. Aber anscheinend hab ich Probleme mit dem Aufschlagen. Es passiert einfach nicht. Ich stehe immer noch.

Geradezu amüsant. Dabei falle ich eindeutig. Versuchen wir es erneut, nur dass diesmal ich loslasse und du aufschlägst. Wir müssen uns beeilen. Ich lasse jetzt los. Ich lasse alles los, was vorher unter meinem Griff stand und übergebe es nun dem Fall. Meine Hand ist offen. Ich muss nichts tragen und ich muss nichts halten.

TAG 67

Ich habe mich schon wieder beim Öffnen an einer Dose geschnitten. So etwas Dummes.

TAG 68

Mit der Knochenseite voran! Ein klaffendes, ein brennendes, ein nach Gerechtigkeit schreiendes Loch in den Kopf stechen!

TAG 69

Ich werde wieder öfter schreiben. Die vergangenen Wochen habe ich wohl unter leichten Wahnvorstellungen gelitten.

Sehr merkwürdig und ein wenig beunruhigend. Ich habe anscheinend meine Matratze ins Bad getragen und sie abgeduscht. Sie braucht mindestens eine Woche zum Trocknen. Warum? Ich kann mich nur verschwommen daran erinnern, wie es abgelaufen ist.

Jetzt bin ich zum Glück wieder klar im Kopf und fühle mich sehr ausgeruht. Trotzdem glaube ich, dass es besser wäre, ein wenig mehr zu schreiben und meine Gedanken zu ordnen. Es beruhigt mich merklich.

Ich denke, ich habe das Gröbste hinter mir.

Immer öfter fühle ich Weite und die meiste Zeit des Tages bin ich in einer angenehmen Ruhe. Ich nähere mich dem Inneren der Spirale.

TAG 70

Diesmal bin ich mir wirklich sicher, dass es geklopft hat.

Es besteht kein Zweifel. Ich weiß überhaupt nicht, was es soll und es erschreckt mich sehr. Zum Glück ist der Raum von innen abgeschlossen.

TAG 71

Mein altes Leben scheint mir so fern. Wie konnte ich es nur leben? Alles ergibt viel mehr Sinn, wie es jetzt ist. Wie es wohl Almas Sohn geht? Ich werde ihn öfter besuchen, wenn ich wieder draußen bin.

TAG 72

Heute war es wirklich schwer. Ich muss mich ordnen und habe vier Fragen:

1: Ob?
2: Wenn ja, warum?
3: Wie ist darauf zu reagieren?
4: Warst es am Ende du selbst, der geklopft hat?

TAG 73

Du musst dich mehr bewegen. Dein Rücken fühlt sich gut an, aber deine Gelenke brauchen mehr Aufmerksamkeit.

TAG 74

Diesmal haben sie mich wirklich zum Lachen gebracht. Sie haben mir von einer Verhandlung erzählt. Das Gericht sei auf Enthauptung aus. Immer wenn man denkt, man kennt ihre Spiele, überraschen sie einen.

TAG 75

Ich habe so viel gelacht wie schon lange nicht mehr.

Als ich heute eine Dose mit Pfirsichen geöffnet

habe und hineinbeißen wollte, hatte ich eine saure Gurke im Mund. Wahrscheinlich habe ich die Dosen falsch sortiert. Ich habe mich sehr erschrocken und musste dann so lange lachen, dass ich schon fast Angst bekam, nicht mehr aufhören zu können.

TAG 76

Ich glaube, ich habe heute meinen Atlaswirbel eingerenkt. Es hat ein lautes Knacken gegeben. Jetzt fühlt sich mein Kopf sehr leicht an. Ein unglaubliches Gefühl. Aber es tut noch ein wenig weh.

Habe viel Sport getrieben die vergangenen Tage. Immer wieder Liegestütze und Sprünge. Auch habe ich heute mehrere Stunden getanzt. Ich kann mich mittlerweile sehr lange auf einem Fleck um meine Mitte drehen und komme mit meinen Fingern dabei nicht an die Wände. Es ist schön. Mein Körper erlangt teilweise übermenschliche Kräfte. Er glüht förmlich von innen. Auch das Atmen wird immer tiefer.

TAG 78

Ich habe mich gerade übergeben müssen. Vermutlich war eine der Dosen nicht mehr gut. Mittlerweile bin ich mir sicher, dass die 100 Tage schon längst vorbei sind, aber ich möchte noch nicht hinaus. Irgendetwas hält mich und ich habe auch noch nicht alles gefunden, was ich gesucht habe.

TAG 79

Sie haben nun allen Ernstes gesagt, dass die Verhandlung morgen beginnen würde und ich mich vorbereiten solle. Ich weiß nicht, was sie meinen. Immer wieder kommen sie auf dieses Thema und langsam ärgert es mich.

TAG 80

Bin in eine sehr tiefe Erfahrung gegangen. Ich bin tatsächlich das, worin es stattfindet. Es ist wunderschön. Ich bin überwältigt. Die Mitte der Spirale ist nicht mehr weit. Wie frei man sich fühlen kann, wenn man sich nicht bewegt.

TAG 81

Nahezu lächerlich: Mir ist bereits der dritte Stift abgebrochen. Ich drücke manchmal zu fest auf.

Sie haben schon wieder von der Verhandlung gesprochen. Heute sei der Tag, an dem sie stattfinde.

Ich habe ihnen gesagt, dass ich das nicht mehr länger komisch fände, und sie gebeten, damit aufzuhören, aber sie haben mich regelrecht bedrängt. Sie waren sogar an der Tür. Mittlerweile glaube ich auch, dass sie es waren, die die ganze Zeit geklopft haben, aber das haben sie immer wieder verneint. Nun ja. Auf jeden Fall hatte ich heute einen guten Tag. Ich komme jetzt auch in die untersten Wirbel und meine Atmung wird sehr geschmeidig.

Das Bewegen lief gut und ich habe viel getanzt.

Jetzt bin ich verwirrt. Gerade eben hat es ganz deutlich an der Tür geklopft. Diesmal gibt es wirklich keinen Zweifel, ich habe sogar Stimmen gehört. Es ist vollkommen absurd. Ich verstehe nicht, was sie wollen. Sie reden noch immer von der Verhandlung und werfen mit Begriffen wie Enthauptung um sich. Es ist wirklich zum Wütendwerden. Fast hätte ich zurückgeklopft.

Lag gerade sehr lange auf dem Boden und konnte mich nicht bewegen. Merkwürdig.

Jetzt sind sie schon wieder da! Ich höre sie eindeutig hinter der Tür reden! Da, jetzt hat es gerade geklopft, während ich geschrieben habe. Das ist der Beweis, dass ich es mir nicht ausdenke. Wahrscheinlich wollen sie mich zwingen zu reagieren. Ich würde es vorziehen, nicht zu –

○

Am 81. Tag wurde die Tür aufgebrochen und drei Männer betraten den Raum.

Sie fassten Igor unter die Arme und zogen ihn hinaus. Igor, der schrie und um sich trat, wurde mit Gurten fixiert und die Männer setzten ihn in einen fahrbaren Stuhl.

Ihn durchfuhr eine schockierende Erkenntnis: All dies war keine Einbildung, sie hatten keine Scherze getrieben.

Die Verhandlung sollte tatsächlich beginnen.

0 1 2 **3** 4 5 6 7 8 9

drum tanze und singe und lach

Die Geräusche klangen unerträglich scharf in Igors Ohren. Er nahm die Hände vor das Gesicht, um sich vor dem grellen Licht zu schützen, das sich ihm schmerzhaft in die Augen bohrte.

Sein Körper bäumte sich gegen die Gurte, die um ihn geschnallt waren, und die Männer hatten es schwer, ihn aus dem Rollstuhl auf eine Bahre zu heben.

Immer wieder schrie er auf und trat heftig um sich. Jemand stellte sich neben Igor, schob seine Hände beseite und zog mit zwei Fingern eines seiner Augen auf, um mit einer Taschenlampe hineinzuleuchten. Der Mann begann in einer unerträglichen Lautstärke auf Igor einzureden, aber er schien in einer Fantasiesprache zu sprechen, denn keins seiner Worte war Igor verständlich.

Igor schrie ihn an, er solle ihn losbinden. Sein ganzer Körper zitterte unter den plötzlich auf ihn einstürmenden Sinneseindrücken.

Schließlich drangen ein paar Wortfetzen der fremdartigen Sprache zu Igor hindurch, die er verstehen konnte. Offenbar fragten sie ihn, ob er etwas mitführe. Igor konnte nicht begreifen, was er damit meinte, aber der Mann redete unnachgiebig auf ihn ein und bedrängte ihn immer wieder, alles abzulegen, was zu schwer sei, um es mitzuführen. Igor schüttelte ungläubig den Kopf und schrie immer, dass er nicht verstehe.

Nach einer Weile verschwand der Mann neben ihm. Igor riss seinen Kopf hin und her, konnte aber niemanden mehr sehen oder hören. Zitternd lag er in den Gurten und überlegte, warum es so war, wie es war. Hatte er etwas Falsches getan? Hatte er sich schuldig gemacht? Irgendeine Begründung musste ihr Verhalten ja haben. Vielleicht waren sie im Recht? Vielleicht war eine Verhandlung tatsächlich nötig? Nein, dies musste ein Traum sein. Wie hätten sie ihn finden sollen? Unter keinen Umständen war dies eine reale Situation. Zwei Männer traten in sein Blickfeld. Freundlich stellten sie vorsichtige Fragen, die er allesamt nicht verstand. Sie tupften mit einem kalten Lappen über Igors überhitztes Gesicht und boten ihm etwas zu trinken an. Igor schloss den Mund. Er wusste, dass er nichts zu sich nehmen durfte, was sie ihm anboten. Es könnte vergiftet sein oder Schlafmittel beinhalten. Er musste wach bleiben, um einen Moment abzupassen, in dem er fliehen konnte. So freundlich sie waren, so sicher war er sich, dass sie nichts Gutes im Schilde führten. Igor zuckte zusammen, als zwei Männer unter einem lauten metallischen Klacken eine schwere schwarze Tür vor ihm öffneten. In der Ferne hörte er Menschen schreien.

Die Bahre, auf der er lag, wurde in Bewegung gesetzt und Igor wurde in einen riesigen überfüllten Gerichtssaal geschoben.

○

Sie fuhren ihn an den Rand eines Balkons und Igor sah hinab auf eine mit dem Auge kaum mehr erfassbare Menge von Menschen. Der Saal war fast vollkommen dunkel, lediglich ein paar kleine Lichter an den Ausgängen ließen erahnen, von welchem gigantischen Ausmaß sie war.

Seine Bahre wurde von den Männern, die ihn herausgeschoben hatten, so aufgerichtet, dass er, von den Gurten gehalten, aufrecht vor der Brüstung des Balkons stand.

Die Menge war eine einzige rasende Welle, die sich im Wind ihrer eigenen Schreie aufbäumte und zurück in sich zusammenfiel, nur um immer wieder haushoch hinauszuschießen, sich selbst überschlagend, niederbrechend, die Zungen zerreißend, die Fäuste ballend, spuckend, tretend und fremdartige Worte schreiend. Ein schäumendes Meer aus unbegreiflicher Wut.

Igor blickte fassungslos hinab auf das Schauspiel, das sich ihm bot, und schüttelte immer wieder ungläubig den Kopf. Dies konnte nicht sein, dachte er. Wie sehr mussten sie ihn hassen!

»Enthauptung!«, riefen sie. Wie war das alles möglich? War es wegen des Käfers?

Er wollte zurück in seinen dunklen Raum. Kaum verstand man, was sie riefen, aber sie schrien immer weiter auf ihn ein, sie schrien und schrien und schrien ihn an und brüllten ihn nieder mit ihren krächzenden Stimmen.

Auch auf der anderen Seite war ein Balkon, auch dort standen Männer und auch sie blickten zu ihm. Einer war auf einer Empore. Wahrscheinlich war das sein Richter.

Igor schloss die Augen. Ein langer, ohrenbetäubender Ton aus einem Horn erschallte durch den Gerichtssaal, und die Menge verstummte. Er sah ihre Augen nicht, aber spürte ihre Blicke. Es wurde still.

Er blinzelte und sah in den Augenwinkeln, wie ein Mann neben ihm etwas schrie, was er nicht verstand; und als der Mann ruckartig seinen Arm hob, setzte ein entsetzlicher Chor aus Menschenstimmen ein:

ERSCHAFFER DES DREIECKS, ERGRÜNDER DER STABILITÄT UND SIEGER ÜBER DIE FORMEN,

SCHÜTZE UND SEGNE DEN MANN, DER UNS SEINEN WILLEN UND SEINE HAND FÜR UNSER HEIL ZU LEIHEN WEISS!

MÖGE SEIN ARM STARK UND SEIN AUGE SCHARF SEIN!

MÖGE SEIN GEIST DAS GESCHWÜR UNSERER GESELLSCHAFT FINDEN UND HERAUSSCHNEIDEN, UM ES DEM FEUER SEINER STRAFE ZU ÜBERGEBEN.

NIEDER MIT DEM NEID, DER LÜGE, DEM VERRAT!

NIEDER MIT SEINEN FRÜCHTEN, TOD SEINEN VERTRETERN!

TOD DEM MANN, DER UNSEREN FRIEDEN FRISST UND AUF UNSERE FREIHEIT SPUCKT, DER UNSERE GESETZE BRICHT UND MIT DEN WERTEN UNSERES VOLKES SPIELT!

TOD DEM FEIND DES DREIECKS!

Es wurde wieder still, ein Murmeln ging durch die Menge und alle starrten gebannt auf Igor.

Lange geschah nichts. Er öffnete die Augen und

starrte in den dunklen Raum. Still stand das Volk und wartete. Auch die Männer auf dem anderen Balkon blickten gespannt zu Igor. Die Männer neben ihm wurden nervös. Sie blickten ihn an, als würden sie eine Antwort erwarten.

Igor erblasste unter der erschreckenden Erkenntnis, die sich in ihm ausbreitete.

Zitternd hob er den Kopf und schaute zu den Männern auf dem anderen Podest. Einer von ihnen war eingewickelt in Mullbinden und lag in einer Konstruktion, über der eine große Klinge montiert war.

Du lagst falsch, Igor. Du bist nicht hier, um zu sterben.

Du bist nicht hier, um gerichtet zu werden.

Du bist hier, um zu richten.

○

Der Mann, der den Arm gehoben hatte, stellte sich nun dicht neben ihn und stieß ihn an.

»Das Volk von K erwartet Ihr Urteil.«

Die Menge war still und schaute hinauf.

Zwei Helfer hatten eine Art Trichter vor Igors Gesicht geschoben, in den er wohl hineinsprechen sollte.

Igors Geist drohte unter dem Gewicht der Ereignisse zusammenzubrechen. Er konnte keinen logischen Schluss mehr ziehen. Weder vermochte er seine Augen zu öffnen noch seine Stimme zu erheben. Mit aller Macht versuchte er sich zu sammeln und durch das Geschehen hindurchzublicken.

Dies musste ein Trugbild sein. Es gab keine andere Erklärung. Er dachte an den Raum, in dem er bis eben noch gesessen hatte, und zeichnete ihn in seiner Erinnerung nach. Er beschloss, dass der Raum sein wahrer Aufenthaltsort war und alles andere nur Schein. Ein Farbenspiel, welches aus einer tiefen Überreiztheit aufgestiegen war, um ihn zu testen. Er musste es auflösen wie einen Salzstein in einem Wasserbad. Der wirkliche Sachverhalt musste sein, dass er noch immer in einem warmen dunklen Raum saß und einem Fiebertraum erlegen war. Igor wurde still und spürte die kühle Luft auf seinem Gesicht. All seine Konzentration würde er aufwenden müssen, um dieses Trugbild zu zerschlagen. Er besann sich auf seinen Körper und fühlte, dass er noch immer auf der Matratze lag. Vielleicht war er krank? Oft war es vorgekommen, dass sein Geist in der langen Dunkelheit Spiele mit ihm trieb. Jedes von ihnen ging irgendwann vorbei. Er lachte. »Es wird wohl Zeit, den Raum zu verlassen, Igor«, sagte er zu sich selbst. »Ein schönes Experiment war das und viele Erkenntnisse hat es dir verschafft. Doch nun ist der richtige Moment, um aufzustehen, zu duschen, noch etwas zu essen und dann langsam ein paar Sonnenstrahlen in dein dunkles Versteck zu lassen. Deine Augen werden schmerzen, aber es wird gut sein. Es ist genug. Du bist müde. Wach auf!«

○

Igor öffnete die Augen und blickte in den dunklen Raum. Er blinzelte und erkannte ein paar schwache Lichter. Nach und nach wurde seine Sicht wieder scharf und er sah vor sich das nervöse Volk von K stehen. Igor musste den Blick abwenden und sah hinüber zu dem Mann, der auf dem anderen Podest stand und dessen Kopf in einer Vorrichtung steckte, die mit einer hochgezogenen Klinge versehen war. Igor wollte die Augen schließen, doch es gelang ihm nicht mehr. Das Haupt des Mannes, der in der Vorrichtung steckte, war nichts weiter als ein kopfgroßer Augapfel.

Der Mann, der neben Igor stand, war noch immer nervös und flüsterte ihm eindringlich zu, dass er doch endlich beginnen solle. Gern hätte Igor die Hände vor das Gesicht genommen, doch die Arme waren zu schwer.

Nach Minuten der Verzweiflung erhob er die

Stimme und sprach leise in den Trichter: »Ich habe keinen Richtspruch.«

○

Das Auge: Der optische Apparat des Auges entwirft ein seitenverkehrtes und umgedrehtes Bild, das in der Netzhaut von den Zäpfchen und den Stäbchen wahrgenommen wird. Die hier entstandenen Impulse werden von den Sehnerven zum Gehirn geleitet, und erst dort erscheint das Bild aufrecht und seitenrichtig.

○

Das Volk brüllte aufgebracht. Die Männer zogen Igor hektisch vom Balkon und schoben ihn laut fluchend in einen Gang. Sie rollten ihn über den grellen Flur und stießen ihn in einen Raum, in dem sie ein Verhör begannen. Viele Fragen schrien sie ihm aufgeregt entgegen, von denen Igor keine einzige verstand. Immer wieder schüttelte er den Kopf und gab sich keine Mühe mehr, eine angemessene Reaktion zu finden. Er konzentrierte sich darauf, bewusstlos zu werden. Nach einer für ihn unermesslich langen Zeit hievten sie ihn von seiner Bahre auf eine andere fahrbare Konstruktion und zogen ihn durch einen schmalen Tunnel. Er bekam nur noch Bruchstücke des Geschehens mit und wurde erst wieder klar, als sie ihn durch eine Luke ins Freie hoben. Das Sonnenlicht blendete ihn noch stärker als das Licht der Lampen. Die Männer legten ihn gefesselt in ein Boot und stießen ihn einen Fluss hinab.

Igor beschloss, nicht mehr zu reagieren, bis er irgendwann in seinem Raum aufwachen würde. Er ließ sich treiben und blickte starr nach oben in den vorüberziehenden Himmel. Zitternd betrachtete er die spiralenförmigen Wolken, bis die Nacht hereinbrach und er einschlief.

○

Ein lauter Knall ließ ihn hochfahren.

Igor sah sich um und erblickte sein Boot, das an einem steinigen Ufer zerschellt war. Wasser drang in das Innere und Igor sprang auf, um sich ans Ufer zu retten. Er stolperte und fiel bäuchlings auf die Steine. Die Gurte, die ihn gefesselt hielten, rissen auf und er wand sich aus ihnen hervor.

Benommen und ein wenig außer Atem, setzte er sich auf den Boden und strich vorsichtig mit den Fingern durch die Splitter des Bootes. Nirgendwo sah man Anzeichen für Zivilisation. Fliegen landeten auf seinem Rücken, ein paar Windböen zogen über das hohe Schilf. Sonst war es still.

Igor schüttelte ein paarmal den Kopf und versuchte, die Augen geschlossen zu halten. Er dachte, wenn er das Ganze nur lange genug nicht akzeptierte, müsste es sich auflösen. Nachdem er eine Weile geschwiegen hatte, hielt er es nicht mehr aus und sagte leise: »So.«

Mehr fiel ihm nicht ein und er beschloss, dass es sinnvoll wäre, noch ein wenig genauer über alles nachzudenken. »Worum könnte es sich handeln?«, rief er laut aus. Der Fluss glitt still vor sich hin und Igor hörte ein paar Bienen summen. »Hat es eine Veranlassung?«, rief er noch einmal laut. Nervös strich er mit den Fingern über das hohe Schilf, das an der Böschung wuchs. Kurz entschlossen stand er auf und setzte sich wieder hin. Er brach einen Stock ab und malte kleine Kreise in den Sand. Er wusste, dass er irgendetwas vergessen haben musste. Aber sosehr er sich bemühte, er konnte sich nicht daran erinnern, was es war. Er flüsterte ein zitterndes »Tja«.

Im Sand vor ihm stand:

1 + 1 = 1

Igor starrte die Gleichung an.

Anscheinend hatte er sie geschrieben.

Er dachte darüber nach und tastete abwesend nach den Splittern des Bootes.

1 + 1 = 1

Verwirrt scheuchte er Fliegen beiseite und stierte auf den Fluss. Still ist es hier, dachte er. Wie tief das Wasser wohl ist, was es wohl alles unter sich begräbt? Er verwischte die Gleichung, ohne hinzusehen, mit dem Fuß.

1 + 1 = 1

Sie ließ sich nicht entfernen. Wieder etwas, dem einfach keine Veranlassung abzuringen war.

»Ich stehe auf und laufe umher«, sagte er laut, als wollte er es jemandem mitteilen. Bevor er ging, verwischte er die in den Sand geschriebene Gleichung abermals mit dem Fuß. Sie machte ihm Angst.

1 + 1 = 1

Nach ein paar Schritten kehrte er zurück.

Bevor er denken konnte, musste er sich diesem Problem widmen. Es macht ihn nervös. Fügen wir der Eins also etwas hinzu, dachte er. Sie konnte, wenn sie zu sich selbst addiert wurde, unmöglich eine Eins bleiben. Besser, er schrieb es in den Sand. Igor verwischte die Eins und schrieb eine Zwei an ihre Stelle. Zu seinem großen Erschrecken malte seine Hand aber wiederum nur eine Eins.

Er glaubte, sich vertan zu haben, und zog immer wieder Linien in den Sand, von denen er meinte, dass sie eine Zwei darstellen müssten, wurde jedoch immer unsicherer, wie man sie schrieb. Schließlich warf er fahrig den Stock weg und versuchte aufzustehen.

Er stolperte und übergab sich in einen Strauch.

1 + 1 = 1

Igor schlug mit der Faust auf den Waldboden.

»Welt! Genug! Bitte, nimm mich in dir auf! Ich kann nicht mehr!«

Ein Fink setzte sich in die Nähe und pfiff: »Du kannst nicht von der Welt erwarten, dass sie dich aufnimmt. Du bist es, der die Welt aufnehmen muss.«

Igor reagierte nicht und malte immer wieder Striche, die er für Zweien hielt. Der Fink setzte sich auf einen Ast direkt neben ihm und sprach eindringlich: »Lade sie zu dir ein, bewirte sie! Erst dann wird die Welt auch dich in sich aufnehmen. Du musst deine

Tore öffnen und die Welt festlich empfangen. Tu es. Tu es jetzt.«

Ein zweiter Fink setzte sich dazu. »Er hat recht! Schau! So tue ich es! Sei willkommen, Welt!«, pfiff er mit geschwellter Brust. »Nimm Platz in mir. Lange habe ich mich vor dir verschlossen, lange wollte ich dich nicht in mir, doch nun weiß ich um deinen Wert. Verzeihe den Hochmut meiner frühen Jahre. Verzeih, dass ich dachte, ich brauche dich nicht. Ich weiß, ich wollte dir meinen Willen aufzwingen. Doch nun sehe ich, dass ich nur mit dir und nicht gegen dich sein kann. Mein Finkgefieder verdanke ich dir und auch meine Stimme, um darüber zu berichten, wie sehr ich es wertschätze, ein Fink zu sein. Verzeihe auch, dass ich erst in meiner schlimmsten Stunde zu dir sprach, um dich einzuladen und um Freundschaft zu bitten. Nicht im Angesicht deiner Schönheit habe ich mich entschlossen, dich zu bewirten, sondern im Angesicht meiner Hässlichkeit. Verzeihe meine Blindheit, meine Dummheit und meine Selbstgerechtigkeit. Verzeihe all die Jahre meiner Verschlossenheit. Ich war ein schlechter Fink. Doch nun bitte ich dich zu Tisch. Spucke nicht auf meine Teller, denn sie sind aus grobem Holz. Verschmähe nicht mein Mahl, sei es auch fad und kalt. Mein Zimmer ist klein und der Wind und die Ratten teilen es mit mir. Wenn die Zeit reif ist, wirst du mich lehren, die Ratten zu fangen und die Fenster zu kitten. Doch bevor es so weit ist, empfange meine Gastfreundschaft und verschmähe sie nicht, denn mir ist kalt und ich lobpreise dich mit der letzten Wärme, die noch in mir steckt.«

Drei Kerzen rollten vorbei und schmolzen in den Sand hinein.

Igor, der nie gelernt hatte, mit Tieren zu sprechen, verstand kein Wort des Finks und rieb nur abwesend seine trockenen Lippen aneinander.

Fieberhaft war er darin vertieft, sich zu erinnern, wie man eine Zwei zeichnete. Es konnte nicht sein, dass er es vergessen hatte; mit aller Gewalt versuchte er, das Bild der Zwei in seinem zerrütteten Geist erscheinen zu lassen, und mit einem Mal tauchte sie vor ihm auf. Eindeutig. Ihr stabiler Fuß und ihr schwanengleicher Hals strahlten in ergreifender Schönheit vor seinem inneren Auge. Was für eine ehrwürdige Zahl! Wie stabil und gleichzeitig zart! Was für ein karger Geselle die Eins dagegen war. Die Zwei war die stille und bescheidene Königin der Ziffern. Es war eindeutig. Igor war es zuvor nicht aufgefallen, doch nun, wo er sie in seinem Geist erscheinen sah, verblassten alle anderen Zahlen zu einfachen Zeichen. Euphorisch machte er sich daran, die Gleichung zu bereinigen. Wenigstens dieses Rätsel würde nicht ungelöst bleiben. Zu viel Chaos war schon durch ihn hindurchgeflossen. Diesmal würde er nicht eher aufstehen, bis er es zur Korrektur gezwungen hatte. Mit bebenden Fingern schrieb er in den Sand.

2 + 1 = 1

Igor stand auf und setzte sich wieder hin. Er erhob sich erneut, ging ein paar Schritte in den Wald hinein und ließ sich auf den Boden fallen. Dann drehte er sich um, blickte zu der Böschung, an der er eben noch gesessen hatte, stand auf, setzte sich, stand wieder auf und rannte in den Wald.

Die Vögel schauten besorgt und flogen ihm nach.

»Lade sie ein, lade sie ein!«, sangen sie dabei.

○

Igor war tief in den Wald gerannt, stumm und ohne Ziel. »Zwei«, sagte er immer wieder zu sich selbst.

Er hielt inne und betrachtete eine hohe und schmale Birke, die sich sanft im Wind bog. »Ja!«, sagte er leise zur Krone des Baumes hinauf. Dann ging er weiter und drehte sich nicht mehr um. Vögel und Getier kreuzten seinen Weg. »Nein«, sagte er im Vorbeigehen zu ihnen und schüttelte unablässig den Kopf.

Als die Nacht hereinbrach, wurde es kalt und er

fror. Er rieb die Hände aneinander und suchte nach einem Unterschlupf. Dabei folgte er den Dingen, von denen er dachte, dass sie Wege darstellen sollten, und ahnte längst, dass es keine Wege mehr gab.

○

Igor verbrachte die Nacht in einer Erdwölbung. Es gab keinen praktischen Grund, diesen Ort dem übrigen Gelände vorzuziehen, außer dem Gefühl einer unsichtbaren Abgrenzung.

Nachdem er erwacht war, verbrachte er viel Zeit mit Herumlaufen, Laut-zu-sich-Sprechen, Meditieren und dem Hin- und Herwälzen auf Lichtungen.

○

Am nächsten Morgen ergriff Igor eine zermürbende Ungeduld. Er schrie, schlug um sich, warf sich gegen einen Baum, hielt ihn fest, versuchte, ihn zu schütteln, rannte weiter, stürzte zu Boden, riss Grasnarben heraus, rieb seinen Kopf damit ein, riss schreiend Arme und Beine auseinander, fiel in sich zusammen, rollte umher, schlug und spuckte in die Luft, rannte gegen einen Baum, trat ihn, fasste nach einem Ast, zog sich hoch, ließ sich fallen, griff den linken Arm, versuchte, ihn herauszureißen, lachte, sprang auf, setzte sich hin, blieb sitzen, fiel um, hörte auf zu atmen, schrie mit dem Kopf im Nacken, brüllte, würgte, schlug mit der Faust in den Himmel und vergrub sein Gesicht in der Erde, und sprang und sprang und sprang, bis seine Lunge wund und seine Beine müde waren.

○

Igor fiel in ein stumpfes, unstetes Starren. Kleine Käfer liefen über sein Hosenbein und ein Falter setzte sich in sein Haar. Seine Augen hatten einen milchigen Schimmer und gerade als er aufstehen wollte, um eine Zahlenfolge zu rufen, erblickte er in der Ferne einen Rehbock.

Er hielt inne und schaute gebannt.

Auch der Rehbock sah zu ihm hinüber.

Merkwürdig beklommen blickten sie einander an und Igor wagte es nicht zu atmen. Er wusste nicht, warum, aber irgendetwas an ihm war logisch.

»Ein Rehbock. Natürlich!«, schlussfolgerte Igor, ohne zu wissen, was er damit meinte. Der Rehbock ergab auf eine überwältigende Weise Sinn.

Vorsichtig stand Igor auf, ohne den Blick von ihm abzuwenden.

Der Bock sprang noch immer nicht fort und Igor

überlegte, ob er wohl auf ihn zugehen konnte, ohne ihn zu erschrecken.

Vorsichtig hob er eine Hand, um ihn zu grüßen.

Der Rehbock schaute nur gebannt und bewegte sich nicht. Er stand weit weg und Igor erkannte, dass es kein Rehbock, sondern ein ausgewachsener Hirsch war. Er trug ein Geweih, welches acht Enden besaß, und sein Haupt war stolz emporgehoben. Igor blinzelte und erkannte, dass irgendetwas mit seinen Augen nicht stimmte. Sie waren von einer rötlichen Färbung und stark angeschwollen. Der Hirsch musste krank sein und Mitleid überkam Igor. Eine schlechte Welt war dies, wer auch immer sie erdacht hatte. Er überlegte, ob er wohl von Hilfe sein könnte, und in ihm regte sich der Wunsch, sich mit dem Tier anzufreunden, um vielleicht eines Tages auf ihm reiten zu dürfen. Dieses Bild entfachte eine tiefe Melancholie und Sehnsucht in ihm. Es musste gelingen.

Leise begann Igor zu sprechen.

»Guten Tag, Hirsch. Ich bin ein schlechter Arzt für mich selbst, aber vielleicht ein guter für jemand anderen. Mit Sicherheit kann ich das nicht sagen, weil ich in einer sehr verwirrenden Zeit lebe, welche immerfort eins ergibt, egal, womit ich sie addiere. Aber wenn du magst, versuche ich es und reinige deine Augen mit Wasser und Kräutern, die vielleicht eine lindernde Wirkung haben. Dies ist nur ein Angebot. Entscheide selbst.

Sie sahen einander eine Weile an.

Langsam senkte der Hirsch den Kopf und machte einen halben Schritt auf Igor zu.

»Du darfst auch ruhig an mir riechen«, rief er. »Wenn ich dir nicht gefalle, kannst du ja immer noch davonspringen.«

Nun bewegte sich der Hirsch tatsächlich langsam in seine Richtung und Igor musste lächeln. Er schaute dem Tier gerührt entgegen, das sich ihm unablässig näherte. Mit kräftigen Sätzen sprang es auf ihn zu und als Igor erkannte, dass der Hirsch sein Haupt zu senken begann, um ihn anzugreifen, durchfuhr ihn ein Schreck. Igor drehte sich um, um zu fliehen, aber der Hirsch war zu schnell und riss ihn mit seinem Geweih zu Boden.

Igor fiel und blieb schmerzverkrümmt liegen. Der Hirsch ging schnaubend um ihn herum und ließ ihn nicht aus den Augen. Igor fühlte eine klaffende Wunde im Rücken und warmes Blut über seine Haut laufen.

Noch einmal stieß der Hirsch auf ihn ein, bis er sicher war, dass sich Igor nicht mehr rühren würde.

○

Einen Ast, der trägt, einen Ofen, der wärmt, eine Waffe, die schießt, eine Mauer, die steht, überall wehen Bäume.

Vorhänge in Fahrradspeichen. Finger in Gläsern.

1 + 1 = 1

»Wach auf, Igor. Du führst noch immer etwas mit.«

Langsam hob Igor die Hände.

Alma. Finger. Blut. Umhöhlen, durchdringen, begleiten, erfassen, Wasser, Bäume, fallen.

»Die Welt trinkt dich, Igor, sie tanzt auf dir. Sie zerreißt deine Hände und missbraucht deine Augen. Steh auf, Igor. Es ist Zeit. Die Welt treibt ein lustiges Spiel und du bist ihre Figur.«

Igor fühlte eine kühle Klinge aus Stahl in seinem Magen wachsen. Leise umfasste er ihren harten Griff und erhob sich. »Eine Figur bist du, eine schöne Figur, Igor. Tanze, singe, lach! Steh auf, nie mehr soll sie dich trinken. Nie mehr soll sie dich atmen und nie mehr soll sie dich tanzen. Die Welt hat genug getanzt, sie muss aufhören, und dies ist die Stunde, es ihr zu sagen.«

Igor sah dem wenige Meter von ihm entfernt stehenden Hirsch in die Augen.

»Sie muss aufhören zu singen. Sie hat genug gesungen. Sag es ihr!«

Gern hätte Igor die Stimme in seinem Kopf zum

Schweigen gebracht, gern hätte er ein weiteres Mal versucht, ein Freund zu sein, aber er konnte nichts gegen den unendlichen Zorn tun, der in ihm aufstieg.

Zitternd sprach er: »Entferne dich, Welt, oder du machst uns zu Feinden. Unser Band ist gekappt. Lange wollte ich dich durchdringen und dich verstehen. Dein Schüler wollte ich werden. Geduldig habe ich jedes Rätsel, das du mir gabst, als Herausforderung angenommen, irgendwann würdest du dich schon erklären, irgendwann würdest du deine Kälte schon ablegen und deine Arme öffnen, doch ich sehe nun ein, dass ich dumm war. Du hattest recht. Unser Verhältnis ist ein anderes.«

Der Hirsch schnaubte, als sich Igor langsam vor ihm erhob.

»Schau, ein königliches Haupt gabst du diesem Hirsch, frei und stolz. Einen zitternden Arm gabst du mir, rasend und wild. Der Erde gabst du Schönheit, mir gabst du Wut. Es kann nicht anders sein, ich sehe es nun, ich bin der Magen, der gewachsen ist, dich zu zersetzen. Viel hast du mit mir getanzt, doch dies findet nun sein Ende. Es ist vorbei, Welt. Ich möchte nicht mehr dein Freund sein. Ich speie purpur leuchtende Fraktale aus Schlamm in deinen Mund. Ich abstrahiere dich in winzige Fetzen aus Klang, sieh! Voll zitternder Euphorie und Wut ist dieser Arm, sieh! Zerfetzen und zerstückeln wird er die Welt. Zerhacken und entzweien und zerbrechen wird er die Welt. Stirb, Welt, stirb! Brennen will ich dich sehen und zerfallen will ich dich sehen. Schreien und bersten und fallen will ich dich sehen, denn neu musst du werden, du funktionierst nicht.«

Igor schritt langsam und bebend auf den Hirsch zu, der ein weiteres Mal sein Haupt zu senken begann.

»Vernichten hättest du mich sollen, als du es noch konntest, nun ist es zu spät. Jetzt will ich sehen, wie du brichst. Ich will stehen und betrachten, wie du brennst und deine erdrückende, zermalmende, unerträgliche, niemals endende Liebe, die jede deiner Fasern in sich trägt, die zugänglich ist für deine kleinsten Geschöpfe, die durch alles noch so winzige Leben fließt, aus dir herausbricht und kaputtgeht, weil du sie allen schenkst, weil du sie allen schenkst außer mir.«

Igor zog die Klinge, die in seinem Magen gewachsen war, aus seinem blutigen Bauch und erhob sie gegen den Hirsch.

TAG 100

Ein Wecker klingelte. Sein unerträglicher Ton klang immer wieder spitz durch den Raum, bis er nach fünf Minuten von selbst verstummte.

○

Es war still.

Im Umkreis von mehreren Metern fielen einzelne Fell-, Muskel- und Gedärmbrocken herab. Manche blieben in den Ästen der umstehenden Bäume hängen, manche landeten in dem nahen Fluss und wurden fortgespült.

Kein einziger Vogel sang mehr und alle Bienen hatten sich entfernt. Nur das leise Klappern von Igors Zähnen war zu hören.

Er spuckte Blut aus seinem Mund und schob die Klinge zurück in seinen Magen. Sein bröseliges Fleisch formierte sich um die Öffnung herum und zersetzte den Stahl zurück in Magensäure.

Igor ließ sich auf die Knie fallen und fuhr mit den Händen durch den warmen, dampfenden Schlamm aus zerfetztem Tier, in dem er saß.

Die matschigen Klumpen aus Haut und Gedärm ließ er durch seine zittrigen Finger gleiten und schob benommen alle Brocken, die in seinem

Umkreis lagen, zu einem Haufen zusammen, als würde er sie zurückschieben wollen in die Form eines Hirsches.

Er weinte leise.

TAG 101

Unter einem Pflaumenbaum brach Igor zusammen und schlief. Es war Nacht geworden und es zirpte leise.

Die Bäume neigten ihre Kronen im Wind und ließen Blatt um Blatt sanft aus ihrem Geäst auf seinen geschundenen Körper fallen. Unter der Erde saugten sie das flüssig gewordene Fleisch von Igors Muskeln mit ihren Wurzeln ab, trugen es hinauf in die Äste und pressten es als blasenschlagendes Harz aus den Enden ihrer Knospen wieder hervor.

Igor schlug die Augen auf.

Er spürte noch immer eine seltsame Spannung im Magen. Der Morgen dämmerte und die ersten Vögel begannen zu singen. Es war kühl und friedlich.

Nach einer Weile stand er auf und beschloss, die Welt zu vernichten.

○

Igor stolperte durch die Morgendämmerung.

Er trug schwer an einem schmerzhaften Pochen in seinem Bauch.

Sein Plan war, ein unermesslich tiefes Loch zu graben. Ein Loch, welches so tief war, dass es bis in den Kern der Erde reichen würde. Er hatte eingesehen, dass er nicht in der Lage war, die ganze Welt zu vernichten, sie war zu groß. Aber wenigstens die Erde wollte er zerstören. Er würde graben, bis er den Kern erreicht hatte, um ihn als Geisel zu nehmen, er würde drohen, ihn zu vernichten, wenn die Welt sich nicht erklären würde, er würde ihn auseinanderreißen, wenn sie ihre Rätsel nicht lüften und ihre Schwerter nicht sinken lassen würde.

Auf einer mondbeschienenen Lichtung fand er eine freie Stelle, kniete sich hin und drückte seine Hände in die Erde. Tiefe Narben riss er in das feuchte Gras und grub durch Wurzeln und Sand. Er entfernte Steine und Geäst und kämpfte dabei gegen den Kloß an, der in seinem Hals wuchs.

○

Fiebernd dachte Igor nach.

»Grabe, immer tiefer, die Finger wund, die Augen geschlossen. Schön wird es sein und groß wird es sein. Das Beste, was je getan wurde, wird es sein. In die Erde, Igor, in ihren Kern. Deine Finger schmerzen, aber grabe nur. Neben dir kriecht eine Schnecke. Ihr Haus ist eine Spirale. Grabe tief, in ihren Kern. Tief und weit. Schweigend bricht die Schnecke ihren Damm, der Kern des Tieres bricht und bläst leise Luft, aber grabe nur, Igor, es ist eine Ungleichung. Der Baum fällt zwar und der Wind zerbricht, der Grund stirbt, der Damm der Schnecke bricht, aber dein Fleisch ist wie Gas und greift in seinen giftigen Kern. Die Spirale zerfällt. Alles ist. Reite die Schnecke und zerbrich ihren Damm, denn niemand hat das Recht, dich zu tanzen. Reite die Schnecke im Flur, denn niemand soll dich trinken. Das Holz bläst leise Luft und kalt bricht die Erde, denn der Klang schneidet sich entzwei wie ein Nebelstreif und strömt aus sich hervor, auf die Wiese wie ein Nebelstreif. ›Mit Schwert!‹, schreit die Schnecke. ›Sie tanzen auf dir. Sie trinken dich. Zu lange, zu lange, sie reimen sich nicht.‹ Ich schwitze das Schwert aus mir heraus und mein Schweiß bricht die Spirale auseinander. Der Körper ist weich. Nur dahin strebt es, nur dahin strebt es, um zu brechen und zu entzweien, den Bock entzweien, ihn auffasern, ihn entzweien, um ihn aufzufasern und ihn zu schneiden, mit dem Schwert, das kalt und leise bricht. Eine Zwei ist schön und braucht nicht geteilt zu werden. Die Finger fließen wie ein Strahl in die Erde und die Beine wie ein Stab, der die Tür der Schnecke eintritt, welche wohnt wie in einem Bruch, der sich in Ketten um sich selbst gebogen hat und nur verlassen werden kann, wenn man das Ergebnis seines Umfangs im Verhältnis zu seinem Durchmesser errechnet hat. Ich erbreche einen Schrei und werde dich brechen und brechen und brechen, bis du stirbst und schreist und brichst und brichst und auseinanderfällst in alle Teile deiner Frucht. Der singende Ton ist nun ganz nah und zersägt schreiend das samtene Kuvert, aus dem es das tanzende Salz in das vor Kälte berstende Holz streut. ›Um es zu vertilgen, um es zu vertilgen‹, rufen sie im Chor und knapp bevor mein Schweiß in den Augapfel fließt, welcher abgetrennt auf dem Boden liegt, spricht auch das Salz im Holz und lässt die Bodenplatte in zwei Teile zerbersten. Weg springen die beiden Teile, wie Steine, die sich voneinander wegspringend entfernen von dem Punkt ihres Absprungs. Es sind sehr wohl zwei, ich wusste es vorher, also auf, in die Erde, Igor. Weg hätten sie gehen sollen, fort hätten sie laufen sollen, fern hätten sie bleiben sollen. Nun ist es zu spät, mein Feuer bricht und bläst Luft. Weg springen sie, auseinanderspringen sie, hurtig und fleißig springen sie, wie sie es schon lange hätten tun sollen, und landen weit weg im Salz meines Schweißes, um darin zu ertrinken. Ich sterbe. In meinem Bauch trage ich einen tanzenden Apfel, der zu groß geworden ist, um ihn zu gebären. Kein Kanal ist mir gewachsen, um ihn zu entbinden. Er will heraus und alles, was ich tun kann, ist, ihn mir aus dem Bauch zu reißen. Aber meine Finger brechen ab an meiner Haut, die wie Stahl gespannt ist und darauf wartet, von innen zu brechen. Es muss von innen brechen, Igor, nicht von außen, sodass das singende Salz im Augapfel des Körpers keinen Platz mehr findet, um seine irrationalen Zahlen in dein Fleisch zu schreiben, ich bin Treibsand und das darin versinkende Pferd, welches aus nichts weiter besteht als singenden Einsen, die in ihrer Summe nur immer wieder Einsen gebären können, schlecht ist die Welt, böse ist die Welt, sie funktioniert nicht, ihr Ergebnis ist falsch und ergibt nichts als Bruch, und deswegen zerbreche ich ihre Einsen in den immerfort vertilgenden und gebärenden Wellen des Lebens, bis sie im warmen, salzigen Schlamm der Welt ihr Ende finden, ich selbst werde mich trinken und niemand sonst wird es tun. Die Welt hat einen Fehler gemacht und muss sich entschuldigen.

Du irrst, gerecht ist die Welt und brechen muss sie, um ihr Recht zu vertreten, gerecht ist die Welt und immerfort wachsen und vertilgen muss die Welt, um ihr Recht zu behaupten, denn sie ist es, die es trägt, und du bist nur Wurm und Hauch und Glück und Gast.«

Igor schlug sich mit der Faust ins Gesicht.

Seine Bauchdecke sprang auf und er gebar.

Kkkkkkkkkkkkkkkkkkkkkkkkkkkkkkkkkkkkkkkkkkkkk
kkkkkkkkkkkkkkkkkkkkkkkkkkkkkkkkkkkkkkkkkkkkk
kkkkkkkkkkkkkkkkkkkk
kkkkkkkkkkkkkkkkkkk
kkkkkkkkkkkkkkkkkkkkkkkkkkkkkkkkkKkkkkkkkkkk
kkkkkkkkkkkkkkkkkkkkkkkkkkkkkkkkkkkkkkkkkkkkk
kkkkkkkkkkkkkkkkkkkkkkkkkkkkkkkkkkkkkkkkkkkkk
Kkkkkkkkkkkkkkkkk

Kkkkkkkkkkkkkkkkkkkkkkkkkkkkkkkkkkkkkkkkkkkkk
kkkkkkkkkkkkkkkkkkkkkkkkkkkkkkkkkkkkkkkkkkkkk
kkkkkkkkkkkkkkkkkkkkkkkkkkkkkkkkkkkkkkkkkkkkk
kkkkkkkkkkkkkkkkkkkkkkkkkkkkkkkkkkkkkkkkkkkkk
kkkkkkkkkkkkkkkkkkkkkkkkkkkKkkkkkkkkkkkkkkkkk
kkkkkkkkkkkkkkkkkkkkkkkkkkkkkkkkkkkkkkkkkkkkk
kkkkkkkkkkkkkkkkkkkkkkkkkkkkkkkkkkkk Kkkkkkk
kkkkkkkkkkkkkkkkkkkkkkkkkkkkkkkkkkkkkkkkkkkkk
kkkkkkkkkkkkkkkkkkkkkkkkkkkkkkkkkkkkkkkkkkkkk
kkkkkkkkkkkkkkkkkkkkkkkkkkkkkkkkkkkkkkkkkkkkk
kkkkkkkkkkkkkkkkkkkkkkkkkkkkkkkkkkkkkkkkkkkkk
kkkkkkkkkkkkkkkkkkkKkkkkkkkkkkkkkkkkkkkkkkkk
kkkkkkkkkkkkkkkkkkk

Kkkkkkkkkkkkkkkkkkkkkkkkkkkkkkkkkkkkkkkkkk
kkkkkkkkkkkkkkkkkkkkkkkkkkkkkkkkkkkkkkkkkk
kkkkkkkkkkkkkkkkkkkkkkkkkkkkkkkkkkkkkkkkkk
kkkkkkkkkkkkkkkkkkkkkkkkkkkkkkkkkkkkkkkkkk
kkkkkkkkkkkkkkkkkkkkkkkkkpKkkkkkkkkkkkkk
kkkkkkkkkkkkkkkkkkkkkkkkkkkkkkkkkkkkkkkkkk
kkkkkkkkkkkkkkkkkkkkkkkkkkkkkkkkkkkk Kkkkk
kkkkkkkkkkkkkkkkkkkkkkkkkkkkkkkkkkkkkkkkkk
kkkkkkkkkkkkkkkkkkkkkk

kkkkkkkkkkkkkkkkkkkkkkkkkkkkkkkkkkkkkkkkkk
kkkkkkkkkkkkkkkkkkkkkkkkkkkkkkkkkkkkkkkkkk
kkkkkkkkkkkkkkkkkkkkkpKkkkkkkkkkkkkkkkkkk
kkkkkkkkkkkkkkkkkkkkkkkkkkkkkkkkkkkkkkkkkk
kkkkkkkkkkkkkkkkkkkkkkkkkkkkkkkk Kkkkkkkkk
kkkkkkkkkkkkkkkkkkkkkkkkkkkkkkkkkkkkkkkkkk
kkkkkkkkkkkkkkkkkkkkkkkkkkkkkkkkkkkkkkkkkk
kkkkkkkkkkkkkkkkkkkkkkkkkkkkkkkkkkkkkkkkkk
kkkkkkkkkkkkkkkkkkkkkkkkkkkkkkkkkkkkkkkkkk
kkkkkkkkkkkkkkkkpKkkkkkkkkkkkkkkkkkkkkkkk
kkkkkkkkkkkkkkkkkkkkkkkkkkkkkkkkkkkkkkkkkk
kkkkkkkkkkkkkkkkkkkkkkkkkkk Kkkkkkkkk

KKKKKKKKKKKKKKKKKKKKKKKKKKKKKK
KKKKKKKKKKKKKKKKKKKKKKKKKKKKKK
KKKKKKKKKKKKKKKKKKKKKKKKKKKKKK
KKKKKkkkkkkkkkkkkkkkkkkkkkkkkkkkkkkkkkkkk
kkkkkkkkkKKKKKKKKKKKKKKKKKKKKKkKKK

KKKKKKkkkKKKKKKKKkkkkkkkkkkkkkkkkkk
kkkkkk4KKKKKKKKKK
KKKKKKKKKKKKKKKKKKKKKKK
KKKKKKKKKKKKKKKKKKKKKKK
KKKKKKKKKKKKKKKKKKKKKKK
KKKKKKKKKKKKKKKKKK kkkkkk
kkkkkkkkkkkkkkkkkkkkkkkkkkkkkkkkkkk
kkkkkkkkkkkkkkkkkkkkkkkkkkkkkkkkkkk
kkkkkkkkkkkkkkkkkkkkkkkkkkkkkkkkkkkkkkkkkkk
kkkkkkkkkkkkkkkkkkkkkkkkkkkkkkkkkkkkkkkkkkk
kkkkkkkkkkkkkkkkkkkkkkkkkkkkkkkkkkkkkkkkkkk
kkkkkkkkkkkkkkkkkkkkkkkkkkkkkkkkkkkkkkkkkkk
kkkkkkkkkkkkkkkkkkkkkkkkkkkkkkkkkkkkkkkkkkk
kkkkkkkkkkkkkkkkkkkkkkkkkkkkkkkkkkkkk KKK
KKKKKKKKKKKKKKKKKKKKKKKKKKKKK
KKKKKKKKKKKKKKKKKKKkkkkkkkkkkkkkkkk
kkkkkkkkkkkkkkkkkkkkkkkkkkKKKKKKKKKKK
KKKKKKKkKKKKKKKKKKkkkKKKKKKKKk
kkkkkkkkkkkkkkkkkkkkkkkkkkkkkkkkkkkkkkkkkkk
kkkkkkkkkkkkkkkkkkkkkkkkkkkÇkkkkkkkkkkkkkkkk
kkkkkkkkkkkkkkkkkkkkkkkkkkkkkkkkkkkkkkkkkkk
kkkkkkkkkkkkkkkkkkkkkkkkkkkkkkkkkkkkkkkkkk-
kkkkkkkkkkkkkkkkkkkkkkkkkkkkkkkkkkkkkkkkkkk
kkkkkkkkkkkkkkkkkkkkkkkkkkkk kkkkkkkkkkkkkk
kkkkkkkkkkkkkkkkkkkkkkkkkkkkkkkkkkkkkkkkkkk
kkkkkkkkkkkkkkkkkkkkkkkkkkkkkkkkkkkkkkkkkkk
kkkkkkkkkkkkkkkkkkkkkkkkkkkkkkkkkkkkkkkkkkk

kkkkkkkkkkkkkkkkkkkkkkkkkkkkkkkkkkkkkkkkkk
kkkkkkkkkk&kkkkkkkkkkkkkkkkkkkkkkkkkkk
kkkkkkkkkkkkkkkkkkkkkkkkkkkkkkkkkkkk
kkkkkkkkkkkkkkkkkkkkkkkkkkkkkkkkk
kkkkkkkkkkkkkkkkkkkkkkkkkkkkkkkk
KKKKKKKKKKKKKKKKKKKKK
KKKKKKKKKKKKKKKKKKKKK
KKKKKKKKKKKKKKKKKKªkkkkkkkkkk
kkkkkkkkkkkkkkkkkkkkkkkkkkkkkkkkkkkkkkkkkk
kkkkkkkkkkkkkkkkkkkkkkkkkkkkkkkkkkkkkkkkkk
kkkkkkkkkkkkkkkkkkkkkkkkkkkkkkkkkkkkkkkkkk
kkkkkkkkkkkkkkkkkkkkkkkkkkkkkkkkkkkkkkkkkk
kkkkkkkkkkkkkkkkkkkkkkkkkkkkkkkkkkkkkkkkkk
kkkkkkkkkk

kkkkkkkkkkkkkkkkkkkkkkkkkkkkkkkkkkkkkkkkkk
kkkkkkkkkkkkkkkkkkkkkkkkkkkkkkkkkkkkkkkkkk
kkkkkkkkkkkkkkkkkkkkkkkkkkkkkkkkkkkkkkkkkk
kkkkkkkkkkkkkKKKKKKKKKKKKKKKKKKKKK
KKKKKKKKKKKKKKKKKKKKKKKKKKK
KKKKKKKKKkkkkkkkkkkkkkkkkkkkkkkkkkkkk
kkkkkkkkkkkkkkkkkkkkkkkkkkkkkkkkkkkkkkkkkk
kkkkkkkkkkkkkkkkkkkkkkk kkkkkkkkkkkkkkkkkk
kkkkkkkkkkkkkkkkkkkkkkkkkkkkkkkkkkkkkkkkkk
kkkkkkkkkkkkkkkkkkkkkkkkkkkkkkkkkkkkkkkkkk
kkkkkkkkkkkkkkkkkkkkkkkkkkkkkkkkkkkkKKKK
KKKKKKKKKKKKKKKKKKKKKKKKKKK

KKKKKKKKKKKKKKKKKKKKKKKKkkkkk
kkkkkkkkkkkkkkkkkkkkkkkk.

kkkkkkkkkkkkkkkkkkkkkkkkkkkkkkkkkkkkkkkkkkkk
kkkkkkkkkkkkkkkkkkkkkkkkkkkkkkkkkkkkkkkkkkkk
kkkkkkkkkkkkkkkkkkkkkkkkkkkkkkkkkkkkkkkkkkkk
kkkkkkkkkkkkkkkkkkkkkkkk
kkkkkkkkkkkkkkKKKKKKKKKKKKKKUkkkkkkkkk
kkkkkkkkkkkkkkkkkkkkkkkkkkkkkkkkkkkkkkkkkkkk
kkkkkkkkkkkkkkkkkkkkkkkkkkkkkkkkkkkkkkkkkkkk
kkkkkkkkkkkkkkkkkkkkkkkkkkkkkkkkkkkkkkkkkkkk
kkkkkkkkk

kkkKKKKKKKKKKkkkk

kkkkkkkkkkkkkkkkkkkkKKKKKKKKKKKKKKKKKKK
KKKkKKKKKKKKKkkkKKKKKKKKkkkkkkkk
kkkkkkkkkkkkkkkkkkkkkkkkkkkkkkkkkkkkkkkkkkkk
kkkkkkkkkkkkkkkkkkkkkkkkkkkkkkkkkkkkkkkkkkkk-
kkkkkkkkkkkkkkkkkkkkkkkkkkkkkkkkkkkkkk

kkkkkkkkkkkkkkkkkkkkkkkkkkkkkkkkkkkkkkkkkkkk
&kkkkkkkkkkkkkkkkkkkkkkkkkkkkkkkkkkkkkkkkkk
kkkkkkkkkkkkkkkkkkkkkkkkkkkkkkkkkkkkkkkkkkkk
kkkkkkkkkkkkkkkkkkkkkkkkkkkkkkkkkkkkk
kkkkkkkkkkkkkkkkkkkkkkkkkkkkkkkkkkkkk
kkkkkkkkkkkkkkkkkkkkkKKKKKKKKkkkk

kkkkkkkkkkkkkkkkkkkkkkkkkkkkkkkkkkkkk
kkkkkkkkkkkkkkkkkkkkkkkkkkkkkkkkkkkkk
kkkkkkkkkkkkkkkkkkkkkkkkkkkkkkkkkkkkk
kkkkkkkkkkkkkkkkkkkkkkkkkkkkkkkkkkkk
kkkkkkkkkkkkkkkkkkkkkkkkkkkkkkkkkkkk
kkkkkkkkkkkkkkkkkkkkkkkkkkkkkkkkkkkkkkkkkkkk
kkkkkkkkkkkkkkkkkKKKKKKKkkkkkkkkkkkkkkkk
kkkkkkkkkkkkkkkkkkkkkkkkkkkkkkkkkkkkkkkkkkkk

KKKKKKKKKKKKKKKKKKKKKKKKkkkkk
kkkkkkkkkkkkkkkkkkkkkkkkkkkkkkkkkkkkkkkkKKK
KKKKKKKKKKKKKKKkKKKKKKKKKkkkK
KKKKKKKkkkkkkkkkkkkkkkkkkkkkkkkkkkkkkkkkk
kkkkkkkkkkkkkkkkkkkkkkkkkkkkkkkkkkkkkkkkkkkk
kkkkkkkkkkkkkkkkkkk{KKKKKKKKKKKKKKK
KKKKKKKKKkkkkkkkkkkkkkkkkkkkkkkkkkkkkk
kkkkkkkkkkkkkkkKKKKKKKKKKKKKKKKKKK
kKKKKKKKKK KKKKKKKKKKKKKKKK
KKKKKKKkkkkkkkkkkkkkkkkkkkkkkkkkkkkkkkkkk
kkkkkkkkkkkKKKKKKKKKKKKKKKKKKkKK
KKK kkkkkkkkkkkkkkKKKKKKKKKKKKKKK
KKkkkKKKKKKKKKKkkkKKK KKKKKkkkkkk
kkkkkkkkkkkkkkkkkkkkkkkkkkk kkkkkkkkkkkkkkkk
kkkkkkkkkkkkkkkkkkkkkkkkkkkkkkkkkkkkkkkkkkkk
kkkkkkkkkkkkkkkkkkkkkkkkkkkkkkkkkkkkkkkkkkkk
kkkkkkkkkkkkkkkkkkkkkkkkkkkkkkkkkkkkkkkkkkkk
kkkkkkkkkkkkkkkkkkkkkkkkkkkkkkkkkkkkkkkkkkkk

kkkkkkkkkkèkkkkkkkkkkkkkkkkkkkkkkkkkkkkkkkkkkkk
kkkkkkkkKkkkk

KKKKkKkkkkkk

Kkkkkk

KkkKkkk

KKKkkKkk

Kkkkkk

Kkkkk

kkkkkkkkkkkkkk

kkkkkkkkkkkkkkkkkkkkkkkkkkkkkkkkkkkkkkkkkkkkkkk
kkkkkkkkkkkkkkkkkkkkkkkkkkkkkkkkkkkkkkkkkkkkkkk
kkkkkkkkkkkkkkkkkkkkkkkkkkkkkkkkkkk

.kkkkkkkkkkkkkkkkkkkkkkkkkkkkkkkkkkkkkkkkkkkkkk
kkkkkkkkkkkkkkkkkkkkkkkkkkkkkkkkkkkkkkkkkkkkkkk
kkkkkkkkkkkkkkkkkkkkkkkkkkkkkkkkkkkkkkkkkkkkkkk
kkkkkkkkkkkkkkkkkkkkkkk.

kkkkkkkkkkkkkkkkkkkkkkkkkkkkkkkkkkkkkkkkkkkkkkk

kkkkkkkkkkkkkkkkkkkkkkkkkkkkkkkkkkkkkkkK
KKKKKKKKKKKKKKKKKKKKKKKKKKK
KKKKKKKKKKKKKKKKKKKKKKKKKKK
KKKKKKKKKKKKKKKKKKKKKKKKKKK
KKKKKKKKKKKKKKKKKKKKKKKK

KKKKKKKKKKKKKKKKKKKKKKKKKKK
KKKKkkkkkkkkkkkkkkkkkkkkkkkkkkkkkkkkkkkk
kkkkkkKKKKKKKKKKKKKKKKKKKKkKKKK
KKKKkkkKKKKKKKKkkkkkkkkkkkkkkkkkkkkk
kkkkkkkkkkkkkkkkkkkkkkkkkkkkkkkkkkkkkkkk
kkkkkkkkkkkkkkkkkkkkkkkkkkkkkkkkkkkkkkkk
kkkkkkkkkkkkkkkkkkkkkkkkkkkkkkkkkkkkkkkk
kkkkkkkkkkkkkkkkkkkkkkkkkkkkkkkkkkkkkkkk
kkkkk&kkkkkkkkkkkkkkkkkkkkkkkkkkkkkkkkkk
kkkkkkkkkkkkkkkkkk
kkkkkkkkkkkkkkkkkkkkkkkkkkkkkkkkkkkkkkkk
kkkkkkkkkkkkkkkkkkkkkkkkkkkkkkkKKKKKK
KKKKKKKKKKKKKKKKKKKKKKKKKK

.KKKKKKKKKKKKKKKKKKKKKKKKKKK
KKKKKKKKKKKKKKKKKKKKKKKKKKK
KKKKKKKKKKKKKKKKKKKKKKKKKKK
KKKKKKKKKKkkkkkkkkkkkkkkkkkkkkkkkkkk.

kkkkkkkkkkKKKKKKKKKKKKKKKKKKKKkKK
KKKKKKKkkkKKKKKKKkkkkkkkkkkkkkkkk

kkkkkkkkkkkkkkkkkkkkkkkkkkkkkkkkkkkkkkkkkk
kkkkkkkkkkkkkkkkkkkkkk

kkkkkkkkkkkkkkkkkkkkkkkkkkkkkkkkkkkkkkkkkk
kkkkkkkkkkkkkkkkkkkkkkkkkkkkkkkkkkkkkkkkkk
kkkkkkkkkkkkkkkkkkkkKKKKKKKKKKKKKK
KKKKKKKKKKKKKKKKKKKKKKKKKKK
KKKKKKKKKKKKKKKKKKKKKKKK
KKKKKKKKKKKKKKKKKKKKKKÌkk
kkkkkkkkkkkkkkkkkkkkkkkkkkkkkkkkkkkk
kkkkkkkkkkkkkkkkkkkkkkkkkkkkkkkkkkkk
kkkkkkkkkkkkkkkkkkkkkkkkkkkkkkkkkkkk
kkkkkkkkkkkkkkkkkkkkkkkkkkkkkkkkkkkk
kkkkkkkkkkkkkkkkkkkkkkkkkKKKKKKKK
KKKKKKKKKKKKKKKKKKKKKKKK
KKKKKKKKKKKKKKKKKKKKKKKK
kkkkkkkkkkkkkkkkkkkkkkkkkkkkkkkkkkkkkkkkkk
kkkkkkkkkkkkkkkkkkkkkkkkkkkkkkkkkkkkkkkkkk
kkkkkkkkkkkkkkkkkkkkkkkkkkkkkkkkkkkkkkkkkk
kkkkkkkkkkkkkkkkkkkkkkkkkkkkkkkkkkkkkkkkkk
kkkkkkkkkkkkkkkkkkkkkkkkkkkkkkkkkkkkkkkkkk
kkkkkkkkkkkkkkkkkkkkkkkkkkkkkkkkkkkkkkkkkk
kkkkkkkkkkkkkkkkkkkkkkkkkkkkk KKKKKKK
KKKKKKKKKKKKKKKKKKKKKKKkkkkkkk
kkkkkkkkkkkkkkkkkkkKKKKKKKKKKKKKKKK
KKKkKKKKKKKKKkkkKKKKKKKKkkkkkkk
kkkkkkkkkkkkkkkkkkkkkkkkkkkkkkkkkkkkkkkkk-

kkkkkkkkkkkkkkkkÆKKKKKKKKKKKKKKKK
KKKKKKKKKKKKKKKKKKKKKKKKKKK
KKKKkkkkkkkkkkkkkkkkkkkkkkkkkkkkkkkkkkkk
kkkkkKKKKK KKKKKKKKKKKKKKKKKK
KKKKKKKKKKKKKKKKKKKKKKKKKKK
Kkkkkkkkkkkkkkkkkkkkkkkkkkkkkkkkkkkkkkkkkk
kKKKKKKKKKKKKKKKKKKkKKKKK kkkk
kkkkkkkkkkkkkkkkkkkkkkkkkkkkkkkkkkkkkkkkkk
kkkkkkkkkkkkkkkkkkkkkkkkkkkkkkkkkkkkkkk kk
kkkkkkkkkkkkkkkkkkkkkkkkkkkkkkkkkkkkkkkkkk
kkkkkkkkkkkkkkkkkkkkkkkkkkkkkkkkkkkkkkkkkk
kkkkkkkkk kkkkkkkkkkkkkkkkkkkkkkkkkkkkkkkk
kkkkkkkkkkkkkkkkkkkkkkkkkkkkkkkkkkkkkkkkkk
kkkkkkkkkkkkkkkkkkkkkkkkkkkkkkkkkkkkkkkkkk
kkkkkkkkkkkkkkkk

kkkkkKKKKKKKKKKKKKKKKKKKKKKKK
KKkkkkkkkkkkkkkkkkkkkkkkkwkkkkkkkkkkkkkk
kkkkkkkkkkkkkkkkkkkkkkkkkkkkkkkkkkkkkkkkkk
kkkkkkkkkkkkkkkkkkkkkkkkkkkkkkkkkkkkkk kkk
kkkkkkkkkkkkkkkkkkkkkkkkkkkkkkkkkkkkkkkkkk
kkkkkkkkkkkkkkkkkkkkkkkkkkkkkkkkkkkkkkkkkk
KKKKKKKKKKKKKKKKKKKKK.

KKKKKKKKKKKKKKKKKKKKKKKKKKK
KKKKKKKKKKKKKKKKKKKKKKKKKKK
KKKKKKKKKKKKKKKKKKKKKKKKKKK
KKKKKKKKKKKKKKKKKKKKKKKKKKK

KKKKKKKKKKKKKKKKKKKKKKKKKKKKK
KKKKKKKKKKKKKKKKKKKKKKKKKKKKK
KKKKKKKKKKKKKKKKKKKKKKKKK

KKKKKKKKKKKKKKKKKKKKKKKKKKKKK
KKKKKKKKKKKKKKKKKKKKKKKKKKKKK
KKKKKKKKKKKKKKKKKKKKKKKKKKKKK
KKKKKKKKKKKKKKKKKKKKKKKKK
KKKKKKKKKKKKKKKKKKKKKKKKK
KKKKKKKKKKKKKKKKKKKKKKKKK
KKKKKKKKKKKKKKKKKKKKKKKKK
KKKK÷KKKKKKKKKKKKKKKKKKKK
KKKKKKKKKKKKKKKKKKKKKKKKKK
KKKKKKKKKKKKKKKKKKKKKKKKKKKKK
KKKKKKKKKKKKKKKKKKKKKKKKKKKKK
KKKKKKKKKKKKKKK
KKKKKKKKKKKKKKKKKKKKKKKKKKKKK
KKKKKKKKKKKKKKKKKKKKKKKKKKKKK
KKKKKKKKÍKKKKKKKKKKKKKKKKKKKK
KKKKKKKKKKKKKKKKKKKKKKKKKKKKK
KKKKKKKKKKKKKKKKKKKKKKKKKKKKK
KKKKKKKKKKKKKKKKKKKKKKKKKKKKK
KKKKKKKKKKKKKKKKKKKKKKKKKKKKK
KKKKKKKKKKKKKKKKKKKKKKKKKKKKK
KKKKKKKKKKKKKKKK
KKKKKKKKKKKKqKKKKKKKKKKKKKKKK
KKKKKKKKKKKKKKKKKKKKKKKKK

KKKKKKKKKKKKKKKKKKKKKKKK
KKKKKKKKKKKKKKKKKKKKKKKK KKK
KKKKKKKKKKKKKKKKKKKKKKKKKKK
KKKKKKKKKKKKKKKKKKKKKKKKKKK
KKKKKKKKKKKKKKKKKKKKKK

KKKKKKKKKKKKKKKKKKKKK
KKKKKKKKKKKKKKKKKKKKK
KKKKKKKKKKKKKKKKKKKKKKKKKKK
KKKKKKKKKKKKKKKKKKKKKKKKKKK
KKKKKKKKKKKKKKKKKKKKKKKKKKK
KKKKKKKKKKKKKKKKKKKKKKKKKKK
KKKKKKKKKKKKKKKKKKKKKKKKKKK
KKÜKKKKKKKKKKKKKKKKKKKKKKKK
KKKKKKKKKKKKKKKKKKKKKKKKKKK
KKKKKKKKKKKKKKKKKKKKKKKKKKK
KKKKKKKKKKKKKKK KKKKKKKKKKKK
KKKKKKKKKKKKKKKKKKKKKKKKKKK
KKKKKKKKKKKKKKKKKKKKKKKKKKK
KKKKKKKKKKKKKKKKKKKKKKKKKKK
KKKKKKKKKKKKKKKKKKKKKKKKKK

KKKKKKKKKKKKKKKKKKKKKKKKKKK
KKKKKKKKKKKKKKKKKKKKKKKKKKK
KKKKKKKKKKKKKKKKKKKKKKKKKKK
KKKKKKKKKKKKKKKKKKKKKKKKKKK
KKKKKKKKKKKKKKKKKKKKKKKKKKK

KKKKKKKKKKKKKKKKKKKKKKKKKKK
KKKKKKKKKKKKKKKKKKKKKKKKKKK
KKKK÷KKKKKKKKKKKKKKKKKKKKKK
KKKKKKKKKKKKKKKKKKKKKKKKKKK
KKKKKKKKKKKKKKKKKKKKKKKKKKK
KKKKKKKKKKKKKKKKKKKKKKKKKKK
KKKKKKKKKKKKKKKKKKKKKKKKKKK
KKKKKKKKKKKKKKKKKKKKKKKKKKK
KKKKKKKKKKKKKKKKKKKKKKKKKKK
KKKKKKKKÍKKKKKKKKKKKKKKKKKK
KKKKKKKKKKKKKKKKKKKKKKKKKKK
KKKKKKKKKKKKKKKKKKKKKKKKKKK
KKKKKKKKKKKKKKKKKKKKKKKKKKK
KKKKKKKKKKKKKKKKKKKKKKKKKKK
KKKKKKKKKKKKKKKKKKKKKKKKKKK
KKKKKKKKKKKKKKKKKKKKKKKKKKK
KKKKKKKKKKKKKqKKKKKKKKKKKKK
KKKKKKKKKKKKKKKKKKKKKKKKKKK
KKKKKKKKKKKKKKKKKKKKKKKKKKK
KKKKKKKKKKKKKKKKKKKKKKKK KK
KKKKKKKKKKKKKKKKKKKKKKKKKKK
KKKKKKKKKKKKKKKKKKKKKKKKKKK
KKKKKKKKKKKKKKKKKKKKKK

KKKKKKKKKKKKKKKKKKKKKKKKKKK
KKKKKKKKKKKKKKKKKKKKKKKKKKK
KKKKKKKKKKKKKKKKKKKKKKKKKKK

KKKKKKKKKKKKKKKKKKKKKKKKKKKKK
KKKKKKKKKKKKKKKKKKKKKKKKKKKKK
KKKKKKKKKKKKKKKKKKKKKKKKKKKKK
KKKKKKKKKKKKKKKKKKKKKKKKKKKKK
KKKKÃKKKKKKKKKKKKKKKKKKKKKKKK
KKKKKKKKKKKKKKKKKKKKKKKKKKKKK
KKKKKKKKKKKKKKKKKKKKKKKKKKKKK
KKKKKKKKKKKKKKKKK KKKKKKKKKK
KKKKKKKKKKKKKKKKKKKKKKKKKKKKK
KKKKKKKKKKKKKKKKKKKKKKKKKKKKK
KKKKKKKKKKKKKKKKKKKKKKKKKKKKK
KKKKKKKKKKKKKKKKKKKKKKKKKKKKK
KKKKKKKKKKKKKKKKKKKKKKKKKKKKK-
KKKKKKKKKKKKKKKK

KKKKKKKKKKKKKKKKKKKKKKKKKKKKK
KKKKKKKKKKKKKKKKKKKKKKKKKKKKK
KKKKKKKKKKKKKKKKKKKKKKKKKKKKK
KKKKKKKKKKKKKKKKKKKKKKKKKKKKK
KKKKKKKKKKKKKKKKKKKKKKKKKKKKK
KKKKKKKKKKKKKKKKKKKKKKKKKKKKK
KKKKKKKKKKKKKKKKKKKKK÷KKKKKKK
KKKKKKKKKKKKKKKKKKKKKKKKKKKKK
KKKKKKKKKKKKKKKKKKKKKKKKKKKKK
KKKKKKKKKKKKKKKKKKKKKKKKKKKKK
KKKKKKKKKKKKKKKKKKKKKKKKKKKKK
KKKKKKKKKKKKKKKKKKKKKKKKKKKKK

KKKKKKKKKKKKKKKKKKKKKKKKKKKKK
KKKKKKKKKKKKÍKKKKKKKKKKKKKKKK
KKKKKKKKKKKKKKKKKKKKKKKKKKKKK
KKKKKKKKKKKKKKKKKKKKKKKKKKKKK
KKKKKKKKKKKKKKKKKKKKKKKKKKKKK
KKKKKKKKKKKKKKKKKKKKKKKKKKKKK
KKKKKKKKKKKKKKKKKKKKKKKKKKKKK
KKKKKKKKKKKKKKKKKKKKKKKKKKKKK
KKKKKKKKKKKKKKKKKKKKKKKKKKKKK
KKKKKKKKKKKKKKKKKKKKKKKKKKKKK
KKKKKKKKKKKKKKKKKKKKKKKKKKKKK
KKKKKKKKKKKKKKKKKKKKKKKKKKKKK
KKKKKKKKKKKKKKKKKKKKKKKKKKKKK
KKKKKKKKKKKKKKKKKKKKKKKKKKKKK
KKKKKKKKKKKKKKKKKKKKKKKKKKKKK
KKKKKKKKKKKKKKKKKKKKKKKKKKKKK
KKKKKKKKKKKKKKKKKKKKKKKKKKKKK
KKKKKKKKKKKKKKKKKKKKKKKKKKKKK
KKKKKKKKKKKKKKKKKKKKKKKKKKKKK
KKKKKKKKKKKKKKKKKKKKKKKKKKKKK
KKKKKKKKKKKKKKKKKKKKKKKKKKKKK
KKKKKKKKKKKKKKKKKKKKKKKKKKKKK
KKKKKKKKKKKKKKKKKKKKKKKKKKKKK
KKKKKKKKKKKKKKKKKKKKKKKKKKKKK
KKKKKKKKKKKKKKKKKKKKKKKKKKKK-
KKKKKKKKKKKKKKKKKKKKKKKKKKKKK
KKKKKKKKKKKKKKKKKKKKKKKKKKKKK

KKKKKKKKKKKKKKKKKKKKKKKKKKK
KKKKKKKKKKKKKKKKKKKKKKKKKKK
KKKKKKKKKKKKKKKKKKKKKKKKKKK
KKKKKKKKKKKKKKKKKKKKKKKKKKK
KKKKKKKKKKKKKKKKKKKKKKKKKKK
KKKKKKKKKKKKKKKKKKKKKKKKKKK
KKKKKKKKKKKKKKKKKKKKKKKKKKK
KKKKKKKKKKKKKKKKKKKKKKKKKKK
KKKKKKKKKKKKKKKKKKKKKKKKKKK
KKKKKKKKKKKKKKKKKKKKKKKKKKK
KKKKKKKKKKKKKKKKKKKKKKKKKKK
KKKKKKKKKKKKKKKKKKKKKKKKKKK
KKKKKKKKKKKKKKKKKKKKKKKKKKK
KKKKKKKKKKKKKKKKKKKKKKKKKKK
KKKKKKKKKKKKKKKKKKKKKKKKKKK
KKKKKKKKKKKKKKKKKKKKKKKKKKK
KKKKKKKKKKKKKKKKKKKKKKKKKKK
KKKKKKKKKKKKKKKKKKKKKKKKKKK
KKKKKKKKKKKKKKKKKKKKKKKKKKK
KKKKKKKKKKKKKKKKKKKKKKKKKKK
KKKKKKKKKKKKKKKKKKKKKKKKKKK
KKKKKKKKKKKKKKKKKKKKKKKKKKK
KKKKKKKKKKKKKKKKKKKKKKKKKKK
KKKKKKKKKKKKKKKKKKKKKKKKKKK
KKKKKKKKKKKKKKKKKKKKKKKKKKK
KKKKKKKKKKKKKKKKKKKKKKKKKKK
KKKKKKKKKKKKKKKKKKKKKKKKKKK
KKKKKKKKKKKKKKKKKKKKKKKKKKK

KKKKKKKKKKKKKKKKKKKKKKKKKKKK
KKKKK KKKKKKKKKKKKKKK
KKKKKKKKKKKKKKKKKKKKKKKKKKKK
KKKKKKKKKKKKKKKKKKKKKKKKKKKK

KKKKKKKKKKKKKKKKKKKKKKKKKKKK
KKKKKKKKKKKKKKKKKKKKKKKKKKKK
KKKKKKKKKKKKKKKKKKKKKKKKKKKK
KKKKKKKKKKKKKKKKKKKKKKKKKKKK
KKKKKKKKKKKKKKKKKKKKKKKKKKKK
KKKKKKKKKKKKKKKKKKKKKKKKKKKK
KKKKKKKKKKKKKKKKKKKKKKKKKKKK
KKKKKKKKKKKKKKKKKKKKKKKKKKKK
KKKKKKKKKKKKKKKKKKKKKKKKKKKK
KKKKKKKKKKKKKKKKKKKKKKKKKKKK
KKKKKKKKKKKKKK

KKKKKKKKKKKKKKKKKKKKKKKKKKKK
KKKKKKKKKKKKKKKKKKKKKKKKKKKK
KKKKKKKKKKKKKKKKKKKKKKKKKKKK
KKKKKKKKKKKKKKKKKKKKKKKKKKKK
KKKKKKKKKKKKKKKKKKKKKKKKKKKK
KKKKKKKKKKKKKKKKKKKKKKKKKKKK
KKKKKKKKKKKKKKKKKKKKKKKKKKKK
KKKKÍKKKKKKKKKKKKKKKKKKKKKKKK
KKKKKKKKKKKKKKKKKKKKKKKKKKKK
KKKKKKKKKKKKKKKKKKKKKKKKKKKK

KKKKKKKKKKKKKKKKKKKKKKKKKKKKK
KKKKKKKKKKKKKKKKKKKKKKKKKKKKK
KKKKKKKKKKKKKKKKKKKKKKKKKKKKK
KKKKKKKKKKKKKKKKKKKKKKKKKKKKK
KKKKKKKKK÷KKKKKKKKKKKKKKKKKKK
KKKKKKKKKKKKKKKKKKKKKKKKKKKKK
KKKKKKKKKKKKKKKKKKKKKKKKKKKKK
KKKKKKKKKKKKKKKKKKKKKKKKKKKKK
KKKKKKKKKKKKKKKKKKKKKKKKKKKKK
KKKKKKKKKKKKKKKKKKKKKKKKKKKKK
KKKKKKKKKKKKKKKKKKKKKKKKKKKKK
KKKKKKKKKKKKKKKKKKKKKKKKKKKKK
KKKKKKKKKKKKKKKKKKKKKKKKKKKKK
KKKKKKKKKKKKKKKKKKKKKKKKKKKKK
KKKKKKKKKKKKKKKKKKKKKÍKKKKKKK
KKKKKKKKKKKKKKKKKKKKKKKKKKKKK
KKKKKKKKKKKKKKKKKKKKKKKKKKKKK
KKKKKKKKKKKKKKKKKKKKKKKKKKKKK
KKKKKKKKKKKKKKKKKKKKKKKKKKKKK
KKKKKKKKKKKKKKKKKKKKKKKKKKKKK
KKKKKKKKKKKKKKKKKKKKKKKKKKKKK
KKKKKKKKKKKKKKKKKKKKKKKKKqKKK
KKKKKKKKKKKKKKKKKKKKKKKKKKKKK
KKKKKKKKKKKKKKKKKKKKKKKKKKKKK
KKKKKKKKKKKKKKKKKKKKKKKKKKKKK
KKKKKKKKK KKKKKKKKKKKKKKKKKKK
KKKKKKKKKKKKKKKKKKKKKKKKKKKKK

KKKKKKKKKKKKKKKKKKKKKKKKKKK
KKKKKKK

KKKKKKKKKKKKKKKKKKKKKKKKKKK
KKKKKKKKKKKKKKKKKKKKKKKKKKK
KKKKKKKKKKKKKKKKKKKKKKKKKKK
KKKKKKKKKKKKKKKKKKKKKKKKKKK
KKKKKKKKKKKKKKKKKKKKKKKKKKK
KKKKKKKKKKKKKKKKKKKKKKKKKKK
KKKKKKKKKKKKKKKKKKKKKKKKKKK
KKKKKKKKKKKKKKKKKKKKKKKKKKK
KKKKKKKKKKKKKKKKKKKKKKKKKKK
KKKKKKKKKKKKKKKKKKKKKKKKKKK
KKKKKKKKKKKKKKKKKKKKKKKKKKK
ÉKKKKKKKKKKKKKKKKKKKKKKKKKK
KKKKKKKKKKKKKKKKKKKKKKKKKKK
KKKKKKKKKKKKKKKKKKKKKKKKKKK
KKKKKKKKKKKK KKKKKKKKKKKKKK
KKKKKKKKKKKKKKKKKKKKKKKKKKK
KKKKKKKKKKKKKKKKKKKKKKKKKKK
KKKKKKKKKKKKKKKKKKKKKKKKKKK
KKKKKKKKKKKKK

KKKKKKKKKKKKKKKKKKKKKKKKKKK
KKKKKKKKKKKKKKKKKKKKKKKKKKK
KKKKKKKKKKKKKKKKKKKKKKKKKKK
KKKKKKKKKKKKKKKKKKKKKKKKKKK

KKKKKKKKKKKKKKKKKKKKKKKKKKKKK
KKKKKKKKKKKKKKKKKKKKKKKKKKKKK
KKKKKKKKKKKKKKKKKKKKKKKKK.

KK

0 1 2 3 **4** 5 6 7 8 9

In verum, in sillyvinn, in huthoé sindéraha

Als er 19 Stunden später erwachte, lag Igor kopfüber in einem verregneten Erdloch und wurde von Kinderaugen beobachtet. Das Loch war nicht tief, hätte er gestanden, wäre es ihm nicht einmal bis zum Bauch gegangen, aber es war tief genug, um zu verdecken, was um ihn herum geschah. Mühsam zog er seine schmerzenden Hände an sich heran, um sich den Schlamm aus dem Gesicht zu wischen, als er bemerkte, dass der Boden, wie unter vielen schnellen Schritten, vibrierte.

Leise hörte er das Knacken kleiner Gelenke und er schreckte zusammen, als mit einem Mal ein eigenartiger Kindergesang erklang. Er war so merkwürdig und ergreifend, dass Igor auf die Beine sprang. Erst nach einer Weile vermochte er zu sehen, dass nur eine Armlänge entfernt acht Kinder um ihn herum tanzten. Sie waren so schnell, dass man sie kaum erkennen konnte, meist waren sie lediglich ein Wischen, aber immer wieder zeichnete sich darin klar und deutlich ein Kindergesicht ab. Igor versuchte, ihnen mit seinem Blick zu folgen, aber es war ihm unmöglich. In einer sonderbaren Geschmeidigkeit entzogen sie sich seinen Sinnen und Igor musste sich mit den Armen abstützen, um nicht umzufallen. Der Gesang ergriff ihn sehr. Ihre Lippen öffneten sich nur leicht. Eigentlich summten sie es aus ihren kleinen Mägen hervor, ganz sanft und an manchen Stellen wellenartig anschwellend. Dabei blieben ihre kühlen Kinderaugen unablässig auf Igor fixiert.

Als die Kinder sahen, dass Igor wach war, drückten sie sich immer kräftiger vom Boden ab. Sie warfen sich regelrecht in die Luft und erreichten Höhen von bis zu zwei Metern. Alles in einem Kreis, den sie nie verschoben, als bewegten sie sich auf unsichtbaren Schienen.

Ihre Körper schienen Kraft zu erlangen, anstatt sie zu verbrauchen, dachte Igor. Sie saugten den Schwung förmlich aus der Luft. Kein Muskel war fest. Alles war wie geflossen, wie gezogen, wie getragen, ewig könnten sie so tanzen. Die Kinder wurden immer lauter und ausladender in ihren Bewegungen. Sie warfen sich in die Luft und schleuderten ihre Ärmchen immer kraftvoller nach oben. Wie Licht, das um sich selbst scheint, dachte Igor, wie ein Mahlstrom aus Licht.

Igor konnte sie nun gar nicht mehr voneinander unterscheiden, so schnell waren sie. Vor seinen Augen wurden sie zu einer verschmolzenen Bewegung. Er bekam Angst, denn auch ihr Gesang wurde von der anfänglichen lieblichen Melodie zu einem einzigen, in sich wogenden Ton, einem sägenden Klang, der aus einem blendend hellen Kreis tanzender Kindern bestand.

Sie mussten wissen, wie die Welt zu bedienen war, dachte Igor. Es gab keinen Zweifel.

○

Igor zitterte. Ihn erfasste eine traurige Sehnsucht, mit ihnen zu tanzen. Die Kinder wuchsen zu einem Orkan an, der bedrohlich brüllend um ihn herum wirbelte. Sein Körper, der sich grob und geschunden anfühlte, wurde von einem heftigen Sog erfasst. Es ist zu stark für mich, dachte er angstvoll. Dies ist kein Tanz mehr, wie soll ein Körper so etwas bewerkstelligen? Die rasende Kraft schmerzte Igor in allen Gliedern, während er in dem unerträglich lauten Dröhnen sein Gefühl für oben und unten verlor. Dies war verrückt, wie konnte so etwas möglich sein, fragte er sich, und doch sehnte er sich danach. So fürchterlich ihr Brüllen erschien, war es doch das Schönste, was er jemals gehört hatte. Noch bevor Igor zu Ende denken konnte, wurde er mit einem ruckartigen Schnalzen in den Strom gesogen. Er glaubte schon, dass es ihn zerreißen würde, so schmerzvoll zog es an seinen Gliedern, als es mit einem Mal still war. Um ihn herum bebte eine drückende Kraft, die ihn umschloss und ihn leise umarmte. Es war so still, dass er sein Blut hören konnte, das sich langsam durch seinen Körper drückte. Im Inneren des Mahlstroms war nichts von seiner Gewalt zu bemerken, keine Geschwindigkeit war mehr auszumachen, kein Bezugspunkt war vorhanden. Es fühlte sich an, als wäre Igor überall im Kreis gleichmäßig verteilt, als wäre er der Kreis selbst. Tränen rannen ihm über die Wangen. Es war nur eine Vermutung, denn er wusste nicht mehr, wo sich seine Wangen befanden. Er schloss die Augen und in der Stille hörte er wieder die Kinder singen. Worte schienen ihm abstrakt und lächerlich inmitten dieser dröhnenden Präsenz von Kraft. Er wollte nie mehr mit Worten sprechen, nur noch sehen und tanzen und lernen, ein Auge, ein Klang, ein Gesang zu sein. Schon wollte er in ihren gewaltigen Ton mit einstimmen, als er mit einem Mal eine bekannte Melodie im Singen der Kinder vernahm. Er sah auf und blickte in das Gesicht des Wesens, das auf dem oktogonalen Instrument spielte. Igor stieß einen angsterfüllten Schrei aus, verlor das Gleichgewicht und wurde aus dem Kreis heraus gegen einen Baum geschleudert. Innerhalb weniger Augenblicke standen die Kinder vor ihm und schauten in vollkommener Stille und Gesammeltheit auf ihn herab.

Igor atmete schwer und sein Rücken und sein Herz brannten. »Was tut ihr da!«, schrie er, noch bevor er darüber nachdenken konnte. Die Kinder schauten ihn unverwandt an und eines von ihnen strich sich mit der linken Hand das Haar aus dem Gesicht.

»Wir üben«, sprach es.

Igor atmete schwer. Erst jetzt nahm er wahr, dass ihre Augen keine Pupillen hatten und nur aus Iris bestanden.

Er schaute sie eine Weile an, wie sie so standen, und senkte den Kopf. Schließlich sagte er: »Ich würde so gerne lernen zu tanzen wie ihr.«

»Wir tanzen nicht, wir lassen uns tanzen.«

Igor musste an die Stimme denken, die er in seinem Kopf gehört hatte, kurz bevor er den Hirsch in Teile gerissen hatte.

»Ich will es lernen.«

»Du führst zu viel mit dir, Igor.«

Igor nickte.

»Du kannst den Kreis nicht halten. Wir mussten dich tragen.«

Igor nickte abermals. Leise, fast beschämt, fragte er: »Könnt ihr mir zeigen, wie es geht?«

»Wer weiß?«

»Wer seid ihr?«

»Wir sind deine Kinder, Igor. Wir sind tanzende Äpfel.«

Sie schauten einander eine Weile an.

Igor wurde ohnmächtig.

○

Die Kinder nahmen Igor bei der Hand und gingen mit ihm den Hügel hinab.

Man hörte Rauschen von Bäumen, deren Kronen sich streiften, Gesang von Vögeln und Summen von Bienen. Der ganze Wald war in einem sanften Tanz versunken.

Still betraten sie einen angenehm duftenden Birkenhain, der übersät war mit Blumen, die aussahen wie schwarze Maiglöckchen und deren hängende Köpfe einen schweren Nektar trugen. Die Kinder und Igor sprangen über kleine Bäche, kletterten durch einen dichten Tannenwald und betraten schließlich ein majestätisches Tal.

Es war zur Mitte hin abgesenkt und stand voll Weidengras, welches Igor bis zu den Schultern reichte und sich immer wieder vom Wind bereitwillig in jede Richtung biegen ließ.

Alles bewegt sich, dachte Igor. Warum war ihm das nie aufgefallen?

Sie liefen mitten durch das Tal und Igor hatte Mühe, die Kinder, denen das Gras weit über die Köpfe reichte, nicht aus den Augen zu verlieren.

Eines von ihnen schien Igors Angst zu spüren und nahm ihn an die Hand.

»Nun, wie sollen wir dich nennen?«, fragte es.

»Igor«, sagte Igor.

»Und was treibt dich an diesen Ort?«

»Ich weiß es nicht.«

»Und wo kommst du her?«

»Ich weiß es nicht.«

»Du weißt es nicht?«

»Ich weiß es nicht.«

Die Kinder und Igor liefen eine Weile schweigend nebeneinanderher.

»Du scheinst nicht viel zu wissen, Igor.«

Igor schaute still auf seine Füße, während er ging.

»Hast du es vergessen?«

Igor war es unwohl, darüber zu sprechen. Lieber hätte er die Kinder nach ihren Leben ausgefragt. Seines kam ihm verwaschen und unwichtig vor.

»Nein, ich erinnere mich an manches, aber es nimmt keine konkreten Formen oder Abläufe an. Zum Beispiel erinnere ich mich gerade an einen Finken. Aber ich weiß nicht, wann und wo ich ihn gesehen habe. Er ist vor meinem Auge, aber er hat keinen Ort.«

»Und deine Kindheit?«

Igor sah das Mädchen erstaunt an.

»Jedes Wesen hat eine Kindheit«, sprach es. »Kannst du dich nicht an deine erinnern?«

Igor überlegte eine Weile.

Sie liefen nebeneinanderher, einige Kinder fielen zurück und spielten Fangen, andere rannten vor und sammelten Stöcke. Igor strich mit den Fingern durch das hohe Gras, während sie das von der Abendsonne in einen rötlichen Dunst getauchte Tal hinabliefen. Nicht unweit von ihnen sprang eine kleine Herde Rehe ins Unterholz, genau in dem Moment, in dem Igor sie entdeckte.

»Verzeiht mir, ich bin wohl unkonzentriert. Wäret ihr so freundlich, eure Frage noch einmal zu wiederholen?«

Die Kinder sahen ihn neugierig an und wandten dann ihre Blicke ab. Sie kamen am Ende des Tals an und betraten wieder dichten Wald.

»Vielleicht ist es nicht so wichtig. Sammele auch du noch ein wenig Holz, wir wollen es warm haben heute Nacht.«

Und so liefen sie und sammelten nebenbei Holz. Igor summte Fragmente der Melodie, die die Kinder am Nachmittag gesungen hatten, und es war ihm zum ersten Mal seit langer Zeit angenehm still ums Herz.

Er mochte die Kinder und er mochte den Wald.

Er mochte den Sonnenuntergang und er mochte das hohe Gras.

Alles schien ihm logisch und von großer Schönheit und er war es müde, über irgendetwas nachzudenken.

○

Nach einer Weile erreichten sie ein weiteres Tal, welches wesentlich kleiner und geschützter war und in dem eine Hütte aus Holz stand. Sie war sehr niedrig und das Holz roch noch frisch. In ihr standen Doppelstockbetten und es gab eine Feuerstelle aus Lehm, über der ein Topf aus ausgehöhltem Stein hing. Die Kinder machten sich daran, das Holz, das sie gesammelt hatten, in die Feuerstelle zu legen, um es zu entfachen. Sie rieben in unfassbarer Geschwindigkeit Stöcke aneinander, bis sie glimmten und mit etwas getrocknetem Gras eine Flamme entstand.

Igor hatte großen Hunger und fragte, ob sie etwas zu essen hätten. Sie erklärten, sie hätten ebenfalls Hunger, wüssten aber nicht, wie man koche. Er fragte sie, wie das angesichts des so wohlgeordneten Sortiments an Dingen sein konnte.

»Du hast uns erst vor ein paar Stunden geboren«, gab ein Junge zu Antwort.

Igor überhörte den Satz und fragte: Aber in wessen Hütte befinden wir uns dann?«

»In unserer. Wir haben sie gebaut, während du schliefst.«

Igor lachte auf. »Wie soll so etwas möglich sein?«

»Wie du gesehen hast, bewegen wir uns sehr schnell. Wenn wir wollen, können wir 299792 Kilometer in der Sekunde zurücklegen. Wir haben die Hütte gebaut, weil wir nicht wussten, wie lange du noch schlafen würdest. Aber nun haben auch wir Hunger. Du bist unser Vater, also solltest du uns etwas Warmes zu essen machen und nicht wir«, sagten sie fordernd. »So etwas tun Väter.«

Igor wurde still. Bisher war er in einer weichen Blase herumgelaufen. Er blickte in die hungrigen Augen seiner Kinder und entschied, dass es an diesem Punkt seiner Reise sinnlos war, irgendetwas infrage zu stellen, und stand auf.

»Ich bin ein schlechter Koch. Soweit ich mich erinnern kann, ist mir noch nie etwas gelungen, aber ich werde wohl hinausgehen und nach etwas suchen. Wenn es geht, wäre es nett, wenn ihr schon mal einen Kessel mit Wasser über das Feuer stellt.«

Und so ging Igor in den rätselhaften Wald hinaus und suchte nach etwas Essbarem.

○

Er lief durch den mittlerweile in eine tiefe Dämmerung getauchten Wald und blickte sich suchend um.

Nichts kam ihm essbar vor. Er überlegte angestrengt, ob er nicht ein Tier fangen könnte, aber er sah zu wenig und die Tiere schienen zu schnell, um sich von ihm fangen zu lassen.

Auf keinen Fall wollte er mit leeren Händen heimkehren. Es war ihm ungewohnt, aber er war ergriffen von einem Gefühl der Verantwortung. Diese schönen Kinder, dachte er, wie kam es, dass sie so schön waren? Alles schienen sie besser zu können als er. Bei ihrer Geschwindigkeit könnten sie im Handumdrehen einen Hasen fangen. Aber eher würde er seinen wütenden Arm für sie zubereiten, als sie um Hilfe zu bitten. Nahrung zu besorgen war seine Aufgabe, sie hatten vollkommen recht. Sie sollten sich ausruhen und spielen, er würde schon etwas finden.

Und wie Igor umherging und über die wundersamen Kinder nachdachte, pflückte er versunken hier und da eine Beere und ein paar merkwürdig aussehende Pflanzen, die ihm sympathisch vorkamen.

Nachdem er eine Weile so gegangen war, stand er zu seiner eigenen Überraschung wieder vor der Hütte und sah herab auf einen Arm voll Kräuter, Beeren, Insekten, Würmer und ein wenig Obst.

Er trat ein und blickte in die freudvollen Gesichter der Kinder. Sein Herz wurde von einem plötzlichen Stich durchdrungen, als er ihre erwartungsfrohen Augen sah. Sie sprangen auf und liefen zu ihm. Vier der Kinder umklammerten seine Beine und er hatte es schwer, bis zur Feuerstelle zu laufen, um seine Fundstücke in das bereits kochende Wasser zu werfen.

Ausführlich erzählten sie von Spielen, die sie sich ausgedacht hatten, während er weg war, und Igor rührte aufmerksam zuhörend in dem großen Topf aus Stein. Er hatte gar nicht mehr darüber nachgedacht, in welcher Reihenfolge all seine merkwürdigen Zutaten hineingehörten, aber ein Gefühl sagte ihm, dass es schon gut war. Er dachte, dass es ihm selbst schmecken müsste, und wenn es ihm bekam, würden es sicherlich auch die Kinder mögen.

Als er glaubte, fertig zu sein, suchte er nach Tellern, um aufzutun, fand aber lediglich einen einzigen.

»Anscheinend müssen wir alle von demselben Teller essen. Nun, das wird wohl kein Problem sein. Oder meint ihr, ihr werdet euch dann streiten?«

»Wir essen nicht von Tellern«, sagte ein Junge.

»Wieso nicht? Wollt ihr aus dem Topf essen?«

»Nein, du verstehst noch immer nicht. Du musst essen. Wir ernähren uns durch dich. Wir sind deine Kinder.«

Igor war erstaunt.

»Ihr meint, ihr werdet satt, wenn ich es bin?«

Die Kinder nickten. Deshalb hatte er keine Skrupel, ein derart abstruses Essen zu kochen, dachte Igor.

»Wie ihr meint. Aber haltet euch nicht zurück. Es ist genug für alle da«, sagte er scherzend. Ihm gefiel die Welt und er hatte nicht vor, sie infrage zu stellen.

Igor setzte sich in die Mitte der Kinder, die ihn neugierig ansahen, und führte den ersten Löffel seines komischen Gerichtes zum Mund.

Die Kinder wurden still. Als Igor die Lippen um den Löffel schloss, stockte er und die Kinder blickten ihn verwundert an. Igors Gesicht fror ein, er zog den Löffel aus dem Mund und warf ihn in die Ecke. Seine Augen bekamen einen verzerrten Ausdruck und mit einem kehligen Würgen kippte er vornüber auf den Boden. Die Kinder sprangen angstvoll auf und versuchten, ihn wieder aufzurichten. Als sie seinen Kopf nahmen, um zu sehen, ob er bei Bewusstsein war, stieß Igor einen fürchterlichen Schrei aus. Die Kinder schreckten auf und wollten wegspringen, aber Igor griff nach ihnen und biss sie mit einem tierhaften Brüllen in die Beine. Die Kinder kreischten auf und freuten sich über diesen schauerlichen Spaß. Igor schrie sie an: »Es schmeckt scheußlich! Ich habe mein eigenes Gift gekocht!« Dabei zog er fürchterliche Grimassen und tat so, als ob er sterben müsste. Die Kinder schrien und lachten durcheinander. »Ein Glück, dass ihr es sowieso nicht essen wollt. Meine Heldentat liegt wohl nicht darin, euch zu bekochen, sondern mein eigenes Mahl zu ertragen.« Und so aß Igor tapfer Löffel um Löffel des scheußlichen Gerichtes und die Kinder lachten und zogen ihm lange Nasen.

»Du weißt nicht viel, aber du bist lustig«, riefen sie.

»So ist es wohl«, sagte Igor.

○

Bis spät in die Nacht fragte Igor sie aus und freundete sich mit ihnen an. Sie waren, so ähnlich sie aussahen, doch sehr unterschiedlich. Er fand heraus, dass jedes von ihnen eine andere Kraft im Kreis repräsentierte und dass sie ihn nur gemeinsam halten konnten. Manche waren sehr schüchtern, ein paar sogar ein wenig ängstlich, andere waren frech und forsch und schienen viel zu wissen und einer redete gar nicht. Ihre Augen, die eine merkwürdige Form hatten, waren jedoch allesamt von ungewöhnlich hoher Wachsamkeit.

Igor fragte sie, ob sie sich erinnern konnten, woher sie kamen.

Die Kinder schauten ernst und eines von ihnen sagte: »Du bist ein rechter Narr, Igor.«

Igor lächelte. »Vielleicht. Aber es muss doch einen Ort geben, von dem ihr stammt.«

Die Kinder sahen einander beunruhigt an, als hätte Igor einen sehr geschmacklosen Witz gemacht.

»Vater, die Welt ist kein Ort. Dein Körper ist kein Ort. Es gibt keinen Ort. Du scheinst verwirrt. Sehen musst du. Das Schauen musst du lernen, bevor es zu spät ist. Zerstöre die Welt nicht, es hat keinen Zweck, du wirst doch wiederkehren zu ihr. Denn auch der Tod ist kein Ort und wenn du die Welt lange genug begleitest, wird auch dein Auge zu einem Ort werden. Und aus ihm heraus entstehen wir genauso wie du. Du wirst gesehen und deshalb bist du. Werde dein eigenes Auge, bevor du verfliegst.«

Das Kind, das gesprochen hatte, war wieder still und alle sahen gebannt auf Igor. Er wusste nicht, was all das zu bedeuten hatte, aber etwas in ihm wurde sehr ernst. Er blickte in die klaren Augen der Kinder. Dann bedankte er sich und sagte, er sei sehr müde und müsse nun schlafen.

○

Igor und die Kinder fassten einander bei den Händen und sangen ein Lied, welches sich die Kinder ausgedacht hatten. Dann legten sie sich in die hölzernen Doppelstockbetten. Sie rochen noch nach frischem

Holz, denn sie waren erst am Morgen errichtet worden.

So müde Igor war, so verwirrt war er auch. Lange konnte er nicht einschlafen. Schemenhaft sah er die Umrisse der Doppelstockbetten, sein Brustkorb schmerzte und doch war ihm froh zumute. Er hörte den Grillen zu, die durch die unverglasten Fenster der kargen Hütte ihrem eigentümlichen Rausch nachgingen. Der Wind machte ein ziehendes Geräusch über dem hohen Gras und Igor genoss es, wie unterschiedlich sein Klang war, wenn er durch die Baumkronen und durch die Gräser strich. Er lächelte und senkte sich immer tiefer in das Konzert aus Grillen und unterschiedlichen Wind- und Waldklängen hinein.

Das Mondlicht schien durch das Fenster. Sogar eine Decke aus Gras haben sie geflochten, dachte Igor, während sein Blick auf einer aufgeworfenen Falte ruhte, in der sich die kühle Farbe des Lichts fing. Etwas schien sich zu verschieben.

Mit einem Mal war er nicht mehr der Betrachter des Mondlichtes, sondern der Raum, in dem die Betrachtung des Mondlichtes stattfand. Igor wurde zu einer Fläche. Leise löste er sich von seinem Fokus ab und glitt in die Perspektive des Raumes, wie er es beim fließenden Gefühl im Strom des um sich selbst rasenden Tanzes der Kinder empfunden hatte. Als wäre er überall gleichzeitig vorhanden, als gäbe es keine Unterscheidung zwischen dem, was er sah, und seinem Körper, breitete er sich immer weiter in der Hütte aus, bis er sogar den Wald zu fühlen begann. Igor erschrak und schnellte zurück in seinen Körper. Er war verwirrt. Noch nie hatte er etwas Ähnliches erlebt. Wie schön es war! Wie kam es nur zustande? Er versuchte, wieder hineinzugleiten in dieses angenehm räumliche, entfaltende Gefühl, aber irgendetwas in seiner Brust hielt ihn zurück.

Erst war er enttäuscht, aber schnell überkam ihn eine wache Fröhlichkeit. Alles schien klar vor sich hin und Igor musste lachen. Er hielt sich die Hand vor den Mund. Auf keinen Fall wollte er die Kinder wecken und musste sich regelrecht zwingen, nicht laut prustend loszulachen über die Komik der Welt.

Nur langsam konnte er sich beruhigen und zuckte immer wieder zusammen, wenn sein Blick auf ein Stuhlbein oder den Topf aus Stein fiel. Auch die Doppelstockbetten waren von einem für Igor kaum erträglichen Humor. Wie lustig sie im Raum standen und wie lustig es war, dass Kinder in ihnen lagen.

Allmählich wurde er wieder ruhig.

Durch die Fenster schien blass der Mond und zum ersten Mal seit langer Zeit überkam sein Herz wieder eine Wärme. Er erinnerte sich, wie es war zu lieben und erschauderte. Eine Träne lief seine Wange hinab und fiel auf seinen Hals. Langsam dehnte sich eine leise, stechende Verliebtheit in ihm aus und er atmete schluchzend ein. Er verstand, dass all sein Hass und seine Verzweiflung der vergangenen Wochen und Monate, vielleicht sogar Jahre, eine Lüge waren. Ein tragisches Spiel, ein Stein, eine Angstgeburt, eine Fehleinschätzung. Er musste sich eingestehen, dass er unwiederbringlich und widerstandslos verliebt war. Weder wusste er, warum, noch wusste er, worin. In den Wind, in das Mondlicht, in die Hütte, in der er lag, und in die acht schönen Kinder, die so merkwürdige Dinge sprachen. So verwirrend all das war, schien es ihm doch unendlich warm und er fühlte sich tatsächlich aufgenommen von dieser merkwürdigen Welt mit all ihren bizarren Zeichen und Gestalten, mit ihren blutrünstigen Fallen und fürchterlichen Spielen. Es gab keinen Zweifel daran, dass er sie liebte. Sein Hass war nur ein Sehnen. Ein unerfülltes Verlangen, wieder mit seiner tödlich geliebten Welt vereint zu sein. Er stieß einen schmerzhaften Ton aus. Wie albern es nun schien, sie zerstören zu wollen, wenn sie doch so voller Schönheit war.

Er nahm die Hände vor das Gesicht und fluchte leise. Ihn überkam eine unendliche Freude darüber, am Leben zu sein, und wieder musste er kurz lachen.

Dann schüttelte er ein paarmal heftig mit dem Kopf und begann zu weinen.

○

Nachdem er eine Weile so gelegen hatte und seine Widerstände langsam dahingeschmolzen waren, stieg ein merkwürdiges Bild vor ihm auf.

Erst war es wie ein kaum wahrnehmbarer Farbfleck am rechten Rand seiner Augen. Fremdartig war er, und Igor wurde neugierig. Er betrachtete den Fleck und stellte fest, dass er die Struktur eines Teppichs besaß. Etwas an ihm war beunruhigend. Er schien sich nicht zu bewegen, aber breitete sich doch immer mehr vor ihm aus. Was für ein eigenartiger Fleck, dachte er, immer deutlicher zeichnete er sich ab und in Igor wurde es mit einem Mal eng.

Er streckte dem Fleck seine Hand entgegen und fühlte ganz deutlich seine Oberfläche. Igor setzte sich ruckartig auf. Sein Herz klopfte laut und es schnürte ihm die Kehle zu. Er tastete weiter in dem Farbfleck und fühlte einen Stuhl, einen Tisch, eine Matratze und mehrere Dosen mit eingelegten Lebensmitteln. Merkwürdige Bilder eines fremden Raumes ergossen sich über ihn wie eine umgefallene Blumenvase über einen Esstisch.

Eine Erkenntnis versuchte sich in Igor breitzumachen und er wehrte sich, als hätte ihn eine tollwütige Fledermaus angefallen.

Er stand auf und schaute aus dem Fenster in den dunklen Wind. Ihm wurde kalt. Langsam ging er zu den Betten der Kinder und betrachtete, wie sich ihre zarten Gestalten durch die Bettdecke abzeichneten. Sein Herz begann zu rasen. Sie lagen still und regungslos. Er durfte sie nicht wecken, auch wenn er von einem Albtraum übermannt wurde, der selbst im Wachzustand noch vor seinen Augen flimmerte. Igor versuchte, im fahlen Mondschein das Atmen der Kinder auszumachen, und zuckte zusammen, als er feststellte, dass ihre Gesichter in einer gräulichen Färbung stumpf und fahl mit offenen Augen an die Decke starrten. Er musste sich zusammenreißen, um unter ihrem Anblick nicht laut aufzuschreien. Igor streckte eine zitternde Hand aus, um die Stirn eines der Mädchen zu berühren und ihre Temperatur zu überprüfen. In dem Moment, in dem seine Finger ihre Haut berührten, zerfiel der Körper des Mädchens mit einem leisen Schnalzen zu weißer Asche und sank staubig in das Bett. Igor stieß einen unterdrückten Schrei aus und machte einen Satz nach hinten. Er sah in die anderen Betten und ein Kind nach dem anderen zerfiel vor seinen Augen zu weißer Asche. Er wandte sich ruckartig um und rannte aus der Hütte.

TAG 104

Igor hastete durch den nächtlichen Wald. Er raste über Moos und Wiesen, schoss über Lichtungen und Sträucher und flüsterte, dass sie nicht tot seien.

»Es ist ihre Art zu schlafen«, sagte er. »Sie sind rätselhafte Geschöpfe. Wenn der Morgen graut, sind sie wieder da. Sie formen sich aus der weißen Asche zurück zu kleinen Kindern. Du wirst kochen und sie werden dich lehren, einen Kreis zu tanzen.«

Das Mondlicht wies ihm den Weg, aber immer wieder übersah er Wurzeln und Äste und bald war sein Gesicht zerkratzt und seine Hände übersät von Striemen. Er konnte nicht aufhören zu rennen und lief immer tiefer in das Unterholz, bis er schließlich einen von Birken und Eichen umarmten See erreichte. Seine überwältigende Klarheit stieß ihn aus seiner Panik und mahnte ihn, ebenfalls klar zu sein.

Er kroch an das Ufer des Sees und sah in das Wasser, dessen strenge Oberfläche so glatt war, dass er sich darin spiegelte. Igor fasste sich an die Wangen und erschrak. Sein Gesicht glich dem der Kinder. Man konnte durchaus noch Igor dahinter erkennen, nur dass er unendlich viel jünger schien und seine Augen keine Pupille besaßen. Mehrere Male holte Igor tief Luft und schrie in den See hinein. Dies wiederholte er so lange, bis es langsam ruhig in ihm wurde. Er atmete tief und regelmäßig, aber traute sich nicht, die Augen zu öffnen.

Wieder zwang sich ihm das Bild des Teppichs und der Matratze auf. Auch sah er plötzlich ein weiteres Zimmer. Es war ein Kinderzimmer. Er sah sich selbst darin liegen und erinnerte sich unwillkürlich daran, wie der Teppich roch und wie er das Zwielicht liebte, wenn es durch die Vorhänge schien. Gegen seinen Willen kam ihm in den Sinn, wie es geklungen hatte, wenn seine hohen Türme aus Bauklötzen zusammenfielen, wie es roch, wenn seine Mutter kochte, und wie es war, wenn der Vater heimkam, wie er sich verlief in den nächtlichen Straßen fremder Städte, wie er zur Schule ging, wie er durch Hinterhöfe streifte und wie er sich schließlich in einen dunklen Raum zurückzog. Igor schrie und schrie. All dies war ein Irrwitz! Was sollten diese Bilder! Weshalb drängten sie sich auf und schreckten ihn so sehr? Jedes einzelne von ihnen schien ihm vollkommen irreal, als hätte es jemand erfunden. Dies hier war die Wahrheit. Dieser See vor ihm war echt, die Erde des Ufers, in die er seine Finger grub, die Hütte mit den Kindern, alles andere war nur Wahn. Keine der fremden Erinnerungen konnte er in Einklang bringen mit dem Erleben der vergangenen Wochen und er stieß sie ab, als wären es Missgeburten eines Dämons.

So saß er eine Weile und schrie.

Nach einer langen Zeit überkam ihn wieder die Stille des Sees, der vor ihm lag und ihn sanft in eine kühle Klarheit hüllte. Der Mond spiegelte sich auf seiner Oberfläche und ab und an hörte man ein Tier ins Wasser gleiten. Igor wurde still und spürte sein Herz. Er dachte an die Kinder und versuchte sie mit der Welt in Zusammenhang zu bringen, aus der er so viele Bilder sah, aber es gelang ihm nicht. Sie waren wie Öl und Milch. Sie waren unvermengbar.

»Welt, mach, dass sie noch leben«, sagte er in der festesten Stimme, die ihm möglich war.

»Wie viel soll ich noch verlieren? Nimm mir alles, was ich habe, aber mache mir keine Geschenke mehr, wenn du sie kurz darauf so bitter zerstörst. Sei klar zu mir, zeige mir, was ich lieben darf, und ich werde es lieben. Aber spiele nicht mit meinem Herzen, als wäre es dein Zinnsoldat.«

Langsam streckte er die Finger aus, um sein Spiegelbild zu berühren. Noch immer hatte er keine Pupille und es war ihm egal. »Sie haben sich nur zu weißer Asche verwandelt, weil es ihre Art ist zu schlafen. Wenn der Morgen graut, formieren sie sich zurück und werden wieder zu Kindern.«

Als seine Finger die Wasseroberfläche berührten, kollabierte der See mit einem schnalzenden Geräusch zu einer riesigen Grube aus weißer Asche. Alles, was vorher flüssig war, verlor in einer unbegreiflich schnellen Kettenreaktion seine Konsistenz und verfestigte sich, dumpf knackend, zu Staub. Der See sank leicht zu seiner Mitte hin ab, staubte auf und eine dichte Wand aus Weiß schob sich Igor entgegen

Igor saß nur und starrte auf seine Hände.

Mit aller Kraft versuchte er, nicht in Panik zu verfallen.

»Tanz nur mit mir, tanze und freue dich, dass ich mich tanzen lasse.«

Igor schloss die Augen und schwieg. Nach einer Weile erhob er sich, er schwitzte, seine Augen und Haare waren voll Staub, er wischte sich mit der Hand durchs Gesicht, wandte sich ab und ging langsam in den Wald hinein.

»Berühre es nicht mit deinen Händen«, hörte er es sprechen. Ob er es selbst gesagt hatte oder die Welt, wusste er nicht und es war ihm egal.

Er lief zu einem Baum, berührte die Rinde und versuchte nicht zu schreien, als dieser vor seinen Augen ebenfalls mit einem lauten Schnalzen zu weißer Asche zerfiel.

Igor schloss wieder die Augen und sprach finster:

»Du wirst mich nicht abstreifen können. Ich werde dich lieben, ob du es brauchst oder nicht. Ich bin dein Schatten, Welt, du hast mich geworfen. Siehst du es nicht? Meine Form entspricht der deinen. Verwirre mich nur. Mir ist es gleich und wohl ist mir dabei, dass es mir gleich ist. Ich liebe und meine Liebe ist unbezwingbar, denn sie starrt dir in den Rachen, egal, welche Zähne du dir wachsen lässt. Du kannst mich nicht töten, denn ich weiß jetzt, dass ich du bin. Meine Kinder haben es mich gelehrt.«

Igor ging immer tiefer in den Wald hinein. Im Vorbeigehen strich er durch Büsche und Steine, Wiesen und Wege, und alles, was er berührte, zerfiel umgehend zu weißem Staub.

»Wahrscheinlich bin ich gekommen, um dich zu löschen, Welt. So wird es sein, du bist nicht zulässig.«

Er begann zu rennen und alles zu berühren, was er sah.

Sogar der Boden verwandelte sich und Igor riss mit seinen Händen eine breite Schneise aus Staub durch das Unterholz. Nachdem er sich seinem Auflösungsrausch vollkommen hingegeben hatte und nichts mehr sah als eine Wüste aus Weiß, hielt er inne. »Sie haben recht«, dachte er. »Die Welt ist kein Ort.«

Igor atmete einmal aus, betrachtete seine Hand und fasste sich in das Gesicht, woraufhin sein Körper ebenfalls laut schnalzend zerfiel.

0 1 2 3 4 **5** 6 7 8 9

– fnoc –

Für einen unendlich kurzen Moment war Igor weder eine Welle noch ein Teilchen.

Kein Lichtfleck war mehr vorhanden, kein Geräusch, kein Gefühl, kein Wort, kein Druck, keine Leichtigkeit. Keine Zeit. Sobald Igor sich dessen bewusst wurde, kippte der Raum und wurde in ein tiefes Schwarz gesogen. Von da zerstob er in tausend Formen, Farben und Klängen. Igor schleuderte durch Trilliarden von Eindrücken und wurde sich seiner erst wieder vollkommen gewahr, als er bemerkte, dass er in einem Wartezimmer saß.

○

Er schaute sich um und blinzelte.

Blass und fahl klebte die Tapete an der Wand.

Der Stuhl, auf dem er saß, war aus lederbespanntem Metall und ein Wasserspender stand in der Ecke und sirrte leise.

Nachdem Igor eine Weile gesessen und nichts gedacht hatte, dachte er plötzlich etwas.

»Dies ist das Wartezimmer aus meinem Traum«,

sagte er, als er erkannte, dass dies das Wartezimmer aus seinem Traum war.

Der Traum, der ihn so ängstigte, der keinen Sinn zu haben schien. Der Traum, der sein Verständnis von Zeit veränderte, obwohl er nichts weiter war als eine Collage aus Sinnlosigkeit, ein Bildschlamm aus dem Magen eines Fiebernden.

»Schön!«, sagte Igor gut gelaunt. Er sprang auf, fuhr mit der Hand über die Tapete und fühlte ihre raue Oberfläche. »Warum nicht?«, rief er, drehte sich um und trat gegen den Stuhl, auf dem er bis eben noch gesessen hatte. »Warum denn nicht!«, wiederholte er und riss den Wasserspender um, sodass er aus seiner Halterung fiel. Aus Leibeskräften schrie er dem auslaufenden Wasser entgegen: »Klar! Vollkommen klar!« Igor nahm den Stuhl und schlug mit voller Wucht auf das Wasser ein. Dann warf er den Stuhl gegen eine Wand und trat mit dem Fuß sein Sitzleder ab. Währenddessen brüllte er: »Ich verlange zu sehen! Zeige mir, was es bedeutet! Gib mir ein einziges Wort, das sich auf dich reimt, und ich lasse dich in Ruhe. Aber sprich zu mir! Sprich zu mir! Ich bin ein Teil von dir! Ich bin aus dir gewachsen! Also antworte, wenn ich mit dir rede, oder ich schwöre, ich zerhacke dich in Stücke, bis keine deiner Fasern mehr zueinanderpasst. «

Igor fühlte wieder die Klinge in seinem Magen

aufglühen. »Ich verlange zu sehen, Welt – also zeig mir, wie es geht! Warum bin ich hier und weshalb ist es, wie es ist?« Er presste die Augen zusammen und versuchte so still zu sein, wie es ihm möglich war. Mit aller Kraft, die ihm innewohnte, lauschte er und wartete auf eine Antwort.

Und nachdem er eine lange Zeit so gestanden hatte, hörte er die Welt zum ersten Mal antworten.

»0918273645546372819O«, sprach sie sanft.

Igor schüttelte es. Er versuchte noch stiller zu werden und zu lauschen. Flüsternd befahl er: »Zeige mir, wie es geht!« In seinen Ohren rauschte es und er hörte sein wütendes Herz pochen. Tief in diesem Rauschen vernahm er nach einer Weile wieder die Worte der Welt.

»Dein Streben ist unnütz, Igor. 1+1=1. Verliebe dich nicht, denn wir sind nicht zwei. Versuche nicht zu verstehen, denn ich bin kein Gedanke, sprich nicht zu mir, denn ich bin keine Sprache. Ein Narr bist du, Igor! Suche nicht nach mir, denn ich bin kein Ort. Verwirrt bist du. Vergessen hast du. Dein Geist treibt dich in enge Gassen. Versuche nicht, mich zu heilen, denn ich bin keine Krankheit. Du bist es, der unsere Verbindung nicht sieht, so verlange nicht von mir, dass ich sie dir zeige. Viel zu viel führst du mit dir und dein Schmerz ist nicht der meine. Also stelle keine Forderungen.«

Igor griff sich in den bebenden Magen und umfasste den Schaft seiner blutigen Klinge.

»Ich vernichte dich, Welt. Gib mir eine Antwort, die ich verstehe, oder ich werde es tun.«

Die Welt ließ sich Zeit. Dann sprach sie: »Frieden musst du schließen, Igor. All dein Suchen und Schreien ist nur eine Bewegung, die dich abhält zu sehen.«

Igor blinzelte, in ihm vibrierte es und er tat sich schwer, sich zu konzentrieren. »Lehre mich das Sehen«, presste er hervor.

»Es gibt nichts zu sehen, was du nicht bereits siehst«, flüsterte die Welt.

Igor hob finster den Kopf.

»Du lügst. Blind hast du mich gemacht. Ich weiß, dass es ein Schauen gibt, dass die Dinge durchdringt.«

Die Welt sprach: »Das Schauen willst du lernen? Dann schaue mit dem, was dir gehört, nachdem deine Form von mir zersetzt wurde. Schaue mit dem, was hinter und in deinem Leib stand, bevor du geboren warst, und was dich nie verlassen hat. Suche es und es wird sich dir offenbaren. Leise ist es. Also locke es mit Stille. Alle Bilder sind nur Schein, also greife sie nicht. Berühre sie nicht mit deinen Händen. Lass das Schauen aus dir heraufsteigen wie aus einer Blume. Atme es, aber sprich nicht darüber. Singe es, aber beschreibe es nicht. Du kannst das Schauen nicht finden wie eine Ameise unter einem Stein. Es ist unsichtbar, denn es ist dein Schauen.«

Igor blieb eine Weile still. Es fröstelte ihn. Langsam senkte er seinen Kopf und sprach laut in den Raum: »Ich verlange zu sehen.«

Die Welt schwieg.

Igor wiederholte seine Forderung. Nach einer Weile sprach die Welt:

»Du kannst mir nicht befehlen, Igor. Genauso wenig wie du dir befehlen kannst.«

Igor wischte sich mit der Hand über das Gesicht. Er schwitzte. In ihm war es heiß und schwer. Es war zu viel. Er hob den Kopf und sprach: »Ich kann dir nicht befehlen und tue es doch. Und du wirst mir gehorchen. Lange bin ich deinen Spielen gefolgt, jetzt wirst du meinem folgen. Zu oft hast du zerstört, was ich liebte, also erzähle mir nichts von Frieden. Deinen Frieden kannst du haben, du bist weit und frei, deine Formen sind unzählbar, dich stören weder Schmerz noch Angst noch Tod. Es sind Randerscheinungen in deiner unendlichen Weite. Doch warum du bist, weißt du ebenso wenig wie ich, und du tust so, als wäre es dir egal. Du sagst, du seist keine Krankheit, und doch stinkst du aus dem Mund. Schlecht hast du uns gemacht. Schlecht, schlecht, schlecht. Ich spucke aus vor dir, Welt. Du sagst, du brauchst keine Antwort. Doch wir, deine verwirrten kleinlichen Kinder, müssen wissen. Wir müssen suchen. Wir müssen durch den Auswurf schwimmen und dein Gas atmen, tauchen müssen wir durch den Darm deines Körpers auf der Suche nach Nahrung, ohne den kleinsten Schimmer einer Antwort. Wir kämpfen ein grausames Spiel für dich, aber wir werden mehr finden, als du jemals hervorbringen kannst, wir werden nicht ruhen können, ehe wir auf den Grund aller Dinge gestoßen sind und darüber hinaus. Du brauchst uns, auch wenn du es noch nicht weißt. Wir unglücklichen Funken deines Feuerballs werden unter deinem Druck zu Diamanten gepresst, wir werden das Licht brechen in Farben, die du von selbst nicht gebären kannst.«

Igor war still. Er senkte den Kopf. Immer wieder musste er sich beruhigen, um sprechen zu können.

»Und so wiederhole ich mich ein weiteres Mal: Ich verlange zu sehen. Zeige mir, wo ich mich befinde und wie ich hierhergelangt bin. Ich bin in einem bizarren Labyrinth gefangen, dessen Regeln abstrus und traumartig sind, und du wirst mir helfen herauszufinden. Ich nehme dich als Geisel, Welt. Du denkst, ich bin, weil du bist. Aber du irrst, Welt. Du bist, weil ich bin. Hilf mir. Ich verlange es.«

In dem Wartezimmer war es still. Eine Zeit lang

passierte nichts und Igor starrte regungslos und leise atmend auf den Boden des Raumes.

Nach einer Weile öffnete sich mit einem leisen Klicken die Tür hinter ihm, die ihn damals, in seinem Traum, in das Chaos geführt hatte.

Langsam drehte er sich um und sah durch den Türrahmen in den weiten Raum.

Ruhig sprach die Welt:

»09182736455463728190 = 2 × 0123456789.«

○

Vorsichtig trat Igor durch die Tür. Der Raum war hell erleuchtet und seine Wände waren von einer seltsam schimmernden Oberflächenstruktur. Er blickte in die Weite und konnte nur ganz hinten in einem weißen Dunst eine Gestalt erkennen. Er ging näher, um sie zu betrachten, und stellte fest, dass die Gestalt keine Gestalt, sondern ein sich um sich selbst drehender Kreis war, der sich in einer derart schnellen Rotation befand, dass er wie ein glatter Ball im Raum schwebte. Er gab ein tiefes Brummen von sich und seine Geschwindigkeit war so hoch, dass Igor sich in seiner Oberfläche spiegeln konnte. Der Ball hatte eine überwältigend harmonische Ausstrahlung und Igor konnte sich nicht beherrschen, ihn zu berühren. Zu anziehend war seine Form. Seine Oberfläche vibrierte unter seinen Fingern und sofort stellte sich ein warmes Gefühl in seinem Körper ein, als würde seine Hand sanft angesogen werden. Noch ehe er diesen Gedanken ganz zu Ende denken konnte, wurde sein Arm bis zur Schulter in den Ball gerissen. Igor schrie auf und stützte sich panisch mit seinem freien Arm an der Oberfläche ab, die ebenfalls nachgab, sodass er für kurze Zeit mit beiden Armen im Ball versunken war. Er warf sich auf den Rücken und es gelang ihm, den Ball, der mittlerweile ein bedrohliches Brüllen von sich gab, abzustreifen und aus dem Raum zu rennen.

○

Igor warf die Tür hinter sich zu und schrie. Etwas an dem Sog im Inneren des Balles verängstigte ihn tief. In ihm war nichts als Auflösung, der Tod, die vollkommene Auslöschung aller seiner Teile. Er atmete schwer und diesmal war es die Welt, die das Wort an ihn richtete.

»Nun, Igor, du willst sehen?«

Igor konnte nicht antworten. Zu verwirrt war er von dem Gefühl der Zersetzung, die der Kreis ausstrahlte. Nach einer Weile sprach er:

»Ich kann mit den Bildern nichts anfangen, die du mir zeigst. Bitte sei deutlicher.«

»Es sind nicht meine Bilder, es sind die deinen. Auch der Wald gehörte dir und dieses Haus ist dein Haus, Igor. Es ist besetzt, kaputt und in viele deiner eigenen Räume traust du dich nicht einmal selbst. Wie lächerlich – du befiehlst der Welt, sich dir zu zeigen, bevor du dich überhaupt ganz selbst zu sehen erträgst. Reparieren musst du dein Gebäude. Aufräumen musst du es, bevor es leer genug ist, um etwas so Großes wie die Welt in sich zu beherbergen.«

Igor starrte noch immer auf den Boden. In seinem Rücken hörte er das rasende Brüllen der Balles, der, einmal aus seiner Bahn geworfen, immer weiter seine zerstörerischen Kreise zog und in die Wände des Raumes einschlug.

»Beginne mit dem Kreis«, sprach die Welt. »Es ist deine Schuld, dass er ausschlägt. Deinetwegen ist er aus der Balance und er wird nicht aufhören, bis du ihn zur Ruhe gebracht hast.«

»Ich verstehe deine Bilder nicht! Sprich deutlich!«, rief Igor.

»Es ist kein Bild. Es ist, was es ist. Deute es nicht. Das Bild, das du siehst, ist das, was es ist. Nicht mehr und nicht weniger. Nun gehe hinein und zähme deinen Kreis. Zu weit bist du, um jetzt noch umzukehren.«

Igor erfasste tiefe Angst. Um nichts in der Welt

wollte er zurück in den Raum, in dem es klang, als wäre ein Ungetüm in einem Blutrausch gefangen.

»Ich kann nicht«, sagte Igor leise.

»Du wirst mehr Mut haben, wenn du begreifst, dass du keine Wahl hast. Du willst das Schauen lernen? Dann schaue.«

Igor überlegte fieberhaft, ob es einen anderen Weg hinaus geben könnte, und sah, dass der Raum noch eine zweite Tür besaß. Die Tür, durch die er, als er das erste Mal geträumt hatte, hineingelangt war. Durch sie war er gegangen, bevor er das Wartezimmer betreten hatte. Wenn er ihn nur weit genug zurücklief, kam er vielleicht da heraus, wo er eingeschlafen war, und würde erwachen. Er sprang auf und öffnete sie mit einem Ruck. Das Kreischen des Kreises im Nebenraum war merklich lauter geworden. Er betrat den Flur und schlug die Tür hinter sich zu. Igor rannte den immer dunkler werdenden Korridor hinab. Eine Hand hielt er an der Wand und die andere vor sich, um beim Rennen nicht gegen etwas plötzlich in der Dunkelheit Auftauchendes zu stoßen. Der Flur schien keine Ende zu nehmen und er lief lange, bis er schließlich vollkommen außer Atem stehen blieb. Er stützte sich auf den Knien ab.

»Ich will nicht sehen«, sagte er erschöpft. »Ich will nur einen Ausweg.«

Er legte sich in den dunklen Flur und versuchte, sich zu beruhigen.

»Es gibt keinen Ausweg«, sprach die Welt.

○

Als Igor das Wartezimmer erneut betrat, kam es ihm verändert vor.

Er wusste nicht, wie lange er gelegen hatte. Vielleicht waren es zwei Stunden, vielleicht drei. Er hatte versucht zu ruhen und die wenigen Bilder aus seinem Gedächtnis zu ordnen. Die meiste Zeit hatte er nichts als Schlamm vor seinem inneren Auge gesehen. Igor fror. Er ging zu dem am Boden liegenden Wasserspender und trank den Rest Flüssigkeit, der noch in ihm war. Dann streckte er sich und lockerte seine vor Angst versteiften Glieder. Er stellte sich nervös vor die Tür, hinter der der Kreis wütete, und legte die Hand auf die Klinke. Bevor er sie hinabdrückte, hörte er die Welt noch sagen:

»Igor, berühre ihn nicht mit deinen Händen!«

○

Igor stand im Türrahmen und schaute in den Raum. Der Anblick, der sich ihm bot, ließ ihn erschauern. Der Kreis war vollkommen außer Kontrolle geraten und hatte das Zimmer in ein Schlachtfeld verwandelt. Er raste in unfassbarer Geschwindigkeit von Wand zu Wand und seine Form war fast nicht mehr als Kreis zu erkennen. Chaotisch brach er in tausend Richtungen auseinander und zerriss sich selbst wie ein Kugelblitz, der immer wieder um ein unsichtbares Zentrum geschleudert wurde. Er kreischte wie eine Flugzeugturbine, die eine Herde Schweine eingesogen hatte, und wäre Igor nicht zur Seite gesprungen, hätte der Ball ihn erschlagen. Igor wollte umgehend wieder hinaus, aber die Tür, die eben noch hinter ihm war, war verschwunden. Erschrocken kauerte er sich in eine Ecke und hielt sich die Ohren zu. Sein Herz raste und er konnte nicht verhindern, in Panik zu verfallen.

Was sollte er ausrichten gegen eine Kraft wie diese? Ohrenbetäubend schoss der eskalierte Kreis umher und Igor wusste kein Lied, um ihn zu beruhigen. Sein Körper war zu schwach und sein Geist zu eng. Er musste einsehen, dass der Kreis zu groß für ihn war. Wenn er nicht so fürchterlich wäre, wäre er fast schön, dachte Igor. Der Kreis veränderte ruckartig seine Farbe und hielt für einen kurzen Moment inne. Igor war erstaunt. Sofort schoss der Kreis in seine Richtung und schlug laut kreischend neben ihm in eine Wand ein. Igor war nur eine Handbreit davon entfernt, zerfetzt zu werden. Eine Vorstellung, die ihn in den Wahnsinn trieb. Zitternd erinnerte er sich an das Gefühl, das seine Arme verspürt hatten, als sie in das Innere des Kreises gezogen worden waren. Er hätte nicht sagen können, was so unangenehm daran war, weder war es schmerzhaft noch war es kalt oder heiß. Es war unfühlbar und doch hatte Igor es gefühlt und sein Geist schrie vor Angst, es noch einmal fühlen zu müssen.

»Was habe ich getan, das den Kreis zum Stehen brachte?«, überlegte er fieberhaft. »Eben stand er doch für den Bruchteil einer Sekunde oder habe ich mir das nur eingebildet?« Igor war verzweifelt. »Ich habe seine Schönheit bewundert, vielleicht war es das. Der Kreis möchte geliebt werden.« Und so schrie Igor in das ohrenbetäubende Brüllen: »Schön bist du!«, während er immer wieder seinen Einschlägen auswich und zur Seite sprang. »Ich sehe es doch! Ich sehe deine Schönheit und gebe sie unumwunden zu! Groß bist du und schön! Rasend schön!« Doch der Kreis hielt nicht mehr an. Er schoss umher und schien nur noch wilder zu werden. Seine Farben veränderten sich in Sekundenschnelle von einem tiefen Purpur zu einem aggressiven Grün über ein giftiges Gelb bis hin in ein verschluckendes Schwarz.

Immer mehr geriet Igor außer Atem und fand kaum mehr Momente, in denen er still stehen konnte.

Beständig wich er aus, bis er schließlich durchgehend rennen musste, um nicht von dem Kreis getroffen zu werden. Lange würde er das nicht aushalten, dachte er. Er würde stolpern oder entkräftet niedersinken und der Kreis würde ihn treffen und ebenso zerreißen, wie er es mit den Wänden tat.

Diese waren durch die heftigen Einschläge des Kreises bereits zu großen Teilen zerfallen. Gesteinsbrocken lagen überall auf dem Boden verteilt und dichter Betonstaub stand in der Luft. Nur kamen keine Löcher zum Vorschein, sondern lediglich weitere Erde und Steine, die immer zahlreicher in den Raum hineinfielen.

Igor wurde mutlos. »Wie soll ich etwas beruhigen, wenn ich selbst so unruhig bin?« Genau versuchte er sich daran zu erinnern, was die Welt zu ihm gesagt hatte. Er konnte sich nur noch schemenhaft daran erinnern und fand nichts, was hilfreich war. Stattdessen versuchte er sich an die Kinder zu erinnern und überlegte, was sie in einer Situation wie dieser getan hätten. Sie kannten sich mit Kreisen aus. Deutlich sah er sie vor seinem inneren Auge auftauchen, doch was er erblickte, erstaunte ihn. Alle acht Kinder schielten und zogen merkwürdige Fratzen. Sie machten sich eindeutig über ihn lustig. Mitten in seiner angestrengtesten Flucht musste Igor plötzlich hysterisch auflachen.

Ein Lachen, welches aus den tiefsten Schichten seiner Verzweiflung unvermittelt und kraftvoll aus ihm herausbrach. Er sah die Kinder Grimassen schneiden und er konnte nicht anders, als vor Lachen zu schreien. Ihr Anblick war von einer so unschuldigen Respektlosigkeit gegenüber seiner Angst, dass er sie für einen Moment selbst nicht mehr ernst nehmen konnte.

Igor war mit einem Mal vollkommen wach. Erfrischt von seinem unverhofften Ausbruch, fasste er sich ein Herz. »Dies ist Irrwitz!«, rief er immer noch hysterisch lachend. »Es muss eine Möglichkeit geben, Igor!«, schrie er. »Die Welt hat recht. Ich selbst habe diesen Kreis aus seiner Mitte gerissen und ich selbst werde ihn wieder zentrieren.« Und aus einem irrationalen und unüberlegten Impuls heraus blieb Igor stehen und blickte entschlossen in die Mitte des Kreises. Er schaute nicht mehr auf den Kreis und seine ausschlagenden Bewegungen und Farben, sondern starrte direkt in sein für ihn unsichtbares Zentrum. Igor spürte etwas in seinem Brustkorb sich lösen und begann den Kreis mit seinem Herzen zu fühlen.

Der Kreis zuckte von ihm weg und schien verwirrt.

Nach einem kurzen Moment raste er wieder auf Igor zu und blieb eine Handbreit vor seinem Gesicht stehen. Igor erschauderte, aber ließ den Blick nicht von der vermuteten Mitte des Kreises weichen. Auch das Gefühl in seiner Brust blieb offen und verband sich auf eine für Igor überraschend direkten Weise mit dem Punkt, den er fixierte.

Wenige Zentimeter vor ihm schrie der fletschende, von schimmernden und giftigen Farben durchzogene Kreis auf. Noch immer schlug er nach allen Richtungen aus und seine Form glich der eines Kugelblitzes aus Lava, aber er verharrte. Igor zitterte und alle Haare seines Körper standen zu Berge. Er stierte schwitzend in seine Mitte und bemerkte, wie der Kreis dröhnend langsam Zentimeter um Zentimeter näher kam. Igor schluckte, nahm einen tiefen Atemzug und schloss, fröstelnd die Augen.

Er hörte nur das Kreischen des Kreises in seinen Tausenden unterschiedlichen Abstufungen und Schichten. Ganze Melodien waren darin eingeschlossen. Ein kratzendes Brüllen, so tief wie eine Schlucht und so scharf wie ein Kettenblatt. Es war dunkel vor seinen Augen, aber sein Brustkorb hielt seine Verbindung zu dem Zentrum des Kreises. Er spürte es immer direkter und körperlicher: Das Zentrum des Kreises war ein kirschkerngroßes, heftig vibrierendes Feld aus magnetischer Spannung und Igor konnte es nun deutlich mit seinem Herzen umschließen. Er war bis tief ins Mark erstaunt: Der Kreis hatte Angst.

Igor war es mittlerweile egal, ob er ihn zähmte oder nicht. Zu groß war das Gefühl, mit etwas so Mächtigem verbunden zu sein, zu berührend war sein Kern. »Er ist wie ich«, dachte Igor und wollte nichts weiter, als dem Kreis zu zeigen, dass auch er einen ängstlichen Kern in sich trug, und ihn ungeschönt freilegen. Auch wenn ihm zweifelsfrei bewusst war, dass der Kreis genug Kraft besaß, um ihn mühelos in Stücke zu reißen, fühlte er sich zum ersten Mal mit ihm auf einer Stufe.

○

Lange standen sie so und schauten einander an.

Je mehr Igor zuließ, den kirschgroßen Kern zu fühlen und seinen eigenen gleichzeitig freizulegen, desto gleichmäßiger wurde die Vibration des Kreises. Ab und zu wuchs der Kern plötzlich und erlangte die Größe eines Apfels, manchmal schrumpfte er wieder und zuckte ruckartig auf. Igor hatte kein Gefühl mehr dafür, wie lange er dort stand, um sein Herz, oder zumindest das, was er dafür hielt, mit dem Kern des Kreises in Austausch stehen zu lassen, es mussten viele Stunden gewesen sein.

○

Als Igor die Augen wieder öffnete, lag er zwischen dem Geröll des Raumes und es war still. Er schien geschlafen zu haben. Der Staub hatte sich gelegt und nicht unweit von ihm schwebte leise brummend der beruhigte Kreis. Seine Oberfläche war so glatt, dass man sich wieder darin spiegeln konnte, und seine Farbe schimmerte perlmuttartig, fast wie das Innere einer Muschel.

Igor wurde bewusst, dass die Kinder ihn wohl mit ihren Späßen gerettet hatten.

○

Lange saß er halb aufgerichtet und blickte neugierig auf den rotierenden Ball. Er dachte nichts und versank sich in seinem Anblick. Schön war er. Zweifellos. Jeder musste das sofort erkennen, der ihn in seinem ruhigen Zustand sah und nicht wusste, was für ein Monstrum sich in ihm verbarg.

Aber Igor sah nicht nur seine Schönheit, Igor war ergriffen. Der Kreis hatte ihn in den Stunden, in denen sie voreinander standen, tief berührt. So wie er seinen Kern gesehen hatte, hatte auch der Kreis den seinen gesehen, etwas schien sie verbunden zu haben. Noch immer konnte Igor die Mitte des Kreises spüren, die mittlerweile auf eine fast nicht wahrnehmbare Größe geschrumpft war. Sie war wie ein Punkt.

Wie der kleinste vorstellbare Punkt, spitzer als die Spitze einer Stecknadel.

Igor fühlte ihn und fühlte, dass der Kreis fühlte, dass er ihn fühlte. Er stand auf und näherte sich ihm langsam.

Noch einmal versank er in der ansteckenden Ruhe, die der Ball ausstrahlte, und umfasste seinen Kern innerlich von allen Seiten. Igor legte die Hände auf die Brust und spürte, wie seine Muskeln schmerzten. Verzogen schienen sie, als hätte er Muskelkater in seinem Brustkorb. Aber warm war es! Sein Herz pochte laut und frei und sein Körper schien trotz der Schmerzen ohne Spannung. Igor lächelte. Dann sah er sich um. Der Raum hatte keine gerade Wand mehr. Überall waren ausgehöhlte Stellen, aus denen Staub und Steine fielen. An der Stelle, wo er die Tür vermutete, war nichts als Erde und Geröll. Dieser Raum hatte offenbar seinen Ausgang verloren, nachdem Igor seinen Eingang benutzt hatte.

Plötzlich verspürte er ein Loch im Bauch. Sein Magen pulsierte in einem soghaften dunklen Schmerz. Er war so beschäftigt gewesen, dass er seinen Hunger nicht gespürt hatte, und nun begann dieser, ihn regelrecht zu überrollen. Igor stützte sich auf den Knien ab.

»Ich habe schrecklichen Hunger, wie steht es mit

dir? Musst du nicht essen, um so einen Tanz aufzuführen?«

Der Kreis brummte nur leise vor sich hin.

Igor lächelte.

»Wenn meine Kinder jetzt hier wären, würden sie dir von meinen hervorragenden Kochkünsten erzählen.« Leise und mit einer unmerklichen Trauer in der Stimme fügte er hinzu: »Ihr hättet euch sowieso gut verstanden, vermute ich.«

Eine Weile starrte er auf den Boden.

»Na, dann werden wir uns mal etwas ausdenken, was?«, rief er wieder laut in Richtung des Kreises und begann, die Wände abzulaufen, um zu überprüfen, ob nicht doch irgendwo ein Loch zu finden war.

Igor hatte schon viel Übles erlebt. Er war angegriffen worden, hatte Einsamkeit gespürt, die ohne Beschreibung war, und hatte Ängste gefühlt, die das meiste überstiegen, was ein normaler Mensch ertrug, ohne dabei wahnsinnig zu werden. Aber nun stapfte er gut gelaunt über die Brocken, die der Kreis hinterlassen hatte, um einen Ausgang zu suchen, und ahnte noch nicht, dass der schlimmste Feind, den er je bekämpfen würde, vor ihm stand und Hunger hieß.

○

Stunden vergingen. Mittlerweile war nichts mehr von Igors guter Laune zu bemerken. Lange hatte er den Raum abgesucht nach Essbarem oder einer Flüssigkeit, hatte zu dem Kreis gesprochen und versucht ihn zu überreden, ein Loch in die Wand zu sprengen, Stunde um Stunde hatte er überlegt und sich schließlich hingelegt, um keine Kraft mehr zu verbrauchen. Auch schmerzte das heiße Fieber, das seinen Magen zerwühlte, weniger, wenn er sich nicht bewegte. Erst versuchte er, sich auf den Schmerz zu konzentrieren und ihn zu zähmen, wie er es mit dem Kreis getan hatte. Aber es gelang ihm nicht und er schlief ein, nur um wenige Minuten später wieder zu erwachen und erneut in das Loch zu stürzen, das in seiner Körpermitte klaffte. Er überlegte angestrengt, aber der Hunger verschluckte jeden klaren Gedanken. Stumpf und traurig betrachtete er seinen heiß geliebten Kreis. Gerade jetzt, wo er wieder einen Freund gefunden hatte, dachte er. Seinen leise sirrenden Freund.

Als Igor nicht mehr konnte, ließ er die Hoffnung fahren. Was sollte er auch hier? Das Ganze war ein Fiebertraum und je eher er verging, desto besser. Es war doch kein Reim auf all das zu finden. Er lag und die langsam verstreichende Zeit nagte an ihm.

Er überlegte, ob sich nicht irgendetwas im Raum

befand, das seinen Tod beschleunigen könnte. Sein müder Blick fiel auf den Kreis. Ein Schreck durchzuckte ihn. Fast hatte er schon über die schönen Stunden, die er mit ihm verbracht hatte, vergessen, welcher Horror sich in seiner Mitte verbarg und welche unzügelbare Angst er verspürt hatte bei dem Gedanken, auch nur von ihm berührt zu werden.

Mein Gott, dachte er erregt, wie logisch. Er rieb sich die Augen, aber war noch immer zu schwach, um sich aufzusetzen. Der einzige Weg hinaus war der Tod durch die Wildheit des Kreises, welchen er gerade unter unmenschlichen Anstrengungen zur Ruhe gebracht hatte. Es war nicht zu fassen, dachte er. Was für ein böses Wesen hatte sich diese Welt erdacht? Wie perfide es war! Aus seinen schlaffen Lippen spuckte er ein giftiges und fast nicht hörbares »Böse!« hervor. Er erinnerte sich an das Gefühl, das ihn ergriffen hatte, als er seine Arme hinter der rotierenden Wand des Kreises verschwinden sah. Was für ein Grauen ihn durchdrungen hatte, als er das tiefe namenlose Nichts gefühlt hatte, das sich in seinem Zentrum verbarg.

Gut, dachte er, dies sollte also der letzte Schritt sein.

Er würde sich mit ihm vereinen und der Kreis würde ihn auslöschen, egal, wie gern sie einander hatten. Er war der Antipode zu dem Kreis, den die Kinder getanzt hatten. Unsagbar schön war er, aber in seiner Mitte herrschte Dunkelheit. Er würde sich von ihm töten lassen, indem er ihn ein weiteres Mal aus seinem Zentrum riss.

Zu schwach, um sich aufzurichten, dachte er mit geschlossenen Augen an die Mitte des Kreises und an sein Herz und stellte sich vor, wie die beiden Kerne ineinander verschmolzen. Hinein in den Kreis, dachte er. Hinein, bis er zerfetzt und nichtig sein würde. Hinter sich hörte er schon, wie das Brummen langsam anschwoll. Igor lächelte finster. Schon der Gedanke ließ den Kreis aus der Bahn gleiten, dachte er. Mit seiner letzten Kraft drehte er sich um und sah ihn an. Zu seiner Überraschung war er noch immer vollkommen glatt und seine Farbe hatte sich nicht verändert. Das Brummen war nicht angeschwollen, weil er aus seiner Bahn geriet, sondern weil er näher gekommen war. Igor erschrak. Bisher hatte sich der Kreis keinen Zentimeter von seinem Platz bewegt und nun war er drei Meter in seine Richtung geschwebt. Harmonisch und gleichmäßig vibrierte er leise vor sich hin. Igor verstand, dass er seine Situation überdenken musste.

○

Igor verband sein Herz erneut mit der Mitte des Kreises und versuchte, ihn zu bewegen. Nach vielen Versuchen gelang es ihm, dem Kreis einen Schub zu versetzen, und bald konnte er ihn leicht von der einen Raumhälfte in die andere schweben lassen.

Igor fiel in einen fiebrigen Eifer. Warum war er nicht schon vor Stunden darauf gekommen, es zu versuchen? Vielleicht war doch noch nicht alles verloren, dachte er nervös. Er ließ den Kreis immer wieder auf eine Wand prallen. Als er den Schwung und die Kraft spürte, die der Kreis besaß, geriet er in ein rauschhaftes Ausprobieren. Er stellte sich vor, was seine Kinder täten, und es wurde ihm immer klarer, wie mit dem Kreis umzugehen war.

Man musste es leicht denken. Je geradliniger die eigene Vorstellung und je intensiver die Verbindung zur Kreismitte, umso leichter fühlte es sich an. Er musste seine eigene Körperspannung loslassen und jegliche Kraft nur in das Bild selbst legen. Besser noch, sie sich von selbst in das Bild legen lassen. Leicht musste es sein. Das war das Wichtigste.

Immer und immer wieder schleuderte er den Kreis gegen die Wand, in der sich bald ein bröckelndes Loch abzeichnete. Es hatte einen Umfang von vier Metern, aber war noch nicht tiefer als eine Armlänge.

Immer weiter holte er gedanklich Anlauf und ließ

den Kreis in den Stein schlagen. Aber es dauerte zu lange und es fehlte an Wucht. Wenn er nur etwas kleiner wäre, dann könnte er ihn spitzer einschlagen lassen, dachte er.

Der Kreis zuckte leicht zusammen.

○

Nach einer weiteren Stunde gelang es Igor, den Kreis auf die Größe eines Pfirsichs zu schrumpfen. Seinen Hunger spürte er schon fast nicht mehr. Durch das ständige Abstrahieren, welches die Steuerung des Kreises verlangte, fühlte er sich regelrecht entkörperlicht. Er lag auf dem Rücken mit dem Kopf auf einem Gesteinsbrocken und war so versunken in der geistigen Manövrierung des Kreises, dass er schon fast vergessen hatte, weshalb er ihn überhaupt zu schrumpfen versuchte. Das bloße Spiel mit dieser vollkommen fremdartigen Kraft faszinierte ihn zutiefst und erfüllte ihn mit Begeisterung. Als er sich besann, wo er war und was er tat, blickte er auf die Mitte des Loches, welches groß und unvollendet in der Wand klaffte. Er sammelte seinen Fokus, spannte seine Nerven und ließ den kompakten Kreis mit der größten Geschwindigkeit, die er fähig war, sich vorzustellen, in die Mitte des Loches schlagen. Der Aufprall war unerträglich laut und grell. Es staubte auf und Igor spürte zwar sein Zentrum, konnte den Kreis aber nicht mehr sehen. Er kroch an den Rand des Loches und spähte hindurch. Am Ende des tiefen Tunnels sah er ein fremdartiges Licht, welches aus einem benachbarten Raum kommen musste. Igor ließ den Kopf in die Hände fallen und stieß einen erlösenden Schrei aus.

Noch mehrere Male musste Igor den Kreis einschlagen lassen, bis sein Körper ganz hindurchpasste. Er kroch zwischen den Steinen hervor und blickte in einen vornehmen Flur. Die Beleuchtung bestand aus roten Bogenlampen und die Tapete war mit grünen und gelben Karos versehen. Igor ließ sich aus dem Loch fallen und landete kraftlos auf dem bemusterten Teppich.

Er sah sich um und stand mühsam auf. Am Ende des Ganges sah er eine hölzerne Tür. Jetzt, wo er stand, fühlte er wieder den unbeschreiblichen rasenden Hunger, der in seinem Körper brannte. Langsam, verstaubt und entkräftet schleppte er sich der Tür entgegen, drückte die Klinke hinab und betrat benommen ein Restaurant.

0 1 2 3 4 5 **6** 7 8 9

Das Restaurant war leer. Überall standen gedeckte Tische, auf denen feines Besteck lag.

Es war still. Igors Augen waren überfordert und er wusste nichts mit der sich vor ihm ausbreitenden Szenerie anzufangen. Wie gelähmt stand er im Türrahmen und hielt sich noch immer mit einer Hand an der Klinke fest.

Er hörte Glas zersplittern. Irgendetwas Großes schien umgefallen zu sein und gleich darauf erklangen schnelle und grobe Schritte. Eine Doppeltür wurde rabiat aufgestoßen und hindurch trat der furchteinflößendste Mann, den Igor je gesehen hatte.

Er war von massiver, walrossartiger Gestalt, auf seiner zerfurchten Glatze sammelten sich Schweißperlen und seine prankenartigen Hände waren gespickt mit wurstigen, schwielenübersäten Fingern. Er trug eine Fliege und einen unter seinem umfangreichen Körper fast zum Zerreißen gespannten Frack. Igor durchfuhr ein Zucken, als er sah, dass der Mann in einem gefährlichen Marschschritt geradewegs auf ihn zulief und ihm etwas vollkommen Unverständliches zubrüllte.

Bevor Igor wusste, wie ihm geschah, packte er ihn am Arm und riss ihn rabiat von der Tür weg, um ihn zu einem der Tische zu ziehen. »NEHMEN SIE PLATZ!«, schrie er aus Leibeskräften und stieß Igor auf einen Stuhl.

»WEIN?«, brüllte er Igor ins Gesicht.

Der Mann blickte ihn schwer atmend an. Speichel tropfte aus seinem Mund und Schweiß rann ihm über das Gesicht.

Igor, zu Tode erschrocken, konnte keine Silbe hervorbringen, bevor der Mann sich schon wieder umgedreht hatte und laut schnaufend hinausrannte. Wieder hörte er etwas Großes umfallen und es klang, als würden sich kleine Metallgegenstände über den Boden verteilen.

Tausend Gedanken schossen Igor durch den Kopf. Sollte er fliehen? Er dachte fieberhaft über seine Situation nach, als die Doppeltür erneut aufgestoßen wurde und der fettleibige Mann mit einer Karaffe Rotwein und einem großen Glas hindurchstampfte.

Am Tisch angelangt, nahm er das bereits vorhandene Glas, schleuderte es in Richtung der Doppeltür, stellte das neue Glas auf die Tischdecke und goss, ohne einen Tropfen zu verschütten, mit überraschender Eleganz den Wein hinein. Wieder stierte er Igor mit seinen roten ädrigen Augen wartend an.

Igor zitterte und versank verzweifelt in seinen Stuhl. Erst nach einigen Momenten brachte er flüsternd hervor: »Vielen Dank. Aber ich glaube, ich muss etwas essen, bevor ich trinken kann.«

»ICH HOLE DIE KARTE!«, schrie der Mann und wandte sich zum Gehen. Bevor er die Doppeltür aufstieß, rief Igor ihm mit zitternder Stimme nach: »Ich nehme das, was am schnellsten geht.«

Der Mann hielt inne. Er stand mit dem Rücken zu Igor und rührte sich nicht. Erst nach einer Ewigkeit drehte er sich langsam um und in seinen Augen stand ein finsteres und tief beleidigtes Schimmern.

»ICH HOLE DIE KARTE!«, brüllte er so laut, dass die Adern an seinem Hals hervortraten.

Dann verschwand er schnellen Schrittes hinter der Doppeltür.

Igor verfiel in Panik. Er war mittlerweile unfähig, in seinen gewohnten Bahnen zu denken. Alles war ihm zu viel und gern hätte er geweint. Aber der Hunger und die kalte Angst, die sich in ihm breit machte, ließen ihn wie eingefroren am Tisch sitzen und verharren. Keinen Meter weit würde er kommen; sein Körper hatte einen Punkt überschritten. Er würde zusammenbrechen, wenn er versuchte zu fliehen, dachte Igor und während er es in der Küche abermals laut scheppern hörte, konzentrierte er sich auf den Mittelpunkt seines Kreises, der geduldig wartend im Flur schwebte. Leise flog er heran. Noch immer war er groß wie ein Pfirsich und hatte eine schimmernde perlmuttfarbene Oberfläche. Er brummte harmonisch und Igor mochte ihn sofort wieder um ein Tausendfaches, als er ihn so leise und treu hereinschweben sah. Er zog ihn zu sich heran und ließ ihn sich unter dem Tisch verstecken, weil er dachte, dass es wohl besser wäre, den Mann nicht unnötig zu reizen.

Sobald der Kreis unter dem Tisch verschwunden war, sprangen die Türen wieder auf und der Mann kam mit einer großen, in Leder gebundenen Karte in den schwieligen Händen herein und marschierte auf Igors Platz zu.

Wortlos warf er sie auf den Tisch, stützte sich laut schnaufend mit den Armen auf einem Stuhl ab und wartete auf Igors Bestellung. Mit zitternden Händen griff Igor zu der Karte und schlug sie auf.

Auf edlem Büttenpapier stand eine unentzifferbare Kritzelei.

Igor presste die Augen zusammen und blätterte um. Seite um Seite war die Karte angefüllt mit abstrakten Anhäufungen von Strichen, die aussahen, als wären sie von einem geistig verwirrten Kind in einem Wutanfall auf das Papier gekratzt worden. Sie ergaben kein einziges Wort oder Bild.

Aufs Äußerste bedacht, sich nichts anmerken zu

lassen, blätterte Igor höflich in der Karte. Je größer die Kritzelei, desto größer war wahrscheinlich das Gericht, dachte Igor, dessen Hunger sich mittlerweile in seinen Kopf gefressen und ihm einen fahlen Schimmer in die Augen getrieben hatte.

Zittrig zeigte er schließlich auf eine Ansammlung von Linien, die er als überaus umfangreich empfand. Der schwitzende Mann beugte sich vor und starrte in die Karte. Sein Gesicht verzog sich zu einem erstaunten Ausdruck. Mit weit geöffneten Augen sah er Igor an und sagte in einem fast euphorischen Flüstern: »Gute Wahl!«

Er wandte sich ruckartig um und rannte stampfend auf die Doppeltür zu, um abermals laut krachend hinter ihr zu verschwinden. Igor hörte, wie ein Gasherd entfacht und mehrere Töpfe aus einem Schrank geworfen wurden.

Mittlerweile konnte er den bloßen Gedanken an Essen kaum mehr ertragen. Zu sehr quälte er ihn. Er wollte jedes Bild von Nahrung aus seinem Kopf verdrängen, bis er endlich, endlich, essen durfte.

Seine Nerven waren weit über das normale Maß zerschunden und zuckten unter jedem harten Geräusch, das aus der Küche kam, heftig zusammen, sie waren zerschlissen von den Ereignissen der vergangenen Tage, Monate, Jahre, er wusste nicht mehr, wie lange er schon ziellos durch diesen Wahnwitz wanderte. Er ließ den Kopf auf den Tisch sinken, da er sich nicht mehr aufrecht halten konnte und legte die Hände auf die Ohren. An nichts wollte er denken. Nur irgendwann aufwachen, um zu essen. Und bis dahin sollte nichts sein.

Er schloss die Augen und war kurz davor einzuschlafen, als ein aus der Küche herüberziehender Geruch seine Nase erreichte.

Igor fuhr zusammen. Alle seine Nervenenden zogen sich abrupt zu seinem Körpermittelpunkt und sein Oberkörper schnellte hoch, als wäre er unter Strom gesetzt worden. Dieser Geruch war so herb und tief, war von einer dermaßen ergreifenden Köstlichkeit, dass Igor ruckartig aufsprang und sich die Hände vors Gesicht hielt. Es roch nach Feigen, geröstetem Gemüse, zarten Soßen und schweren Gewürzen. Igor hielt sich noch immer die Hände vor das Gesicht und nur langsam gelang es ihm, die Arme sinken zu lassen.

Es gab keinen Zweifel: Dieser widerliche, furchteinflößende Mann war ein Meisterkoch.

○

Igor wusste nicht mehr, wie lange er schon zu einem Häufchen Elend zerschmolzen mit dem Kopf auf dem Tisch gelegen hatte, als sich endlich die beiden Schwingtüren, die zur Küche führten, leise öffneten und der walrossartige Mann mit einem von einer silbernen Haube bedeckten Tablett in den Saal trat. Voller Bedacht schritt er mit einem erhabenen Blick an Igors Tisch und stellte das Tablett vorsichtig vor ihm ab.

Der Koch blickte ihn mit weiten und blutunterlaufenen Augen an und legte seine Hände an den Knauf der Haube. Igor wusste nicht, ob er etwas sagen sollte, und zuckte nur unkontrolliert mit den Mundwinkeln. Der walrosshafte Koch sah Igor tief und prüfend an, dann atmete er laut hörbar ein und riss mit einer ausladenden Bewegung die Haube von dem Tablett.

»VOILÀ«, schrie er Igor spuckend ins Gesicht.

Auf dem Tablett lag ein ungefähr eine Kinderfaust großer Haufen bräunlicher Masse.

Igor zitterte und blickte auf den Klumpen.

Ihm zerfiel sein letztes bisschen Fassung und er wäre ohnmächtig vornüber auf den Tisch gefallen, wenn nicht plötzlich der Geruch des Klumpens in seine Nase gestiegen wäre. Es dauerte einen Moment, bis sich Igor koordinieren konnte.

Mit bebenden Fingern nahm er eine Gabel und ein Messer, schnitt den kleinen Haufen in der Mitte durch und schob ihn vorsichtig in den Mund. Etwas in Igor explodierte. Heiße Tränen liefen ihm über das ausgemergelte Gesicht, als er zutiefst dankbar den Bissen in seinem Mund zerkaute und schließlich schluckte. Dies war ohne Zweifel das bestschmeckende Essen, das er je gekostet hatte. Es war nahezu zum Verrücktwerden. Der Koch sah ihn mit gespannter Neugier an und schrie voller Inbrunst: »BEKOMMT ES?«

Igor nickte, nahm mit letzter Kraft den zweiten und letzten Bissen dieses vorzüglichen Mahles, schluckte ihn herunter und wurde ohnmächtig.

○

Als Igor wieder hochschreckte, saß der fettleibige Koch neben ihm am Tisch und blickte ihn besorgt an.

Er schwitzte noch immer und seine wurstartigen Finger nestelten nervös an der sauberen Tischkante herum, während sein Blick aufmerksam auf Igor gerichtet war. Dieser wusste nicht, was er sagen sollte, und wollte sich schon bedanken, als der Koch erneut aus ganzer Seele etwas Unverständliches schrie.

Erst nachdem sich der Koch einige Male laut wiederholt hatte, verstand er, dass er wissen wollte, ob er noch mehr zu bestellen wünschte. Igor nickte, schlug fahrig die Karte auf und zeigte auf die erstbeste Kritzelei, die er fand. Der Koch sprang auf und rannte hastig in die Küche.

Jedes Gericht, das er servierte, dauerte lange in der Zubereitung, aber es war von überragendem Geschmack. Keines war größer als eine Kinderfaust und alle hatten eine eigentümliche schleimartige Konsistenz. Der Koch legte offensichtlich nicht viel Wert auf Äußerlichkeiten, einzig der Geschmack seiner Gerichte schien für ihn entscheidend, und bei jedem Schleimhaufen, den sein Gast zu sich nahm, saß er gebannt dabei und beobachtete aufmerksam dessen Gesichtszüge, als wären sie das Spannendste auf der Welt. Immer mehr kochte der Mann und schien nicht müde zu werden, Igor zu fragen, ob er mehr wollte. Und da seine Speisen zwar köstlich, aber klein waren, dauerte es viele Stunden, bis die winzigen Mahlzeiten Igors Hunger eingeholt hatten und er tatsächlich die Frage nach mehr verneinte.

Igor strich sich über den Bauch. Er fühlte sich genährt. Je mehr Ruhe in ihm einkehrte, desto mehr wurde Igor von einer unendlichen Dankbarkeit gegenüber diesem eigenartigen monströsen Mann erfasst. Es war die besondere Art der Dankbarkeit, die Menschen empfinden, die todesnahen Hunger gespürt haben und von jemandem gefüttert wurden. Hunger, der die Person, die man war, fast vollständig aus dem Körper vertrieb, um sich selbst an ihrer statt in ihm auszubreiten. Igor schauderte es, wenn er sich daran erinnerte, wie er sich vor wenigen Stunden noch gefühlt hatte.

Er saß in dem verlassenen Restaurant und sah sich um. Im Gegensatz zum Äußeren des Kochs war es sehr vornehm. Ihm kam wieder die Konversation, die er mit der Welt geführt hatte, in den Sinn. Merkwürdig war all das.

Sosehr ihn die Welt, in der er sich befand, ängstigte und er die Unlogik aller Ereignisse, die ihm widerfuhren, als zermürbend und erschreckend empfand, so wunderte er sich doch, dass er gerade in dem Moment seines größten Hungers ein Restaurant betreten hatte, in dem ein vereinsamter Meisterkoch sein Unwesen trieb. Wie konnte dies ein Zufall sein? Irgendein nebliger Zusammenhang schien zwischen dem bizarren Verhalten seiner Umgebung und seinem eigenen zu existieren und er fragte sich, welche Formen dieses Gebäude wohl noch annehmen würde, wenn er es ohne Hunger und Angst durchschritt.

Igor verbrachte drei Tage in dem Restaurant. In dieser Zeit kam kein einziger Besucher. Dass er sich auf den Boden legte, schien den Koch nicht zu stören. Er versuchte, so viel Kraft zu sammeln, wie er konnte, und nachdem seine überhitzten Nerven abgekühlt waren, fand er zurück zu einer freudigen Neugier, die ihn am dritten Tag zum Aufbruch zwang.

Der Koch sah traurig aus, als Igor ihm zu verstehen gab, dass er weitermüsse, und aus einem plötzlichen Impuls heraus umarmte er ihn. Etwas an der schwitzenden ogerhaften Gestalt rührte Igor zutiefst und er wünschte ihm nichts sehnlicher als das, was er tatsächlich verdiente: mehr Gäste.

Sie schüttelten einander die Hände und klopften sich mehrmals auf die Schultern, wobei Igor die größte Mühe hatte, nicht unter Schmerzen aufzuschreien.

Der Koch brüllte noch einige für Igor unverständliche Worte, die wohl freundlich gemeint sein sollten, und nickte dabei unentwegt. Schließlich ging Igor auf die zweite Tür zu, die zu einem weiteren Gang führen musste, zog vorsichtig seinen Kreis unter dem Tisch hervor und ließ ihn zu sich heranschweben.

Die Augen des Kochs weiteten sich und er schrie in einem unangenehm spitzen Ton auf. Er blickte zu Igor, als hätte er den Teufel gesehen, und rannte in die Küche. Igor war bestürzt. Dies hatte er weder gewollt noch geahnt. Er folgte dem Koch, um ihn zu beruhigen, als dieser schon mit einem Messer herausgeschossen kam und Igor laut brüllend damit bedrohte. Igor war zutiefst erschrocken und gab sich alle Mühe, den außer sich geratenen Koch zu beruhigen. Dieser blickte immer wieder abwechselnd wütend und angstvoll zwischen dem Kreis und Igor hin und her. Igor versuchte, ihm zu erklären, dass der Kreis keine Gefahr darstellte, aber als der Koch schließlich ein paarmal mit ungebremstem Schwung ausholte und Igor fast mit seinem Messer traf, ergriff er verstört die Flucht.

Er riss die Tür auf und fokussierte den Kern des Kreises, der noch immer unbewegt im Raum schwebte und dessen Oberfläche mittlerweile eine ungewöhnliche rote Färbung besaß. Igor zog ihn ruckartig zu sich heran und rannte davon.

○

Lange lief Igor. Er passierte Gänge und Räume, die allesamt leer waren. Manche waren zusammengefallen und staubig, manche sahen aus, als ob sie gerade erst eingerichtet worden wären, aber nirgendwo traf er auf Menschen. Es gab fabrikartige Hallen und kleine Räume, die wie Hotelzimmer aussahen, er durchlief Gänge voller abgeschlossener Schränke und Baderäume, in die Heerscharen von Menschen hineingepasst hätten. Auch fand er Säle voller Betten und Kabinen, in denen kaum jemand stehen konnte, an deren Wänden aber Telefone installiert waren. An den meisten Decken hingen Rohre, die durch die Gänge liefen und die Räume miteinander verbanden.

Nirgendwo sah er ein Fenster und doch war die Luft gut. Die Rohre schienen unter anderem für die Luftzufuhr zuständig zu sein. Es roch nach Teppich und Beton und manchmal nach Farbe. Dies alles muss einmal einen Nutzen gehabt haben, dachte er.

Die meisten Türen waren abgeschlossen und die, die es nicht waren, waren wohl von anderen Wanderern aufgebrochen worden.

Gelegentlich hielt er inne, setzte sich auf den Boden und spielte mit seinem Kreis. Er war das Einzige, das ihm vertraut vorkam. Immer öfter übte er, ihn zum Schrumpfen und zum Wachsen zu bringen. Auch entdeckte er, dass er ihn in seiner Rotation beschleunigen und verlangsamen konnte. Lange starrte er ihn an und fand Ruhe in seiner sanft pulsierenden Mitte.

Nachdem Igor ihn dazu gebracht hatte, sehr, sehr langsam zu werden, stellte er fest, dass der Kreis in Wirklichkeit ein unglaublich schnell rotierender Punkt war, der, wenn man genauer hinsah, selbst nichts weiter als ein Kreis war, der auch aus einem unsäglich schnell rotierenden Lichtpunkt bestand, welcher in Wirklichkeit ebenfalls ein Kreis war, der aus einem um sich selbst rasenden Punkt zu bestehen schien. Immer tiefer konnte er in ihn hineinsehen und je mehr er sah, desto faszinierter wurde er von seiner Art, sich zu bewegen.

Als er ein paar Tage gegangen war – er hatte schon längst sein Gefühl für Zeit verloren, er schätzte lediglich, dass es Tage waren –, hörte er auf einmal einen Ton wie von einer kleinen Glocke. Es war so leise und bescheiden, dass Igor zuerst glaubte, es müsse Einbildung sein, doch als es sich wiederholte, ging Igor ihm nach. Er kam durch einige Treppenhäuser, bis er es deutlich vernahm.

Es war das niedlichste Geräusch, das er je gehört hatte, so unschuldig und leicht, dass Igor, der in den endlosen Gängen und Sälen schon ganz vereinsamt war, ein Pochen im Herzen verspürte. Eine Weile glaubte er, dass es aus einem der Rohre kam, aber immer, wenn er sich ihm näherte, hörte er es auf einmal unter sich, und wenn er die Treppen hinablief, klang es plötzlich, als wäre es mehrere Stockwerke über ihm. Es bewegte sich offenbar vertikal, ohne die Treppen zu benutzen, und auch wenn es Igor immer aussichtsloser vorkam, es zu fangen, war es doch ausgeschlossen, dass er aufgab, es zu suchen. Zu zart klang das Geräusch, und einen zu großen Kontrast setzte es zu der harten Rätselhaftigkeit des Gebäudes, das ihn umgab.

Schließlich war er sich sicher, dass es sich hinter einer bestimmten Wand befinden müsse, und war schon kurz davor, seinen Kreis die Wand zerschlagen zu lassen, als er plötzlich angesprochen wurde.

»Inelchesstokerkgedenkenizueisen?«

Igor zuckte zusammen.

Er sah in das Gesicht eines sehr großen, dünnen Mannes, der die Uniform eines Liftboys trug. Seine Beine waren viel länger als sein Oberkörper, seine Augen schienen freundlich, aber Igor musste voller Schrecken feststellen, dass ihm sowohl die Ober- als auch die Unterlippe abgeschnitten worden waren. Man sah direkt auf seine gepflegten Zähne, die aus vernarbtem Wangenfleisch hervorstrahlten. Igor schrie auf, sowohl aus Schreck über die plötzliche Anwesenheit des freundlichen Herrn als auch über den in Mark und Bein fahrenden Anblick seines Gesichtes. Was für eine böse Strafe musste er bekommen haben.

Der Mann, der seine langen Arme auf dem Rücken verschränkt hielt, blickte gelöst und milde auf Igor herab.

Igor sammelte sich und fragte schließlich: »Ich bitte um Verzeihung, aber ich habe Sie nicht verstanden.«

Der Mann wiederholte sich und Igor erahnte, dass er wohl wissen wollte, in welches Stockwerk er zu reisen gedachte.

Igor sagte ihm, dass er nicht wisse, wo er sich befand, und er gerne irgendwo hingelangen wollte, wo er Auskunft darüber einholen könne.

Der Liftboy nickte freundlich.

»Olgensieir«, sprach er und wandte sich um.

Er schloss eine Metalltür auf, hinter der sich ein Aufzug befand, und bat Igor einzutreten. Igor tat wie ihm geheißen, der Liftboy gab eine neunstellige Zahlenkombination in das Tastenfeld neben der Metalltür ein. Igor fiel auf, dass die Kombination auf dem Feld die Form einer Spirale ergab. Seine Finger näherten sich dabei immer mehr der Mitte des Feldes und endeten auf der Fünf. Der Aufzug setzte sich mit einem Ruck in Bewegung.

Die beiden fuhren still nebeneinanderher und Igor traute sich nicht, Fragen zu stellen. Der alte Mann in der Liftboyuniform war von einer dermaßen sanften Höflichkeit, dass Igor sich noch in seinen kleinsten Bewegungen grob vorkam. Der Liftboy blickte während der Fahrt entspannt auf die Aufzugwand und schien von der erhabensten Ruhe durchdrungen. Nach einer Viertelstunde wurde Igor nervös. Eine Aufzugfahrt konnte unmöglich so lange dauern, dachte er, doch die Ausstrahlung des Liftboys ließ seine Zweifel immer wieder verstummen, es wäre einfach zu grob gewesen, das Wort an ihn zu richten. Seinen Kreis hatte Igor zu seiner kleinstmöglichen Form zusammengeschrumpft und ließ ihn in Erinnerung an die Reaktion des Kochs unsichtbar für den Liftboy hinter seinem Rücken schweben. Kurz bevor Igor es nach einer halben Stunde nicht mehr länger aushielt und endlich etwas sagen wollte, hörte er mit einem Mal den glockenhaften Ton, den er so lange gesucht hatte. Die Tür öffnete sich und vor ihnen lag ein Gang, der exakt so aussah wie der Gang, den sie verlassen hatten.

Igor durchfuhr ein Zweifel, ob sie sich überhaupt bewegt hatten. Während sie im Aufzug standen, hatte er nicht daran gedacht, darauf zu achten, ob der Aufzug fuhr oder nicht. Der Liftboy hatte eine dermaßen freundliche Erscheinung, dass Igor einfach keinen Zweifel an ihm haben konnte. Igor begann trotzdem, und vielleicht gerade deshalb, misstrauisch zu werden. Was, wenn sie einfach nur eine halbe Stunde nebeneinandergestanden hätten und der Liftboy dann heimlich in dem Moment den Glockenton ausgelöst hatte, in dem er merkte, dass Igor nicht mehr konnte? Was, wenn der Liftboy deswegen so gelöst und heiter war, weil er sich einen Spaß mit Igor erlaubte? Was, wenn er wahnsinnig war? Ein verkleideter Irrer, von irgendeinem brutalen Vorgang im Gesicht gezeichnet, der nun einsam umherlief, um sich an wehrlosen Wanderern zu rächen? Mittlerweile war sich Igor sicher, dass dies dieselbe Etage war wie die, in der sie eingestiegen waren.

Sie liefen durch einen Gang und Igor war strengstens darauf bedacht, auf keinen Fall vor dem Liftboy zu gehen. Er durfte ihm unter keinen Umständen den Rücken zuwenden. Jedes Mal, wenn Igor einen weiteren Blick auf sein überaus sanftes und vertrauenerweckendes Gesicht werfen konnte, wurde ihm unmissverständlich klar, dass er etwas Böses im Schilde führen musste. Zu federnd war sein Gang, zu entspannt fielen seine schlaksigen Arme. Während Igor immer tiefer in Spekulationen versank, wie er es mit einem Massenmörder aufnehmen könnte, hielt der Liftboy mit einem Mal vor einer Tür und sagte in einem freundlichen, aber schwer verständlichen Ton, dass sie da seien.

Igor achtete schon gar nicht mehr auf die Tür und fixierte voller Spannung den Liftboy. Er glaubte nun zu sehen, was so erschreckend an ihm war. Mit allem, was er hatte, strahlte er Unterwürfigkeit aus. Seine Uniform, der leicht gesenkte Kopf, die schlaksige Haltung bis hin zu seiner sanften, verzerrten Sprache und seinem mitleiderregenden Gesicht. Man sah ihn und meinte, einen armen Schlaks vor sich zu haben, der im hohen Alter immer noch nichts weiter war als ein Liftboy. Ein entstellter Diener. Und doch, und das war das zutiefst Erschreckende, war unter der dienenden Haltung eine haushohe Überlegenheit verborgen. Igor hatte keine Angst vor ihm, weil er dem Liftboy Böses unterstellte, sondern aus einer Gewissheit heraus, dass der Liftboy ihn, so dünn er war, in allem grenzenlos überlegen war. Seine Augen strahlten die gelöste Gewissheit eines Siegers aus. Niemandem musste sich dieser Liftboy beweisen und Igor war kurz davor, sich grundlos vor ihm zu verneigen, hätte er nicht so große Angst vor ihm gehabt.

»Ierhistis«, hauchte der Liftboy freundlich durch seinen entstellten Mund. Igor versuchte ein souveränes »Aha!«, kam sich dabei aber unendlich unelegant vor. Gern hätte er die Lässigkeit des Liftboys genauer studiert, aber er traute sich nicht, ihn immerfort anzustarren. Der Liftboy klopfte und hinter der Tür hörte Igor eine nervöse Stimme sagen:

»Es wächst ein kleines weißes Haus,
ist frei von Fenstern, Türen, Toren
und will der schwache Wirt hinaus,
so muss er erst die Wand durchbohren.«

»Einhogelkükenininenei«, antwortete der Liftboy.

Eine Luke öffnete sich und hinter einem Gitter sah man die Hand eines jungen Mannes, der drei Finger eingeknickt und zwei abgespreizt hielt.

»Wie viele Finger zeige ich?«, fragte der Junge.

»Hünf«, sagte der Liftboy.

Die Tür gab ein lautes Klacken von sich und die beiden wurden hineingelassen. Sie wurden von einem ebenfalls freundlich dreinblickenden jungen Mann, der allerdings nur ein Achtel der Eleganz des schlaksigen Liftboys besaß, trocken begrüßt und betraten einen angenehm duftenden Raum, welcher mit rotem Teppich ausgelegt war. Er hatte, wie alle Räume des Gebäudes, keine Fenster und seine Wände waren aus unverputztem, aber glattem Beton. In der Mitte saß eine Gruppe von ungefähr 40 Männern und Frauen unterschiedlichen Alters, die allesamt Trainingsanzüge trugen. Der Liftboy erklärte dem Jungen in kurzen, für Igor schwer verständlichen Worten, wo und unter welchen Umständen er ihn gefunden hatte. Dann gingen sie in Richtung der auf dem Boden sitzenden Menschen und begrüßten sie.

»Dieser Herr scheint sich verirrt zu haben und erbittet Auskunft darüber, wo er sich befindet«, sagte der Junge.

Die vorsichtige Neugier der Gruppe löste sich in eine amüsierte Heiterkeit. Viele lachten auf und lächelten Igor an. Es tat gut, nach all der langen Zeit einmal in freundliche Gesichter zu sehen, dachte er. Alle schienen von derselben Gelöstheit wie der Liftboy und Igor wurde unendlich misstrauisch.

○

In der Mitte der Gruppe saß eine in Tücher gehüllte Frau. Igor vermutete zumindest, dass es eine Frau war. Man konnte es nicht genau erkennen, da ihr Gesicht von schwarzem, bis zum Boden reichendem Haar bedeckt war. Etwas in ihrer Präsenz zog Igors Blick augenblicklich auf sich und er musste sich zwingen, sie nicht anzustarren.

Die Atmosphäre im Raum war von einer großen Wärme – die Menschen schienen amüsiert über Igors Anwesenheit, was ihn immer nervöser werden ließ. Mit Handzeichen fordert sie ihn auf, sich in die Nähe der Frau zu setzen. Igor erschrak. Bisher hatte er am Rand der sitzenden Menschentraube gestanden und darauf geachtet, dass niemand hinter ihm war. Wenn er sich nun in die Mitte der Menschen bewegen würde, wäre gewiss, dass jeder den Kreis sehen könnte, den er hinter seinem Rücken versteckte. Er war zwar sehr klein, strahlte jedoch genug Licht aus, als dass er nicht irgendwann auffallen müsste.

»Geh ruhig zu ihr«, sagte ein Mann in einem aufmunternden Tonfall. Alle schienen zu wissen, dass die Fragen, die Igor hatte, von der verhüllten Frau beantwortet werden konnten. Igor verspannte sich und schüttelte den Kopf. »Es reicht mir schon, ein paar Menschen zu Gesicht zu bekommen. Ich werde mich hier an den Rand setzen und ein wenig bei euch sein. Fahrt einfach fort mit was auch immer es war, bei dem ich euch unterbrochen habe.«

Eine freundlich dreinschauende ältere Frau sagte belustigt: »O nein, wenn du schon einmal hier bist, sollst du auch deine Antworten haben. Geh zu ihr und frage sie, was du fragen möchtest. Wir haben alle Zeit der Welt.«

Igor begriff, in was für eine missliche Lage er sich gebracht hatte. Unter allen Umständen musste er verhindern, dass der Kreis entdeckt wurde. Er dachte an die Reaktion des Kochs und fürchtete, dass eine ähnliche Situation in einem Raum mit 40 Menschen zu nichts Gutem führen würde.

»Nein, nein, es ist schon in Ordnung. Ich bin ein wenig müde von meiner Reise und werde mich dahinten an die Wand setzen, wenn es euch nicht stört.«

Die ältere Frau ergriff wieder das Wort: »Ich denke, deine Müdigkeit wird bald verschwinden. Aber zuvor wäre es zumindest höflich, wenn du dich einmal vorstelltest. Geh ruhig zu ihr in die Mitte und sage ihr Guten Tag, sie beißt nicht. Danach darfst du ein wenig ausruhen und dich an den Rand setzen.«

Igors Nerven spannten sich. Er spürte die Mitte des kleinen Balls in seinem Rücken und schon der kleinste Gedanke daran, dass sie versuchen könnten, ihn ihm zu entreißen oder ihn anzugreifen, löste furchtbare Stürme in Igor aus. Zu viele Gefährten hatte er schon auf seiner Reise verloren. Er würde es nicht zulassen können, dass es ein weiteres Mal geschah. Igor versuchte sich zu beruhigen.

Er sah in die neugierig blickende Runde und konnte nichts anderes tun, als langsam den Kopf zu schütteln.

Die Gruppe schien von Igors Widerstand nur noch amüsierter als zuvor. Manche tuschelten lachend miteinander.

»Du bist wohl schüchtern, was? Das sind die meisten am Anfang, mach dir keine Sorgen. Aber kurz begrüßen wirst du sie ja wohl können, wenn du schon hier bist. Oder willst du etwa unhöflich sein?«

Igor brachte kein Wort heraus.

Der junge Mann, der die beiden eingelassen hatte, fasste sich ein Herz und kam lächelnd auf Igor zu. Gerade wollte er ihm ermutigend die Hand auf die Schulter legen, um ihn in die Mitte zu führen, als Igor seinen Arm nahm und ihn ruckartig fortstieß. Der junge Mann war überrascht, stolperte ein paar Schritte nach hinten und fiel auf den Rücken. Er sah Igor erschrocken an. Die Stimmung in der Gruppe gefror von einer Sekunde auf die andere.

Leise sagte Igor in einem fast entschuldigenden Ton: »Ich würde darum bitten, mich nicht zu berühren.«

Der Junge richtete sich langsam auf und blickte

finster zu Igor. Auch in der Gruppe begannen einige Männer und Frauen aufzustehen.

»Ich habe eine lange und sehr merkwürdige Reise hinter mir. Ich sehe, dass euer Bestreben gut gemeint ist, aber ich bitte trotzdem darum, mich nicht anzufassen oder ein weiteres Mal dazu aufzufordern, in eure Mitte zu gehen. Zu bizarr waren meine Begegnungen der vergangenen Monate und viele Ereignisse waren zu erschreckend, als dass ich über ein hohes Maß an Geduld und Vertrauen verfügen würde.«

Igor gab sich alle Mühe, seine Worte freundlich auszusprechen, aber er spürte, dass die Wirkung eine andere war. Der Junge, den Igor zurückgestoßen hatte, sprach in erregtem Ton: »Dann bist du hier falsch. Dies ist ein Ort des Vertrauens und des Friedens.«

Ein paar Männer standen auf und stellten sich hinter den Jungen, manche positionierten sich schützend vor der verhüllten Frau.

Igor nickte. »Nun gut, ich hätte eure Gastfreundschaft wahrscheinlich sehr genossen, aber ich denke, unter diesen Umständen werde ich wohl besser gehen. Es tut mir sehr leid, dass ich so ein grobes Auftreten habe.«

Immer mehr Männer und Frauen stellten sich um Igor, und es fiel ihm immer schwerer, seinen Kreis vor ihren Blicken zu schützen. Wie sollte er nur zur Tür gelangen, ohne dass sie ihn sahen?

»Verlasst bitte für ein paar Momente den Raum.«

Die Gruppe drehte sich verwirrt um und blickte auf die verhüllte Frau.

»Ich möchte mit ihm allein sein.«

Ihr Tonfall war erstaunlich. Ihre Stimme war leise und von einer großen Sanftheit, und doch war in ihr kein Platz für Widerrede. Großer Unmut machte sich breit.

»Der Fremde hat mich soeben nach hinten gestoßen«, sagte der Junge. »Ich glaube nicht, dass es eine gute Idee ist, mit ihm allein zu bleiben. Er scheint unter einer großen Spannung zu stehen. Bitte lass uns hierbleiben, um sicherzugehen, dass dir nichts passiert.«

»Es wird mir nichts passieren«, sagte die Frau fast unhörbar.

Nach einigem Geflüster und besorgten Blicken standen alle auf und bewegten sich in Richtung Tür.

Die Frauen und Männer warfen Igor im Vorübergehen einen Blick zu, der wohl als Warnung gedeutet werden sollte. Kurz bevor der Junge ging, sagte er noch: »Du stirbst, wenn du ihr etwas antust.« Er blickte Igor voll unterdrückter Wut an und wartete. Igor wusste nichts darauf zu antworten und nickte schließlich, um ihm ein Zeichen zu geben, dass er zumindest akustisch verstand, was der Junge von ihm wollte. Er drehte sich mit erhobenem Kopf um und verließ als Letzter den Raum. Die Tür schloss sich mit demselben lauten Klacken, mit dem sie vor wenigen Minuten für Igor geöffnet worden war.

Es war angenehm still. Der Raum war groß und Igor beruhigte sich merklich innerhalb weniger Atemzüge. Sein Blick fiel auf die in Tücher gehüllte Frau, die regungslos auf dem Boden saß und deren Gesicht er noch immer nicht gesehen hatte.

○

Igor achtete darauf, der Frau nicht den Rücken zuzuwenden. Man konnte sich nicht ganz sicher sein, wohin sie schaute, da ihr langes Haar ihr Gesicht verdeckte, aber ihr Kopf war leicht gesenkt, als würde sie beständig zu Boden blicken. Nachdem er sich misstrauisch umgesehen hatte, setzte er sich im Abstand von ungefähr zwei Metern vor sie. Schon bald verspürte er den Drang, ebenfalls auf den Boden zu sehen, und schließlich schloss auch er die Augen. Er wollte sie fragen, in was für einer Art Gebäude er sich befand und ob sie ihm Anhaltspunkte zur Orientierung geben konnte, aber die Worte entwichen seinem Geist und er versank in eine angenehme Weichheit. Etwas fing an, ihn zu tragen, und er hatte das Gefühl, loslassen zu wollen. Er schreckte kurz auf, da er befürchtete, jemand könne eintreten und den Kreis hinter seinem

Rücken entdecken. Aber sogleich zog es ihn wieder sanft zurück, und er konnte nicht verhindern, sich der Stille hingeben zu wollen. Immer wieder versuchte er, die Augen zu öffnen, um diese rätselhafte Frau anzusehen, die eine solch beunruhigend beruhigende Ausstrahlung hatte, aber es war ihm nicht mehr möglich. Zu schwer wurden seine Glieder und zu leicht wurde der Druck in seinem Kopf. Sein Widerstand schmolz dahin und es wurde dunkel um ihn.

○

»Wie ist es dir gelungen?«

Igor öffnete die Augen und brauchte eine Weile, um sich zu erinnern, wo er war. Die Frau schien gesprochen zu haben. Noch immer war ihr Gesicht vollkommen von Haar verdeckt.

»Was meinst du?«, fragte Igor, ohne eine Sekunde darüber nachzudenken, ob er sie duzen sollte.

»Der Kreis. Wie ist es dir gelungen, dass er dir folgt?«

Igor wurde heiß. Nervös schaute er auf den Boden und fühlte, ob der Kreis noch immer hinter seinem Rücken war. Zart spürte er ihn vibrieren. Unmöglich, dass sie ihn gesehen hatte. Vielleicht war sie, während er versunken war, aufgestanden und hatte hinter ihn geschaut?

»Nun ja«, sagte Igor und spürte die Sinnlosigkeit des Versuchs zu lügen. »Ehrlich gesagt weiß ich es nicht genau.«

Er schaute, ob sich etwas hinter den Haaren bewegte, und fügte dann hinzu: »Ich habe in einer sehr kritischen Situation meine Mitte mit seiner Mitte verbunden und ihn einfach gedanklich an mich gezogen. Warum er dieser Bewegung folgt, weiß ich nicht. Ich hatte ihn einmal aus der Balance gebracht und er war sehr wütend auf mich. Ich dachte schon, er würde mich töten. Lange habe ich gebraucht, um ihn zu beruhigen. Mittlerweile liebe ich ihn sehr und er ist das Einzige, was mir in letzter Zeit nicht fremd vorkommt.«

Eine Zeit lang war es still. Dann hörte er die Stimme der Frau sagen:

»Du weißt nicht viel über Kreise, nicht wahr?«

Igor war überrascht.

»Ich weiß generell nicht besonders viel, muss ich gestehen. Die Welt gibt mir seit Längerem nichts als Rätsel auf. Bisher war ich nicht fähig, sie zu begreifen oder zu einem größeren Bild zusammenzusetzen. Ich leide unter schmerzhaften Erinnerungen an eine andere Welt. Sie ist mir fremd und scheint vollkommen anderen Gesetzen unterworfen zu sein als diese hier. Manchmal kann ich gar nicht mehr mit Sicherheit sagen, welche von beiden die eigentliche ist. Ab und an gebe ich mich dem Wahn hin, dass die Bilder, die ich sehe, einmal ein tatsächliches Leben waren. Aber von wem, weiß ich nicht zu sagen.«

Wieder schwieg die Frau. Igor konnte nicht ausmachen, wie alt sie wohl war, aber mittlerweile fühlte er ein beängstigendes Gefühl von Vertrauen.

»Erzähl mir mehr über den Schmerz in deiner Brust«, sagte sie.

»Welchen Schmerz?«, fragte Igor und wusste bereits, dass es eine sinnlose Frage war. Da die Frau nicht reagierte und einfach still auf eine Antwort wartete, nickte Igor schließlich und sprach: »Ich habe nicht viel über ihn zu sagen. Mein Schmerz ist mir selbst zu abstrakt, als dass ich ihn ganz beschreiben könnte. Auch komme ich schon länger nicht mehr dazu, über ihn nachzudenken.«

Igor schwieg und fühlte in sich hinein. »Wenn ich ihn trotzdem beschreiben müsste, würde ich wohl sagen, er ist eine Art Liebeskummer.« Er lachte beschämt. »Ich liebe die Welt. Doch sie will mich nicht zurücklieben – sie stößt mich ab wie einen ungebetenen Gast. Sie will sich mir nicht erschließen, auch wenn ich oft denke, eine versteckte Symbolik in ihren Ereignissen zu erahnen. Doch jedes Mal, wenn ich das Puzzle fast zusammengesetzt habe, wird die Welt kalt und mich überkommt ein Gefühl des Getrenntseins. Mich plagt Heimweh nach der Welt, obwohl ich sie durchschreite.

Ich vermisse ihre Wärme, auch wenn ich mir tief in meinem Herzen unwürdig vorkomme, sie zu empfangen.«

Lange war es still. Igor war überrascht von seinen eigenen Worten und noch dabei, über sie nachzudenken, als die Frau anfing zu sprechen: »Du übersiehst etwas. Das, was du als Liebeskummer bezeichnest, ist nur ein Symptom. Du trägst einen Dorn mit dir herum, der dich davon abhält, das eigentliche Verhältnis zu sehen, das du zur Welt hast. Die Welt nimmt dich nicht auf, weil du sie nicht hineinlässt. Du sagst, sie stoße dich ab, aber du bist es, der sie abstößt. Du führst etwas sehr Dunkles mit dir. Du sagst, du seist verliebt, doch etwas an deinem Verliebtsein stimmt nicht.«

Igor war perplex. Er wusste nicht, wie er darauf reagieren sollte.

»Was sollte an ihr nicht stimmen?«

Die Frau lachte plötzlich. Igor war nun vollkommen verwirrt und wurde nervös. Immer weiter lachte sie, leicht wie ein Kind, das einen guten Witz gehört hatte, und ihre Haare schüttelten sich dabei.

»Ich werde versuchen, dir ein wenig davon zu zeigen«, sagte sie schließlich. »Es hat wenig Sinn, darüber zu sprechen.«

Sie wurde wieder still und Igor wusste noch immer nicht, was er tun sollte. Er erwartete, dass sie reden oder etwas hervorholen würde. Aber sie blieb still sitzen und ihr Haar verdeckte ihr Gesicht so vollkommen, dass Igor noch nicht einmal die Form ihrer Nase erahnen konnte.

Als einfach nichts geschah und die Frau ihm offenkundig nichts zeigen wollte, wurde auch Igor wieder still. Er schloss die Augen und es zog ihn wieder in die Hingabe, die er so fürchtete wie ersehnte. Er ließ sich aufrecht sitzend fallen, bis ein Gefühl seinen Körper ergriff, welches er noch nie zuvor gespürt hatte.

○

Als er die Augen öffnete, wusste Igor nicht, wie viel Zeit vergangen war. Unverzüglich stand er auf. Er wusste nicht, warum, aber es zog ihn hoch, als hätte er sich erschreckt, ohne dass er einen Schreck verspürt hatte. Die Frau saß noch immer regungslos vor ihm. Sein Herz pochte laut und für einen kurzen Moment stellte er fest, dass er stattfand. Er war verwirrt.

»Bevor du gehst, möchte ich dir einen Rat geben«, sagte sie leise. »Dieses Gebäude, das du nun durchwandern wirst, ist groß, und viele Räume werden dich schrecken. Du wirst hässliche Dinge sehen wie auch schöne. Aber du musst sie durchschreiten und für ein paar Räume wirst du mehr Kraft benötigen, als dir momentan zur Verfügung steht. Bevor du in den Kern des Gebäudes gehst, suche nach den drei

Gefangenen und nimm sie dir als freundschaftliche Gefolgschaft. Sie müssen freiwillig mit dir kommen, sonst können sie dir keinen Halt geben. Sei ehrlich zu ihnen. Aber gehe nicht ohne sie. Lass dich unter keinen Umständen von ihnen abweisen. Du befindest dich noch in den Außenbezirken des Gebäudes. Es ist weit größer, als du dir bisher vorstellen kannst und sein Kern unterliegt anderen Regeln. Je näher du der Mitte kommst, umso weniger wirst du dort auf Bewohner wie uns stoßen. Sei freundlich zu ihnen, aber sei auf der Hut.«

Igor, der noch immer nicht wusste, wo ihm der Kopf stand, taumelte nach hinten und wandte sich zur Tür.

»Der Mann, der dich im Aufzug mitgenommen hat, wird dir den Weg zu den drei Gefangenen weisen. Danach schicke ich dir entweder ein weiteres Geleit oder du musst allein gehen. Es wird sich zeigen. Ab einem gewissen Zeitpunkt wirst du ohnehin alles von selbst verstehen.«

Igor war schon an der Tür. Er hatte das dringende Bedürfnis, den Raum zu verlassen, auch wenn er große Zuneigung zu dieser rätselhaften Frau verspürte. Irgendetwas in ihm drehte sich unablässig und er konnte sich kaum orten. Als er die Hand schon auf der Klinke hatte, sagte die Frau noch: »Ach, und Igor?«

Igor wandte sich um.

»Sei vorsichtig mit deinem Kreis.«

○

Auf dem Flur war es leer. Igor war erleichtert, niemanden aus der Gruppe, die sich um die Frau gesammelt hatte, sehen zu müssen. Er lehnte sich an eine Wand und sank zu Boden. Irgendein Fieber hatte sein Herz ergriffen und noch war er nicht in der Lage, es ganz hindurchzulassen. Er vergrub das Gesicht in den Händen und versuchte, sich zu beruhigen. Seine Hände berührten den Teppich und er legte sich hin. Auch wenn sein Körper viel zu erregt war, um zu schlafen, hielt er die Augen geschlossen, er fühlte sich überfüllt und konnte keine neuen Informationen mehr aufnehmen. Als er leise Schritte hinter sich hörte, blickte er hoch. Der Liftboy mit den abgeschnittenen Lippen stand vor ihm und schaute Igor in seiner schlaksigen Lässigkeit an. Der Blick seines entstellten Gesichtes war wie immer sanft und er schien bereits zu wissen, dass er Igor zu den drei Gefangenen bringen würde. Er stand still vor ihm und wartete höflich. Igor schloss die Augen, um sich noch einen Moment lang sammeln zu können, bevor er dem Liftboy durch die endlos verschlungenen Gänge des Gebäudes folgen würde.

0 1 2 3 4 5 6 **7** 8 9

Sie passierten gigantische Treppenhäuser und riesige Hallen. Manche Treppen drehten sich wie Spiralen durch das Gebäude, einige waren quadratisch. Sie gingen durch enge Flure und kletterten durch Rohre, fuhren in Aufzügen, von denen einige eine sehr große Ladefläche hatten und andere kaum Platz für zwei Personen. Erst nach mehreren Tagen trafen sie auf Menschen. Viele von ihnen waren entstellt und aggressiv. Manche waren schwer verängstigt oder einfach abwesend und nicht ansprechbar. In einigen Räumen lagen Leichen. Ein Stockwerk stank fürchterlich und war zur Hälfte voller Fliegen und zur Hälfte voller Spinnen und viele Räume schienen niemals benutzt worden zu sein. Sie wirkten wie neu gebaut und dann vergessen. Ihre ursprünglichen Funktionen waren klar erkennbar, wie beispielsweise riesige Küchenhallen oder gigantische Tanks, die zur Wasseraufbereitung oder Wärmeverteilung gedacht waren. Aber es gab auch welche, deren Sinn sich Igor nicht erschloss, angefüllt mit seltsamen Maschinen, überwachsen von einer moosartigen Struktur, die aber sehr trocken und fest war, wie Flechte oder

Korallen. Auch gab es Pflanzen, die fluoreszierten, aber meist waren sie so von Fliegen umschwärmt, dass man ihr Licht kaum sah. Manchmal war Igor kurz davor, den Liftboy zu fragen, wie es kam, dass das Gebäude so leer war, aber es war ihm nicht nach Reden zumute. Still liefen sie nebeneinanderher und ihm war es angenehm, ein wenig Zeit zu haben, sich darauf zu besinnen, was zwischen ihm und der Frau geschehen war.

Immer öfter veränderte das Gebäude seinen Stil. Meist war es karg und von einer reduzierten Eleganz, aber ab und zu betraten sie Räume, die seltsam altertümlich aussahen. Einige hatten einen fast schon barocken Stil. Sie waren mit Parkettböden ausgelegt und hatten feinen Stuck an der Decke, ihre Wände waren mit Ornamenten versehen und mit aufwendigen Mosaiken, die bildhaft Geschichten erzählten. Zumindest glaubte Igor dies. Sie waren voller seltsamer Symbole und Figuren, von denen er glaubte, dass sie Menschen darstellen sollten. Auch hatte man vielerorts das Gefühl, dass Kämpfe stattgefunden hatten, denn einige Stockwerke waren ausgebrannt oder trugen Löcher in den Wänden, die von Einschlägen kommen mussten. Immer wieder sah Igor Dreiecke, die mit Farbe an die Wände gemalt waren oder als große Flaggen von den Decken hingen.

Je länger sie liefen, umso voller wurden die Räume,

sowohl mit Menschen als auch mit Objekten. Sogar an zerstörten Musikinstrumenten liefen sie vorüber und Igor dachte, dass sie wohl langsam dem Kern des Gebäudes näher kamen.

In einem Flur trafen sie auf einen Elektriker, der den Liftboy anscheinend kannte. Sie grüßten sich vertraut und unterhielten sich eine Weile. Der Elektriker sagte, er habe ein spezielles Problem im Stromkreislauf des Gebäudes entdeckt, das seit einigen Wochen für Unregelmäßigkeiten sorge. Er wisse nun, wo es seinen Ursprung habe, und sei auf dem Weg, es zu untersuchen. Während die beiden miteinander sprachen, musterte Igor ihn aufmerksam. Er kam ihm bekannt vor, auch wenn er nicht wusste, woher.

Sie verabschiedeten sich freundlich voneinander und der Elektriker ging weiter in die Richtung, aus der Igor und sein Begleiter gekommen waren. Der Liftboy schien nie ruhen zu müssen und sie machten nur Pausen, wenn Igor es sich erbat. Zudem wunderte sich Igor, dass er ihn nie essen sah, und auch er selbst verspürte so gut wie keinen Hunger. Einmal fragte er ihn nach seinem Namen und der Liftboy gab ihm zu verstehen, dass er ihn nicht aussprechen konnte. Mit entspannten Fingern schrieb er auf einen staubigen Tisch das Wort *Pion*. Wieder einmal bewunderte Igor diesen stillen und vornehmen Mann. Bei allem, was er tat, strahlte er eine gelassene Würde aus, während er so entstellt war, dass er noch nicht einmal seinen eigenen Namen aussprechen konnte.

Schließlich gelangten sie auf einen gelben Flur, an dessen Seite eine große Flügeltür lag. Der Liftboy deutete höflich auf sie und faltete dann, wie es seine Art war, dienerhaft die Hände auf dem Rücken. Er blickte ihn an und zum ersten Mal meinte Igor eine gewisse Neugier in seinen Augen entdecken zu können.

Gern hätte er sich irgendwann mit diesem stolzen Mann unterhalten, aber er fühlte, dass die Zeit dazu noch nicht reif war. Sie reichten einander stumm die Hände. Der Liftboy drehte sich behutsam um und verschwand leise wie ein Schatten in die Richtung, aus der sie gekommen waren.

○

Igor trat durch die hohe Flügeltüre und ein Schauder lief ihm über den Rücken. Der Raum war groß wie ein Ballsaal und roch scharf nach vergorenem Obst, der Parkettboden war ungepflegt und staubig. Der Raum wirkte, als wäre er, wie so viele andere, jahrelang nicht betreten worden, aber in dem schummrigen Licht, das ein alter Kronleuchter in den Saal warf, standen, über die Tiefe verteilt, drei alte Männer. Sie waren, dünn und ledrig und ihre Gesichter wirkten jung und alt zugleich. Fast schon naiv blickten sie, als hätten sie nicht viel erlebt, und doch standen sie zitternd und ausgebrannt, als würde eine jahrzehntelange Überforderung auf ihren Schultern lasten.

Sie schienen verwirrt durch Igors Anwesenheit, aber nicht erschreckt, sie blickten kaum hoch, denn jeder war vertieft in eine für Igor unverständliche Aufgabe.

Der Vorderste hielt versunken einen langen Stab nach oben, mit dessen Ende er eine fein gearbeitete Porzellanvase an die stuckverzierte Decke drückte. Seine Arme waren dünn und schwach, seine Haltung gebeugt. Der Stab war um die vier Meter lang und Igor fragte sich, wie die Vase wohl an die Decke gelangt war. Sicherlich hatte man eine Leiter gebraucht, um sie dort zwischen Stab und Saaldecke zu klemmen. Nur war im ganzen Saal keine Leiter oder etwas ähnlich Hohes zu entdecken, auf das man hätte klettern können, um die Vase sicher wieder herunterzuholen.

Das Ganze erinnerte an einen gemeinen Streich, den Kinder sich spielten, nur war der alte Mann von seiner sinnlosen Aufgabe so gezeichnet, dass Igor sofort tiefes Mitleid ergriff. In dem aschfahlen Gesicht des Mannes stand ein bitterer Stolz, er blickte zu Boden und vertiefte sich kalt und müde in das Hochhalten des Stabes. Jahre musste er schon so gestanden haben. Sein Körper war unter der Aufgabe zu einer hakenartigen Gestalt verwachsen und wenn er jemals über seine Lage in Unmut gewesen war, versteckte er es gut. Sein Gesicht war erschöpft, aber keine Zeichnung darin verriet Trauer.

Igor trat an ihn heran und fragte, was er da halte und ob er nicht müde sei. Der Mann blickte auf und stierte Igor überrascht in die Augen. Er nickte.

»Warum lassen Sie den Stab nicht einfach los?«

Der Mann sah Igor an, als hätte er eine offensichtliche Dummheit ausgesprochen.

»Ich kann ihn nicht loslassen, weil sonst die Vase herabfällt«, sagte er, als würde er mit einem Fünfjährigen reden.

»Seit wann müssen Sie die Vase denn schon hochhalten?«

Seine kühle Verbissenheit verschwand und er sprach nicht ohne Stolz: »Lange.«

Igor nickte anerkennend und kratzte sich am Kopf.

»Kam Ihnen niemals der Gedanke, dass es vielleicht besser wäre, die Vase einfach zerbrechen zu lassen und zu gehen?«

Der Mann schien erschrocken.

»Nein.«

»Warum nicht?«

»Weil die Vase dann kaputtgeht. Sie gehört nicht mir, sie gehört meinem Stamm. Ich habe kein Recht, sie fallen zu lassen.

Ich habe diesen Stab von meinem Vorgänger überreicht bekommen und der wiederum von seinem Vorgänger. Ihr ganzes Leben haben sie darauf verbracht, ihn zu halten.«

»Aber warum?«, fragte Igor.

Der Mann wurde nervös.

»Sie wussten, dass der Inhalt der Vase von immenser Wichtigkeit ist.«

Igor lachte.

»Aber wenn diese Vase und ihr Inhalt von so großer Wichtigkeit sind, warum ist sie dann dort oben an der Decke? Niemand wird einen Nutzen aus ihr ziehen können.«

Verschwörerisch und mit einem Schimmern in den Augen sah der alte Mann Igor an.

»Weil es der höchste Punkt des Raumes ist«, sagte er bestimmt.

Seine Augen waren klein, aber es blitzte ein funkelndes Licht in ihnen, das Igor beunruhigte. Der alte Mann schien hinter seiner unterwürfigen Haltung eine tiefe Wut zu verbergen.

»Ich habe kein Recht, sie fallen zu lassen«, wiederholte er dunkel. In dem respektvollsten Ton, der Igor möglich war, sagte er: »Nun gut, aber was, wenn Ihr Stamm niemals wiederkommt, um die Vase abzuholen? Sie nützt doch niemandem dort oben und Sie verschwenden Ihr Leben. Sie könnten frei sein, anstatt Ihre Kraft hier zu verbrauchen. Sind Sie denn gar nicht neugierig?«

Der alte Mann wurde immer unruhiger und sagte harsch: »Gehen Sie jetzt! Ich muss mich konzentrieren, sonst mache ich noch einen Fehler.« Und damit starrte er wieder auf den Boden und versuchte, dem Blick seines Gegenübers auszuweichen.

Igor ging einen Schritt zurück und erinnerte sich daran, was die Frau zu ihm gesagt hatte. Er blickte sich um und suchte nach etwas, das man unter den Stab klemmen konnte, sodass er sich von allein halten würde. Der Raum war leer bis auf die anderen beiden Männer, die jeweils in unterschiedlichen Ecken standen.

Er schaute wieder zu dem alten Mann und verstand, dass er es wohl nicht schaffen würde, ihn davon zu überzeugen, sein sinnloses Unterfangen zu beenden. Seine ganze Gestalt schien in seine Aufgabe hineingewachsen und kein Argument würde ihn davon lösen können. Es kam Igor sinnlos vor, was der Mann tat, aber er respektierte jede Form der Hingabe und hätte ihn nur zu gern in seiner selbst gewählten Gefangenschaft zurückgelassen. Es war nicht seine Art, andere Menschen von etwas zu überzeugen. Noch nie hatte er es gemocht, Widerstände anderer zu berühren oder gar zu überschreiten. Selbst wenn Igor dachte, dass er recht damit haben müsste, war Rechthaben keine gute Begründung, denn Rechthaben war etwas vollkommen Irreales in Igors Welt. Er besann sich auf seine Kinder und überlegte abermals, was sie tun würden. Sie tauchten vor seinem inneren Auge auf und blickten ihn ernst an. Ganz langsam hoben sie ihre Arme und Igor stellte erschrocken fest, dass es in Wirklichkeit ihre Beine waren. Sie standen auf ihren Händen und begannen einen Furcht einflößenden Tanz, bei dem sie sich in den fürchterlichsten Arten verrenkten und spitze Laute von sich gaben. Igor konnte nicht verhindern, schockiert aufzulachen. Das Bild verschwand und Igor besann sich. Er glaubte zu verstehen, was die Kinder ihm sagen wollten. Wenn er es schaffen wollte, den Mann dazu zu bringen, von seiner Sinnlosigkeit abzulassen, musste er aufgeben, seiner Logik zu folgen. Er musste selbst sinnlos werden.

Er betrachtete den Mann, der den Stab hielt, und empfand mit einem Mal Freude an seinem Tun. Es kam ihm nun doch recht logisch vor. Igor lächelte und sagte: »Hör mal, ich mache dir ein Angebot. Ich kann kaum zusehen, wie du dich abplagst mit deinem Stab. Es ist mir ein Anliegen, dich einmal davon zu entlasten und die Vase für dich zu halten.«

Der Mann schaute Igor unruhig an.

»Warum solltest du so etwas tun wollen? Der Stab

ist schwer und auf ihm lastet eine große Verantwortung.«

»Eben deshalb reizt es mich, es einmal zu probieren. Verzeih, dass ich dein Tun als sinnlos bezeichnet habe, ich empfinde es nun nicht mehr so. Nicht mehr lange und du wirst einen Ablöser brauchen, so wie du der Ablöser für jemand anderen warst. Deine Beine und Arme sind dünn und das Alter hat dich bereits gezeichnet. Wer weiß, vielleicht finde ich ja Gefallen an der Aufgabe und bin zufällig der, der kommen sollte, um sie zu übernehmen?«

Der alte Mann blickte finster.

»Die Aufgabe hat nichts mit Gefallen zu tun.«

»Das bezweifle ich«, sagte Igor freundlich. »Und wie ich die Lage einschätze, kommt selten jemand vorbei, der Lust hat, es einmal zu versuchen. Wer weiß, vielleicht stirbst du ja, ehe jemand anderes kommt? Und wenn dies so ist, musst du mir alles beibringen, was du über die hohe Kunst des Stabhaltens weißt. Ich bin hier und will mich damit beschäftigen. Ob ich dazu Talent habe oder die nötige Geduld besitze, weiß ich nicht zu sagen. Du musst es wohl riskieren.«

Der alte Mann überlegte angestrengt.

Igor setzte nach: »Was, wenn du einen Schwächeanfall erlangst und zusammenbrichst? Es wäre unverantwortlich gegenüber deiner Aufgabe, wenn du in deinem Alter nicht dafür Sorge tragen würdest, einen Nachfolger zu finden.«

Der alte Mann schien ein Zittern zu unterdrücken.

»Es stimmt, was du sagst. Irgendwann wird die Zeit gekommen sein, in der ich meine Aufgabe weitergebe. So wie auch mein Vorgänger lange wartete, bis er endlich jemanden wie mich fand. Vielleicht sollte ich es einmal mit dir versuchen, auch wenn du mir nicht gefällst. Du scheinst noch wenig zu wissen von den Regeln unseres Stammes. Aber es kommt tatsächlich fast nie jemand vorbei, vielleicht bin ich selbst mit den Jahren ein wenig eigensinnig geworden.«

Igor lächelte ihm gewinnend zu. Er mochte den alten Mann.

Vorsichtig streckte er die Hände Richtung Stab und schaute ihn fragend an. Der alte Mann atmete nervös, blickte hin und her und nickte schließlich. Igor schloss vorsichtig die Hände um den Stab und hielt ihn fest. Der Mann rührte sich nicht. Noch immer fasste er den Stab mit derselben Kraft wie zuvor und es schien ihm unmöglich von ihm abzulassen. Erst nach einer Ewigkeit lösten sich langsam seine Finger und er ließ die Arme sinken. Tränen rannen ihm über die Wangen und er wagte nicht, Igor in die Augen zu sehen. Er ging einen halben

Schritt zur Seite und wendete sich ab. »Danke«, flüsterte er leise. Er zitterte noch immer und schaute dabei auf seine verwachsenen Hände. Nie wieder würden diese Hände etwas anderes tun können, als einen Stab zu halten. Sie waren verkrümmt und starr.

»Lass mich dir etwas sagen«, sprach Igor. »Ich ehre deine Hingabe sehr und respektiere sie. Großen Spaß macht es, diesen Stab zu halten, du hattest recht.«

Der alte Mann drehte sich um und schaute Igor misstrauisch an.

»Ich denke, ich werde diese Aufgabe fortan übernehmen, aber wenn ich derjenige sein soll, der dich ablöst, musst du nun alle Verantwortung für diese Vase auf mich übertragen. Es ist nun nicht mehr deine Pflicht. Es ist meine. Und ich bin der Einzige, der zur Rechenschaft gezogen werden kann, wenn ihr etwas passiert. Kannst du mir diese Verantwortung übertragen?«

Der Mann wirkte überrascht und ein wenig überrumpelt. Blinzelnd schaute er Igor an und sah dann herab auf seine schmerzenden Glieder. Er musste einsehen, dass er den Stab nicht mehr halten würde können. Zu alt war er geworden und jetzt, wo die jahrelange Belastung für einen kurzen Moment von ihm genommen war, fiel etwas in seiner Mitte zusammen, das er nicht mehr fähig werden würde aufzurichten. Traurig nickte er Igor zu. »Ja, ich übertrage die Verantwortung auf dich. Möge sich deine Generation dem Problem auf ihre Weise annehmen. Diese Aufgabe gehört nun nicht mehr mir.«

»Gut«, sagte Igor. »Dann habe ich dich hiermit abgelöst.«

Und mit diesen Worten ließ er den Stab zur Seite kippen.

Die Vase fiel aus zehn Metern herab und zersprang zwischen den beiden in Hunderte von Scherben.

Igor wollte sie noch fangen, aber sein Körper machte wie von selbst einen Satz zurück. Er erschrak. Etwas in ihm wollte dies nicht und etwas wusste, dass es das Richtige war.

Der alte Man schrie auf, als hätte man ihm das Herz herausgerissen.

»Was tust du?«, kreischte er.

Igor sah ihn bestimmt an.

»Dies ist nun meine Verantwortung, geh und sei frei. Du hast keine andere Wahl.«

Der Mann beugte sich über die zersprungenen Teile und fasste sich an den Kopf. Zwischen den Scherben lagen vergorene Äpfel. Fast waren sie nicht mehr als Äpfel zu erkennen, so zerschrumpft und vertrocknet waren sie.

»Siehst du, was dein Stamm dir aufträgt? Ein paar

Äpfel, die niemanden mehr ernähren können. Nicht einmal besucht haben sie dich. Dein Leben hast du für sie verschwendet.«

»Sei still«, zischte der alte Mann, der unter Schock zu stehen schien.

»Verzeih mir. Aber ich bin nicht hier, um alten Bräuchen zu gehorchen. Du bist mehr wert als deine Äpfel und du weißt es noch nicht einmal. Ich werde nun zu den anderen beiden gehen und sie befreien. Währenddessen hast du Zeit zu trauern. Danach werde ich dich bitten, mit mir und den anderen hinauszugehen, um zu wandern. Ich weiß, ich muss einen schrecklichen Eindruck auf dich machen. Und doch bitte ich dich mit dem höchsten Respekt, mit mir zu gehen. Ich brauche dich und deine Kraft. Es gibt nicht viele, die tatsächlich etwas halten können. Aber vielleicht finden wir etwas für dich, was sich tatsächlich zu halten lohnt und dein Herz mehr erfüllt, als deine bisherige Bürde es getan hat.«

Der Mann sah Igor noch immer nicht in die Augen und stierte zwischen die Scherben.

Igor wollte noch etwas hinzufügen, aber da er selbst überrascht war über seine Aussagen, wandte er sich ab und ging verwirrt in die Richtung des nächsten Mannes. Hinter sich hörte er den alten Mann über den Scherben weinen. Es tat ihm weh, ihn so zu hören, aber ihn durchfloss eine Bestimmtheit, die er selbst nicht mehr in der Lage war aufzuhalten.

○

Der zweite Mann war noch magerer als der erste. Seine Rippen stachen deutlich unter seiner Haut hervor und seine Gestalt war ebenso verkrümmt. »Guten Tag«, sagte Igor leise und der Mann fuhr erschrocken herum. Er hatte Igor nicht kommen sehen und wirkte noch ängstlicher als der Mann, der die Vase gehalten hatte. Fast als ob er etwas verbergen wollte, sah er Igor aus gequälten und verengten Augen an und stammelte ein verwirrtes »Guten Tag«. Erst jetzt sah Igor, dass einer seiner Arme bis zum Handgelenk in einem kleinen Loch in einem stählernen Schrank feststeckte.

»Darf ich fragen, weshalb Sie feststecken?«

Unruhig wollte der Mann einen Schritt von Igor wegmachen, aber seine Hand war fest in dem kleinen Loch versenkt, und sosehr er auch an seinem Arm zog, er bekam ihn nicht heraus.

Der Mann sagte bitter: »Ich habe Hunger.«

»Hat dich ebenfalls dein Stamm hier festgemacht und in eine sinnlose Aufgabe verwickelt?«

Der Mann spuckte aus und rüttelte wieder wie

wild an dem Schrank, sodass man das Gefühl bekam, er würde sich gleich den Arm ausreißen.

»Ich spucke auf meinen Stamm. Egal ist er mir, so wie ich ihm egal bin. Hunger habe ich und ich werde nicht gehen, ohne zu essen.«

»Das heißt, du könntest eigentlich gehen, wenn du wolltest? Was hält dich dann?«

»Mein Apfel. Ich habe ihn gefunden, ich allein, und ich werde nicht ohne ihn gehen. Er ist zu wertvoll.«

Igor erkannte, dass der Mann gar nicht gefangen war.

Hinter dem Loch lag ein Apfel und der Mann konnte mit seiner Hand zwar hinein, aber wenn er den Apfel umgriff, nicht mehr heraus. Hätte er den Apfel einfach fallen gelassen, würde seine Hand wieder durch das Loch passen und er könnte sie widerstandslos herausziehen.

»Was ist so wichtig an dem Apfel? Es gibt doch viele.«

»O nein, es gibt sehr wenige von ihnen«, spuckte der alte Mann. »Außerdem ist es mein Apfel, ich habe ihn gefunden und ich werde ihn behalten, niemand anderes wird ihn nehmen.«

Igor konnte sich ein Lächeln nicht verkneifen.

»Aber er ist dir doch vollkommen unnütz! Du kannst ihn ja noch nicht einmal hervorholen, geschweige denn essen. Außerdem, was heißt das: Es ist dein Apfel? Viele sollst du haben, es gibt Tausende, wo ich herkomme, nur wirst du sie nicht finden können, wenn du dein Leben damit verschwendest, hier herumzuzerren. Lass deinen Apfel los und folge mir. Wir suchen dir einen neuen.«

Der alte Mann holte mit seiner freien Hand aus und schlug Igor ins Gesicht.

»Du lügst! Meinen Apfel willst du! Du bist vom Volke der K. Ich sehe es dir an! Nichts wirst du bekommen. Genug habt ihr euch genommen. Dieser hier gehört zu mir.« Und damit rüttelte er noch einmal kräftig und zog an seinem Arm, als wolle er sich die Hand abtrennen.

Igor wich einen Schritt zurück und blickte ihn an. Er dachte nach. Dies würde schwierig werden, der Mann wirkte besessen. Und was hatte es mit diesem Volk von K auf sich? War es der Stamm, von dem schon der erste Mann gesprochen hatte?

Gern hätte er den alten Mann in seinem Wahn gelassen. Wieder dachte er daran, wie ungern er andere von etwas überzeugte, gegen das sie sich wehrten. Aber wieder stieg etwas in ihm auf, das ihn zum Handeln zwang.

»Sieh dich um!«, sprach er in einem Ton, der keine Widerrede duldete. Der alte Mann drehte sich zischend um. »Siehst du die Äpfel, die dort hinten liegen?« Igor deutete auf die Äpfel, die zwischen den Scherben der Vase lagen.

»Sie sind bereits vertrocknet, aber es sind viele. Wo sie herkommen, gibt es mehr. Auch dein Apfel wird bald so vertrocknet und vergoren sein wie diese, wenn er es nicht bereits ist. Frage dich ein für alle Mal, willst du wirklich den Apfel oder willst du einfach nur nicht aufgeben, wofür du so viel Zeit deines Lebens verschwendet hast? Du kannst nicht umdenken, weil sonst alles umsonst wäre, was du bisher getan hast. Aber wenn es dir wirklich um den Apfel geht und nicht um deinen kleinlichen Trotz, beende hiermit deine Narrheit und folge mir. Wir werden schon einen Apfel für dich finden.«

Der alte Mann hatte genau zugehört und schäumte vor Wut. Und doch merkte Igor, wie er nachdachte.

»Ich werde jetzt zum Dritten von euch gehen und ihn ebenfalls überzeugen, mit mir diesen Raum zu verlassen. Es wäre mir eine Ehre, wenn du dich mir anschließen würdest.«

Mit diesen Worten wandte Igor sich ab und ging zum letzten Mann. Er wunderte sich immer mehr, wie merkwürdig er zu sprechen in der Lage war.

○

Der dritte Mann war einfach. Im Gegensatz zu den anderen bestand seine Gefangenschaft aus der obsessiven Suche nach Freiheit. Er stand mit dem Gesicht in eine Ecke gedrängt und kratzte mit einem Teelöffel ein tiefes Loch in die Ecke des Raumes. Dabei schimpfte er auf das Volk von K, dass es solche Mauern errichtet habe, um ihn einzusperren. Er blickte sich nicht um und war voller verbissener Inbrunst seiner Aufgabe ergeben. Igor musste zwar eine Weile nachdenken, um herauszufinden was genau das Problem des Mannes war, aber nachdem er sich kurz freundlich mit ihm unterhalten hatte, erkannte er, dass er ihn lediglich umdrehen und ihm vorsichtig erklären musste, dass es eine offene Tür gab, durch die er den Saal ganz einfach verlassen konnte. Der alte Mann glaubte ihm nicht und behauptete, dass Freiheit immer Arbeit bedeute und dass niemand einfach so durch irgendwelche Türen gehen könne. Er war besessen von seiner Flucht und weinte bittere Tränen, als Igor ihm vorführte, dass die Tür wenige Meter hinter ihm unverschlossen bereitstand, um ihn hindurchzulassen.

○

Nachdem Igor alle drei Männer von ihren Obsessionen gelöst hatte, standen sie vor ihm und blickten ihn missmutig an. Einer wie der andere hassten sie Igor. Mit ihm zu gehen schien ihnen eine erschreckende Vorstellung, aber der Gedanke, nun allein in diesem Raum vor einer zerstörten Aufgabe sitzen zu bleiben, erschreckte sie noch mehr.

Selbst der Mann, dessen Hand im Schrank gefangen war, hatte sich schlussendlich dazu entschlossen, loszulassen und Igor zu folgen. Zu groß war sein Hunger nach einem eigenen Apfel, als dass er das Risiko nicht eingegangen wäre.

Igor sah in ihre Gesichter und spürte eine unangenehme Verantwortung. Am liebsten hätte er sich entschuldigt und wäre gegangen. Aber erneut überkam ihm der Impuls zu sprechen und er hörte sich selbst zu, wie er sagte: »Ich sehe, dass ihr wütend seid, aber ich werde mich nicht bei euch entschuldigen. Ihr denkt, ich wäre respektlos, aber ihr liegt falsch. Ich respektiere euch mehr, als ihr selbst es tut. Ich sehe eure Kraft und bewundere sie, aber ich sehe sie abgetrennt von der Aufgabe, der ihr sie widmet. Ihr seid blind und wahllos bei der Frage, wofür ihr sie einsetzt, und verschwendet euch. Auch ich habe mich verschwendet. Meine Obsession war es, mit einem Auge unablässig in die Sonne zu starren. Wissen wollte ich. Die Frage nach dem Warum hat mich lange in Besitz genommen. Ich wollte keine Freiheit, wie ich sie nun suche, ich wollte Antworten, die mir gefielen, auf Fragen, die ich mochte. Auch ich spielte ein ausgedachtes und verschwenderisches Spiel und erst jetzt habe ich das Gefühl, erahnen zu können, warum ich es tat. Ich besitze nicht die Kraft, die ihr besitzt, und bin weit davon entfernt, die Wirklichkeit schauen zu können, aber ich habe ein Auge, das weiß, wonach es sucht. Das andere ist ebenso blind wie eures. Wenn ihr mir eure Kraft leiht, leihe ich euch dieses Auge. »Du«, sprach er zum Ersten, »wirst eine Familie finden, für die es sich lohnt, etwas zu tragen. Du«, sprach er zum Zweiten, »wirst etwas finden, was du dein Eigen nennen darfst. Und du«, sprach er zum Dritten, »wirst wahre Freiheit finden. Eine, die so frei ist, dass sie keine Mauern einzureißen braucht, da sie durch nichts gebunden werden kann. All dies ist mein tiefes Gefühl. Ich spüre, dass es gut ist, wenn wir uns verbinden und gemeinsam suchen. Versprechen aber werde ich euch nichts. Es mag sein, dass ich ein Lügner bin, es mag sein, dass ich verwirrt bin. Nichts weiß ich und einzig einem Gefühl vermag ich zu folgen. All dies zu beurteilen steht nicht in meiner Macht, sondern in eurer. Wenn ihr mir folgt, um gemeinsam zu gehen, tut ihr es auf eure eigene Verantwortung.«

Sie sahen einander eine Weile stumm an. Dann drehte Igor sich um und verließ den Raum. Einige

Momente später wandten sich auch die drei Männer zum Gehen.

○

Der Flur, den sie betraten, hatte sich verändert. Er war höher als zuvor und hatte eine grünliche Tapete. Die Männer staunten und auch Igor konnte nicht erklären, warum er sich verwandelt hatte. Er hatte sich abgewöhnt, nach Begründungen zu suchen, und wichtig war ihm nur noch, dass er wusste, wie er zu gehen hatte, auch wenn er nicht wusste, wohin.

Aus der Weite des Ganges kam ein Kleiber geflogen und setzte sich vor Igor und den drei Männern auf den Teppichboden.

»Du bist Igor, wurde mir berichtet«, begann er. »Eine gute Frau hat mir gesagt, du seist der, der ein Auge hat, das unablässig in die Sonne starren muss. Ich soll dich durch das Gebäude führen und dir die Räume zeigen, die du nicht betreten willst. Man sagt, du hättest dich entschieden, nun hineinzugehen und sie aufzuräumen.«

Igor betrachtete den kleinen Kleiber. Elegant sprang er von Ort zu Ort, legte seinen Kopf immer wieder zur Seite und musterte Igor, als wäre dieser eine eigenartige Spezies.

»Schön«, sagte Igor schließlich und lachte kindlich.

»So folgt mir«, pfiff der Kleiber, flog los und Igor und die drei Männer begannen ihre Wanderschaft.

0 1 2 3 4 5 6 7 **8** 9

Nachdem sie einige Stunden gegangen waren, landete der Kleiber vor einer Tür und sagte: »Hier ist es. Dieser Raum strahlt Angst aus. Vielleicht magst du dich einmal darin umsehen?«

Igor betrachtete die Tür. Sie war groß und gepanzert und ihre Ränder waren verschweißt.

»Wie soll ich sie öffnen? Ich werde nichts gegen diese Tür ausrichten können.«

»Sei nicht albern«, sagte der Kleiber. »Du hast sie verschlossen, nun wirst du sie auch öffnen können!«

Igor überlegte eine Weile und blickte sich zu den Männern um, die hinter ihm standen. Selbst zu viert würde es wenig Sinn ergeben, sich gegen sie zu stemmen.

Er fühlte den Kreis hinter seinem Rücken glimmen und wurde blass. All die Zeit hatte er vergessen, ihn vor den anderen zu verbergen. Igor wusste, dass der Kreis mehr als genug Kraft besaß, um die Tür aus den Angeln zu heben, aber ihn vor den Augen der anderen zu benutzen, kostete Überwindung. Er überlegte, ob er sich erklären sollte, aber irgendetwas zwang ihn zum Schweigen. Während er auf einen kleinen Spalt zwischen Tür und Türrahmen blickte, fokussierte er innerlich den Kreis. Nach einer Weile schwebte dieser unter dem verwirrten Gemurmel der Männer leise rotierend zu der Stelle, die Igor fixierte. Er ließ den sirrenden Ball zwischen Tür und Türrahmen gleiten und fing an, seine Rotation zu erhöhen. Die Männer starrten erschrocken auf das seltsame Schauspiel und wichen ein paar Schritte zurück, als Igor den Kreis langsam zum Wachsen brachte. Der Kleiber hüpfte nervös hin und her, sagte aber nichts. Igor dehnte den Kreis gedanklich so weit aus, dass die Tür zu knacken begann. Sie verbog sich an der Stelle, an der der Kreis langsam anwuchs, und mit einer ruckartigen Bewegung zog Igor den Ball auf. Er expandierte ohne Verzögerung und die Tür wurde von ihnen weg in die Mitte des Raumes geschleudert. Igor schrumpfte den rotierenden Kreis wieder zu einer insektengroßen Kugel und ließ ihn hinter sein Schulterblatt gleiten. Er drehte sich um. Die Männer sahen ihn ängstlich an. Die Wand bestand aus trockenem Beton und die Sprengung der Tür hinterließ einen dichten Nebel aus Staub. Selbst der Kleiber hatte sich in Sicherheit gebracht und flog nun zu ihnen zurück, um sich auf Igors Schulter zu setzen. »Nun gehe hinein. Das war zwar grob und ich weiß nicht, wie du es angestellt hast, aber es hat doch funktioniert.«

Igor nahm ihn nur halb wahr. Noch immer atmete

er schwer und hörte ein Pfeifen in den Ohren. Er stand ein wenig unter Schock ob der Kraft, die er durch diesen Ball in seinen Armen gespürt hatte. Es war das erste Mal, seit er halb verhungert in dem weißen Raum gelegen hatte, dass er seine zerstörerische Kraft benutzt hatte. Aber damals war er selbst so schwach, dass er alles nur verschwommen wahrgenommen hatte. Nun spürte er deutlich die Präzision und Gewalt, mit der der Kreis manövriert werden konnte, und es erschauderte ihn. Was konnte er mit so einer Kraft noch alles anfangen? Er spürte, dass er verwirrt war, und verschob diese Frage auf später. Sie kam ihm dunkel vor. Unkonzentriert sah er nach vorn und stolperte in den noch immer staubigen Raum, in dem er seine nächste Aufgabe vermutete.

Er musste aufpassen, dass er nicht über die vielen Betonbrocken fiel, und schaute hustend zu Boden, während er sich in dem feuchten und nach Verwesung riechenden Raum vorantastete.

Als er aufsah, schaute er in das Gesicht von Alma, die auf einem Fahrrad saß. Igor bekam einen Schock und musste sofort den Blick senken. Er sah auf einen Fahrradlenker, den er in den Händen hielt.

Es durchzuckte ihn. Ruckartig blickte er wieder auf und sah von links einen Zug mit großer Geschwindigkeit herangleiten. Atemlos rief er Almas Namen. Er hörte das knirschende Geräusch des

Fahrradrahmens, welcher zwischen Schiene und Zug mitgeschliffen wurde, sah, wie der Zug 50 Meter hinter der Aufprallstelle zum Stehen kam, und hörte wie der Raum danach still wurde.

Igor schrie und wankte nach hinten. Er fiel rückwärts aus dem Raum heraus und hätten die drei Männer ihn nicht aufgefangen, wäre er mit dem Kopf voran in die Betonbrocken der aufgesprengten Tür gefallen.

○

Die Sonne scheint auf das Obst, welches in einer Schale auf dem Fensterbrett steht. Igor schält eine Orange und hört zu, wie Alma etwas aus einem Buch vorliest. Er teilt die Orange mit ihr und schlägt vor, noch mit dem Fahrrad zu einem nahe gelegenen See zu fahren, bevor ihr Sohn aus dem Kindergarten abgeholt werden muss.

TAG 134

Als Igor wieder erwachte, sah er in die Gesichter der Männer, die ihn aufgefangen hatten. Vernebelt überkam Igor der Gedanke, dass er von ehemaligen Gefangenen gefangen worden war. Dieser doppelte Wortsinn belustigte ihn über die Maßen und bewahrte ihn davor, darüber nachdenken zu müssen, was er gerade mitangesehen hatte.

»Geh hinein, Igor. Zu lange warst du nicht in diesem Raum, er riecht schon schlecht«, sagte der Kleiber.

Igor sah ihn zitternd an.

»Ich kann nicht mehr«, presste er leise hervor.

»Du lügst«, sprach der Kleiber. Igor liefen Tränen über das Gesicht. Langsam halfen die Männer ihm auf. Igor war schwer, denn er rührte keinen Muskel.

»Hör auf damit, es ist zu spät, du darfst keinen Raum auslassen, und besonders nicht diesen«, setzte der Kleiber wieder an. »Die Zeit ist günstig, geh in den Raum und hebe den Kopf dabei, es ist dein Raum.«

Igor stand wankend vor dem Loch in der Wand und spuckte aus. Nur langsam gelang es ihm, sich zu beruhigen. Schließlich wandte er sich um und musterte stumm seine seltsame Gefolgschaft. In seinen engen Augen blitzte ein düsteres Funkeln.

»All das …«, flüsterte er bitter und breitete seine Arme aus, »… ist einzig und allein meine Schuld.«

○

Im Raum stand dichter Staub. Man konnte keine drei Meter weit blicken. Ganz hinten sah er den Zug sich abzeichnen. Nicht unweit von Igor lag das Fahrrad auf dem Boden, das er fallen gelassen hatte. Je näher er dem Zug kam, umso übler wurde ihm. Er übergab sich auf dem Teppichboden. Bald schon sah er Almas Beine unter den Zugrädern hervorscheinen. Er griff mit der Hand fest in den Bauch, während er sich langsam näherte und als er schließlich neben dem Zug stand, schlug er mit aller Kraft gegen dessen Stahl. Immer wieder schlug er mit den Fäusten gegen die Waggonwand und schrie. Schließlich holte er den Kreis hervor und machte sich schon daran, ihn in den Zug schnellen zu lassen, um ihn in seine Einzelteile zu sprengen, als der Kleiber plötzlich auf seiner Schulter landete. »Du verschwendest Zeit.«

Igor weinte und vergrub das Gesicht in den Händen. »Die Welt ist kein Spiel und es gibt keinen Schuldigen. Nur hast du etwas ausgelassen, wofür du damals keine Kraft hattest. Kannst du dich erinnern, dass du auf dem Marktplatz einen Mann, der einen Augapfel als Kopf hatte, hast hinrichten lassen? Dies ist dein zweites Auge. Wenn eins deiner Augen in die Sonne starrt, muss das andere unablässig auf der Welt ruhen. Wenn du das Schauen lernen willst, dann jetzt.«

Igor blickte erschrocken zum Kleiber.

»Ich habe ihn nicht hinrichten lassen, das Volk hat es getan«, stieß er hervor.

»Das ist gleich, Igor. Du hättest es verhindern können, aber du hast geschwiegen. Nun zaudere nicht und verheddere dich nicht in kindischen Schuldzuweisungen. Nutze die Gunst der Stunde und schaue sie an.«

Der Kleiber flog davon und ließ Igor mit Alma und dem Zug allein.

Igor senkte den Kopf.

Es war still. Der Staub hatte sich gelegt und der Zug lag schweigend im Raum, als wäre er eine Kulisse.

Igor hockte sich hin und vergrub abermals den Kopf in den Händen. Er dachte über den Tag nach, an dem Alma gestorben war. Es kam ihm wie eine Ewigkeit vor, wie eine Sage aus einer fremden Zeit. Sein Herz blutete wie eine frisch aufgerissene Wunde und ergoss sich über den vermoderten Teppichboden. Er erinnerte sich daran, wie er mit ihr geredet hatte. Sie waren Fahrrad gefahren und er hatte eindringlich zu ihr über seine Gedanken zur Unendlichkeit gesprochen. Wenn kein Mensch seine euphorische Verzweiflung über dieses Thema mit ihm teilte, sollte wenigstens sie verstehen, wie ernst es ihm damit war. Sie musste es sehen. Als Einzige musste sie die Dimension seines Dilemmas teilen, sonst schien ihm sein Leben sinn- und freudlos. Oft hatte sie ihm geduldig zugehört und bescheiden genickt, wenn er sich darüber erging. Er wusste nie, ob es sie tatsächlich interessierte oder ob sie nur höflich war, aber es war ihm egal. Heilsam war es, mit ihr darüber zu sprechen, und oft verlor er sich, so still er in der Außenwelt war, in endlosen Monologen und Vorträgen über die Möglichkeiten des expandierenden Raumes und der Zeit. Die drei Monate, die sie zusammen hatten, waren das Wertvollste, was Igor in seinem jungen Leben bisher erlebt hatte. Er wusste, dass er es ihr eines Tages zurückgeben würde, was sie ihm durch ihre stille und geduldige Präsenz geschenkt hatte. Doch zuvor musste er sich entleeren und berichten, was sich für absonderliche Vorgänge in seinem Kopf abspielten. Als sie an diesem Nachmittag gemeinsam Fahrrad fuhren, war es Igor, der ihre Aufmerksamkeit auf sich zog, um ihr ein weiteres Detail seiner Betrachtungen zu überreichen. Sie drehte den Kopf und schaute ihn mit ihrem bescheidenen Lächeln an, als sich der Zug näherte und über den unbeschrankten Übergangsweg raste.

Dieses Lächeln brannte sich in Igors Zellen und lange stand er mit seinem Fahrrad am Bahnübergang. Zu diesem Zeitpunkt wusste niemand in seiner Familie und seinem Freundeskreis, wer Alma war und was sie ihm bedeutete. Auch die Polizei stellte keinen Zusammenhang mit dem blassen Jungen her, der noch lange neben den Gleisen stand und verwirrt vor sich hin starrte.

Alma sprang in dem Moment in die Endlichkeit, in dem er versuchte, ihr die Unendlichkeit nahezubringen.

Lange und still hockte Igor und starrte auf den Boden vor den Gleisen. Irgendwann stand er auf und ging zu den Beinen Almas. Er ließ seinen Kreis herbeischweben, vergrößerte ihn und schob ihn vorsichtig unter den Zug. Unter großer Anstrengung hob er ihn an und ließ ihn dann langsam zur Seite kippen. Vor ihm lag Alma, in mehrere Teile zerstückelt, von ihrem Gesicht war nichts mehr übrig und ihre Arme lagen weit entfernt von ihren Beinen. Er starrte sie an, aber konnte sie nicht ganz sehen. Alles war verschwommen und verzerrt vor seinen Augen. Der Kleiber kam wieder, setzte sich neben Almas Überreste und sprach. »Nutze es Igor, vergiss deine Augen, vergiss dein Starren, schaue es, lerne zu sehen. Schließe deine Augen, Igor.«

Und Igor schloss die Augen. Er sah nichts weiter als wilde Farbflecken vor seinem Inneren hin- und herflackern. Es brauchte eine lange Zeit, bis er sich beruhigt hatte und seine Augen in ein gleichmäßiges Schwarz blickten.

»Jetzt öffne die Augen, ohne sie zu benutzen. Schaue es einfach«, sagte der Kleiber.

Langsam öffnete Igor die Augen und ließ seinen Blick ruhen. Es war ihm gleich, was seine Augen ihm zeigten, er blickte durch das Bild, was sich ihm bot, hindurch und doch versuchte er, nirgendwo anders hinzusehen. Erst atmete er schwer, dann immer langsamer und ruhiger. Das Bild Almas löste sich langsam von seiner Umgebung ab und sank in ihn hinein. Er sah nichts weiter als Almas Körper, der ihm zerrissen und nackt entgegenschien. Als sein Schauen ungeteilt auf ihr ruhte, sprach der Kleiber: »Und jetzt öffne dein Herz, Igor, und lass die Unendlichkeit hinein, die dir so nahe ist.« Ein tiefer Sog entstand im Brustkorb Igors, als er diese Worte vernahm, und als der nächste Atemzug sein Herz berührte, platzte sein Brustkorb auf und er gab unter unsäglichen Schmerzen einen markerschütternden Schrei von sich. Es brüllte aus ihm heraus, als wäre ein Damm in ihm gebrochen. Er schrie und schrie, als wäre seine Lunge ein Graben aus Teer. Als er keine Luft mehr hatte, atmete er noch einmal tief ein und brüllte so laut, als ob er die Welt in Stücke schreien wollte. Er stand auf und es staubte. Der Kleiber flog hastig davon.

Igor ließ den Kreis auf Kirschgröße schrumpfen, schoss ihn mit martialischer Geschwindigkeit durch das Blech des Zuges und expandierte ihn in einer ruckartigen Bewegung auf einen Umfang von zehn Metern, sodass der Zug in Tausende Teile zersprang.

○

Mehrere Stunden verbrachte Igor in dem Raum, während der Kleiber und die Männer vor dem Loch warteten. Der Kleiber gab ihnen zu verstehen, dass sie geduldig sein sollten und dass Igor bald herauskommen würde. Als Igor endlich durch das Loch trat, schliefen sie bereits und der Kleiber wachte geduldig neben ihnen.

»Ich brauche Erde«, sagte Igor leise.

»Wofür?«, fragte der Kleiber.

Igor antwortete nicht und blickte den Kleiber nur aus müden Augen an.

Der Kleiber erklärte ihm, dass es Erde nur außerhalb des Gebäudes gebe, dass es aber zu gefährlich sei hinauszugehen. Außerhalb sei alles zerstört und man könne sich nur für kurze Momente dort aufhalten. Igor wiederholte seine Bitte, bis der Kleiber verstand, dass es sinnlos war zu diskutieren, und einwilligte. Igor weckte die Männer und zog den Kreis an sich heran. Langsam und schwer schwebte er durch das Loch hinter ihm, als ob er etwas in sich tragen würde.

Lange gingen sie durch verwinkelte Gänge, bis sie neben einer runden Luke zum Stehen kamen.

Der Kleiber sagte: »Beeile dich, Igor. Es ist momentan nicht sicher dort draußen. Viel wurde zum Einstürzen gebracht und es ist gut möglich, dass du den Eingang nicht mehr findest, wenn du ihn einmal aus den Augen lässt – also verschwende keine Zeit.«

Igor öffnete die schwere Luke. Er sah nach draußen und erblickte die weiße Wüste, in die sich der Wald verwandelt hatte, bevor er in das Innere des Gebäudes gelangt war. Nichts war vorhanden außer Staub und dem Wind, der damit spielte.

»Beeile dich«, mahnte der Kleiber noch einmal.

Igor zog den blutroten Ball vorsichtig aus der Luke und ließ ihn in das weiße Nichts schweben. Er kletterte hinterher und hörte, wie die Luke hinter ihm mit einem dumpfen Knall zufiel. Als er sich umdrehte, sah er, wie sie sofort von dem starken Wind mit Asche bedeckt wurde. Er kratzte sie mit dem Fuß frei, aber merkte schnell, dass es sinnlos war und er versuchen musste, sich ihren Ort zu merken. Er ging zu seinem blutroten Ball und sah ihn an. Igor hatte versucht, Almas Körper in der Mitte des Balles aufzulösen, aber feststellen müssen, dass der Kreis sich weigerte, es zu tun. Es hatte ihn verwundert, da er sich sicher gewesen war, dass sich seine Hände aufgelöst hatten, als sie in der Ballmitte gewesen waren, aber er verschob es auf später, darüber nachzudenken. Er verlangsamte den Kreis und aus ihm heraus fielen die Überreste Almas in den weichen Staub. Ihr rotes Blut mischte sich auf bizarr schöne Weise mit dem Weiß der Wüste.

○

Es dauerte nicht lange, bis von Alma nichts mehr zu sehen war. Der Wind trieb die weiße Asche über ihren Körper und als sie vollkommen bedeckt war, stand Igor auf und ging an die Stelle zurück, an der er die Luke vermutete. Er seufzte. Ihn ergriff eine ernste, tiefe Müdigkeit und er wünschte sich sehr, sich ihr hingeben zu dürfen, wenn auch nur für ein paar Minuten. So gern hätte er geschlafen und sich in den einladenden weichen Staub gelegt. Unmotiviert wühlte er durch die Asche und suchte nach der Luke, die ihn zurückführen sollte, doch schon nach wenigen Momenten wusste er nicht mehr, wo er begonnen hatte. Alles sah gleich aus und der Wind erschwerte es ihm, seine Augen offen zu halten. Nichts sah er. Und er war noch nicht einmal traurig darüber. Er wusste nicht, ob es gut war zurückzukehren, oder ob es besser wäre, sich einfach in den weißen Staub zu legen und nichts mehr zu tun. Und so sank er nach ein paar Minuten fruchtlosen Grabens hin und schlief ein.

○

Der Kleiber flog nervös durch die Gänge.

Die drei Männer lagen auf dem Boden des Ganges und ruhten sich aus. Das ungewohnte Gehen war ihnen anstrengend, und jede Gelegenheit der Rast ergriffen sie dankbar. Nur der Kleiber war unruhig und dachte fieberhaft darüber nach, was zu tun war. Niemand konnte lange in der Wüste bleiben, ohne wahnsinnig zu werden, und die Wände des Ganges begannen bereits ein beunruhigendes Schimmern aufzuweisen. Wenn Igor tatsächlich die Luke aus den Augen verloren hatte und sich unvernünftigerweise einen Zugang ins Innere der Gebäude verschaffen würde, der nicht abschließbar war, würde die weiße Asche auch die inneren Räume erreichen und alles würde sich nach und nach und nach von ihrem zersetzenden Effekt anstecken lassen. Der Kleiber war mutig, vieles hatte er mitangesehen in den Jahrhunderten, die er schon außer- und innerhalb des Gebäudes verbracht hatte. Oft hatte er seine Form gewechselt und war durch Krieg und Zerstörung gegangen, hatte große Umwälzungen miterlebt und stand im Kontakt mit vielen Bewohnern des Gebäudes. Eine von ihnen hatte ihn gebeten, sich Igors anzunehmen und ihm zu vertrauen. Aber er konnte sich nicht helfen, diesen seltsamen Fremden tief beunruhigend zu finden.

○

Igor schreckte auf und um ihn war es dunkel. Er fühlte ein tonnenschweres Gewicht auf sich liegen und nur langsam konnte er sich wenden und die Arme an sich heranziehen. Er atmete Staub und hustete schwer. Mehrmals musste er um sich schlagen und als er es endlich geschafft hatte, sich unter dem Berg aus Asche hervorzugraben, blickte er in eine veränderte Landschaft. Sie hatte viel ihrer weißen Farbe verloren und wurde durchzogen von gräulichen Linien. Ihre Konsistenz war weniger staubig, alles war feuchter und erdähnlicher. Es gab einzelne Inseln aus abstrusen Gewächsen und sogar einige merkwürdige Tiere waren zu sehen. Igor setzte sich auf den Boden und spuckte Erde aus. Er sah sich um. Neben ihm kroch ein Mulch durch den Sand und gab einen fast unhörbaren und sagenhaft lächerlichen Schrei von sich. Igor musste auflachen über dessen unsägliche Gestalt. Ganz anders als der Wald, den er zu Staub hatte zerfallen lassen, kam ihm hier nichts bekannt vor. Alles war ein wenig hässlich und ausschließlich auf das Überleben konzentriert. Und doch war es lebendig.

Schön, dachte Igor. Es ist also möglich, dass aus dem Nichts wieder eine Welt entsteht.

Igor verspürte eine ihn selbst überraschende gute Launeund ungewohnt kräftig.

Er entdeckte immer mehr Flecken, die belebt aussahen. Hässlich ist sie geworden, dachte er belustigt. Seltsame Tiere krochen umher in ungelenken, blinden Bewegungen und die Pflanzen, wenn man sie Pflanzen nennen wollte, waren unförmige Stängel aus schlaffen Schleimblasen. Die Luft stank bitter.

Das erste Mal kam Igor die Frage in den Sinn, ob der Wald, dessen Regeln und Vorgänge ihn zwar schockierten, der aber eine große Schönheit und Vollkommenheit besaß, nunmehr für immer verschwunden war und ob tatsächlich er derjenige gewesen war, der ihn gelöscht hatte. Auch dachte er darüber nach, warum er sich so lange nicht an Alma hatte erinnern wollen, obwohl sie einen so großen Platz in ihm einnahm. Zum ersten Mal seit Langem versuchte er wieder über Ursache und Wirkung nachzudenken.

Lange saß er und betrachtete, schob die Bilder übereinander, verglich sie, fühlte in dieses und jenes hinein und blickte dabei auf seine Hände. Er dachte an den Kleiber und die drei Männer, die verhüllte Frau, den entstellten Liftboy, an den vereinsamten Meisterkoch, die Zähmung des Kreises, seine Unterhaltung mit der Welt, die Löschung des Waldes, die Kinder, die so sagenhaft tanzen konnten, das Loch, das er gegraben hatte, um den Kern der Erde zu zerstören, den Hirsch, den er getötet, und an die Gleichung, die er versucht hatte zu korrigieren. An die

Hinrichtung des Mannes mit dem kopfgroßen Augapfel auf dem Hals und an den dunklen Raum, in den er sich zuvor eingeschlossen hatte. Mit aller Kraft versuchte er sich an die Ereignisse zu erinnern, die vor dem Betreten des Raumes stattgefunden hatten, aber sie verschwammen, sobald er sie ansah. Er sah eine Schule, eine Wohnung, er sah ein paar Straßen und Unterhaltungen, aber nichts nahm eine Reihenfolge an, alles war fremd und verwaschen. Nur Alma stand klar vor ihm und blickte ihn unverwandt an. Er wusste, dass er sie einmal sehr geliebt haben musste, aber wann das war, konnte er nicht sagen.

Während er nachdachte, schrumpfte er seinen Kreis und ließ ihn sirrend zwischen seinen Händen hin- und hergleiten.

Nach und nach füllte sich der Boden mit dunklen Flecken, es begann zu regnen und in der Ferne sah man ein Gewitter aufziehen.

Er stand auf und blickte über die Landschaft und ihre armseligen Kreaturen. Die Luft war feucht und der Wind wurde stärker. Etwas in Igor war eng, aber es gab auch eine unsichtbare Gewissheit in ihm, die ihn seit seiner Begegnung mit der verhüllten Frau begleitete und ihn antrieb weiterzugehen. Er wusste, dass er ins Innere des Gebäudes zurückkehren musste, aber verspürte keine Eile. Eine schöne kleine Welt war hier entstanden, dachte Igor. Nachdem schon alles zu Asche geworden war, war einfach ein weiteres Mal eine schöne kleine Welt entstanden.

Seltsam verwandt fühlte er sich dieser Wüste und dass sie sich wieder zu neuem Leben aufschwang, berührte ihn. Er sah die Kreaturen und lächerlichen Pflanzen und konnte nicht anders, als sich mit ihnen zu identifizieren. Wenn er es war, der die Welt gelöscht hatte, dann war er es wohl auch, der diese hier ins Leben gerufen hatte. Aber wie dumm es war, immerfort zu erschaffen, ohne Einhalt zu fordern, dachte er. Bevor er eine Wüste belebte, sollte er erfahrener sein. »Diese Landschaft ist schlecht, sie ist aus Trauer gemacht, und ich tue gut daran, sie ein weiteres Mal zu löschen«, sagte er.

Und so begann Igor seinen Kreis zu expandieren. Er ließ ihn größer und größer werden, während aus dem Regen ein dunkler Sturm erwuchs. Igor ließ den Kreis immer weiter ausdehnen, bis er die Größe eines fünfstöckigen Hauses überstieg. Als er seiner fast nicht mehr Herr werden konnte, fokussierte Igor seinen Kern und fing an, ihn in einem großen Kreis um sich herum schweben zu lassen und langsam seine Geschwindigkeit zu erhöhen.

○

Der Kleiber hörte den anwachsenden Sturm und setzte sich auf ein Abflussrohr. Erst war es nur ein kleines Pfeifen, doch nach und nach wurde das Geräusch zu einem ohrenbetäubenden Dröhnen. Er wusste, dass Igor wahnsinnig geworden sein musste. Die Rohre bröckelten schon und die Wände vibrierten unter dem brüllenden Zyklon, den Igor entfacht hatte. Der Kleiber entschied, dass es das Beste wäre, einfach zu warten und zu lauschen. Wenn dies auch sein Ende sein sollte, wollte er es mit offenem Herzen empfangen.

○

Als der Kleiber nach vielen Stunden ein Knirschen hörte, schreckte er aus seiner Versenkung auf. Er sah, wie sich die Luke öffnete und der mit Schlamm bedeckte Igor auf den Boden des Ganges fiel. Sein kirschgroßer Kreis folgte ihm sirrend und setzte sich auf seine Schulter, während die Luke dumpf hinter den beiden zufiel.

Igor starrte den Kleiber an. Seine Kleidung war zerrissen und sein Gesicht war dunkel von nasser Erde. Einzig seine Augen waren frei und funkelten in einem irren Glanz zum Kleiber hinüber. Igor war eine erschreckende Gestalt.

Mit kratzender Stimme sagte er: »Es wird Zeit zu gehen. Ich glaube jetzt zu wissen, wo ich hinmuss.«

Und mit diesen Worten knickte Igor in die Knie, fiel auf die Seite und schlief ein.

Der Kleiber betrachte ihn eine Weile. Es war still im Gang des gigantischen Gebäudes, auch die Männer schliefen leise atmend über den Flurboden verteilt. Der Kleiber untersuchte die merkwürdige gräuliche Färbung der Erde auf Igors Kleidung und sah die kleinen Würmer, die in ihr krochen. Ernst schaute er in das schlafende Gesicht Igors und flog dann hastig davon.

0 1 2 3 4 5 6 7 8 **9**

Als die Männer erwachten, weckten sie Igor, der sich über die Maßen freute, sie zu sehen. Er umarmte sie überschwänglich und sagte, dass er sich ihnen brüderlich verbunden fühle. Und auch die Männer zeigten ein schüchternes Lächeln, sie schienen sich über Igors Rückkehr zu freuen. Ihre Gesichter waren auf ihrer kurzen Reise auf erstaunliche Weise jünger geworden. Die Bewegung tat ihnen gut und auch wenn sie nicht wussten, ob sie durch Igor an ihre Ziele gelangen würden, sahen sie doch, dass es gut gewesen war fortzugehen. Ab und zu hatten sie Sehnsucht nach ihrer alten Aufgabe, aber je länger sie davon getrennt waren, umso mehr verblasste ihre zuvor empfundene Dringlichkeit.

Igor und die Männer trieben ein paar Scherze über sein Aussehen und seine zerrissene Kleidung und Igor hatte ein merkwürdiges Lächeln im Gesicht. Es war, als wäre er von einer großen Last befreit, seine Stimme war verändert und seine Füße standen fester auf dem Boden. Immerfort musste er lächeln und sah den Männern unverblümt und neugierig ins Gesicht. Er schien nicht mehr so nach innen gekehrt wie bisher, was selbst den Männern, die Igor erst seit kurzer Zeit kannten, auffiel.

Als einer von ihnen erschrocken feststellte, dass der Kleiber fortgeflogen war und offenbar nicht zurückkehrte, lächelte Igor nur und winkte sanft ab. Er erklärte, dass dies nicht schlimm sei und er sowieso ohne Führung gehen wolle. Zu lange habe er nach Führung gesucht. Jetzt sei es an der Zeit, allein zu gehen, sie würden schon die Räume finden, die es zu finden galt.

Obwohl Igor eine entspannte Zuversicht ausstrahlte, beschlich die Männer ein leichtes Unwohlsein, als sie auf eigene Faust aufbrachen, um in den Kern des Gebäudes vorzudringen.

○

Sie durchstreiften die Gänge, betraten merkwürdige Räume und sahen seltsame Dinge. Nichts von der emotionalen Relevanz der Räume, die ihm der Kleiber zeigen wollte, aber doch interessant genug, um davon zu lernen. Die Räume waren meist von einzelnen oder mehreren Männern und Frauen bewohnt, die in unterschiedliche Vorgänge vertieft waren. Je länger sie gingen, desto größer wurde die Anzahl an Menschen, auf die sie trafen, und manche Räume waren wie riesige Fabriken, in denen Heerscharen von Arbeitern mit riesigen Schaufeln gallertartige Substanzen von Kisten in Rohre beförderten, andere waren wie Werkstätten, in denen abstruse Objekte produziert wurden, die wie kleine Würfel aus mehreren ineinandergeschobenen Pyramiden aussahen. Aus dünnen Stäben formten die Bewohner geduldig in mühsamer Handarbeit einen nach dem nächsten und legten sie in kleine Kisten aus Stein, die immer wieder von anderen Menschen abgeholt und in Transportrohre verpackt wurden. Selten sah er sie essen oder schlafen. Vielleicht weil es keinen Tag und keine Nacht gab, dachte Igor.

Die Räume des Gebäudes füllten sich, je näher sie seinem Kern kamen. Auch gab es große, zum Teil bereits zerstörte Bibliotheken, die eine Höhe von bis zu achtzig Metern aufwiesen. Igor staunte, als er diese unendlichen Hallen voller Bücher sah. Noch nie hatte er so viele Schriften gesehen und es verschlug ihm den Atem als sie die erste Bibliothek betraten.

Auch die Männer staunten und sagten, dass es so etwas zu ihrer Zeit noch nicht gegeben habe. Igor lief zwischen den Regalen der Bibliothek umher und sah, wie Menschen auf riesigen Leitern an Steilhängen aus Büchern lehnten. Manche Wände waren mit schweren Vorhängen abgehängt und unter den Vorhängen sah man verbrannte Stellen.

»Es scheint hier oft Brände gegeben zu haben«, sagte Igor. Die Männer nickten stumm. Manche Regale waren auch von massivem Blech überdeckt. »Jemand wollte wohl verhindern, dass sie zerstört werden«, spekulierte der Mann, der die Vase hochgehalten hatte. »Oder verhindern, dass man sie liest«, murmelte der Mann, der die Freiheit liebte.

○

Immer wieder sah Igor Dreiecke in unterschiedlichen Größen und Farben an den Wänden. Er fragte die alten Männer, was es zu bedeuten habe, und sie erklärten, dass es ein Zeichen sei, welches zum Volk von K gehöre. Igor bat sie, davon zu erzählen, aber die Männer waren zerstritten über dieses Thema. Der Mann, der den Apfel nicht hatte loslassen wollen, empfand Angst und Hass auf das Volk von K. Auch der Mann, der zwanghaft einen Fluchtweg durch die Wand des Raumes zu graben versucht hatte, war voller Wut und flüsterte, sie seien ein Fluch. Sie hätten alles an sich gerissen und seien unterdrückend und machthungrig.

Der Mann jedoch, der die Vase gehalten hatte, sprach in großer Bewunderung von dem fremden Volk. »Ihr kennt sie nicht gut genug!«, sagte er. »Sie sind voll von Verantwortung und Ordnung. Das Gebäude wäre längst untergegangen, hätten sie sich seiner nicht angenommen und es gepflegt. Ich weiß, sie waren nicht die Erbauer und ursprünglichen Bewohner dieses Gebäudes und doch wäre es heute nicht mehr bewohnbar, hätten sie es damals nicht übernommen. Und schaut, wo wir stehen. Die Luftzirkulation funktioniert, die sanitären Einrichtungen sind sauber und genug Platz und Nahrung für jeden gibt es auch.«

Die anderen beiden Männer murmelten nur leise Flüche.

»Ist das Gebäude denn wirklich so in Gefahr gewesen?«, fragte Igor.

»Es wäre mittlerweile unbewohnbar«, antwortete der Mann, der die Vase gehalten hatte, mit einem beiläufigen Ernst.

○

Igor mochte das Gebäude. Er wunderte sich nur, dass er jedes Mal, wenn sie an einem weiteren Dreieck vorüberliefen, den intensiven Wunsch verspürte, es mit einem Kreis zu umranden. Fast hätte er Ausschau nach Farbe oder einem Stift gehalten, doch er hielt sich zurück. Sein Drang kam ihm lächerlich und überheblich vor angesichts der überwältigenden Komplexität, die das Gebäude besaß. Es erstreckte sich wie ein monströser Termitenbau in Abertausenden Gängen, Hallen, Treppen und Rohren tief in die Erde und offenbarte immer mehr seiner raffinierten Funktionalität. Im Gegensatz zu den verfallenen Außenbereichen schien hier alles von einer großen Systematik. Es gab Geburtenstationen, Räume, in denen seltsame Tiere gezüchtet wurden, Gefängnisse, Schulen und sogar Krankenhäuser. Einige Räume waren abstrakt und drehten sich in fraktalen Mustern um sich selbst, andere waren symmetrisch und sakral. Sie waren ganz offensichtlich der Huldigung des Dreiecks gewidmet, welches immer öfter zu sehen war, je länger sie gingen. Es gab große Essenssäle, die nach Hygienemitteln rochen, und sogar Obst- und Gemüseplantagen. Sie machten Rast in einer Apfelzuchtanlage, die durch eine dreieckige Glaskonstruktion grün beleuchtet wurde und deren süßes Obst weiß war. Alle aßen sich satt, bis auf den Mann, dessen Hand im Schrank gesteckt hatte. Er war sehr wählerisch und wollte keine weißen Äpfel essen. Zwar war er sehr beeindruckt von ihrer Anzahl, aber die Farbe schreckte ihn ab und er wollte warten, bis er einen echten finden würde.

Niemand beachtete die kleine Gruppe, die durch die unermesslichen Landschaften des Gebäudes lief. Die meisten Menschen gingen hastig ihren unverständlichen Aufgaben nach und waren zu angespannt, um sie zu bemerken.

Alles schien zwar einem geregelten Ablauf zu folgen, aber immer wieder trafen sie auf Bewohner, die verwirrt waren. Sie schlugen sich selbst oder sagten laut kryptische Zahlenfolgen vor sich hin und manche waren von einer widerlichen dunklen Kruste befallen, wie er sie schon in den verlassenen Außenbereichen gesehen hatte, wo sie ganze Räume überwuchs. Als er die Männer danach fragte, erklärten sie, dass man darüber nicht sprechen sollte.

Immer wieder waren Türen mit Absperrband verklebt und als Igor einen unbeobachteten Moment abpasste, um eine von ihnen zu öffnen, und sich darin umsah, erstarrte er. Er blickte in einen Saal, der wie ein stillgelegtes Klassenzimmer aussah, und in ihm schwebte, leise brummend, ein riesiger Kreis.

Igor war erstaunt. Sein eigener Kreis erhöhte sofort seine Rotation und nahm einen goldenen Schimmer an. Die Männer zogen ihn hastig aus dem Raum und drängten ihn, weiterzugehen. Sie erklärten, dass Kreise im Gebäude als Krankheit galten. Zwar griffen sie niemanden an, aber sie zögen die Bewohner in einen gefährlichen Bann. Es sei unmöglich, sich in ihrer Nähe zu konzentrieren. Wo immer sie seien, müsse man sie entweder ansehen oder ihrem monotonen Klang lauschen. Sie hätten eine hypnotische Kraft, deswegen seien sie auch oft weggesperrt oder es würde ein Sichtschutz errichtet. Meist müsse man die Räume, in denen sie entstünden, aufgeben. Ganze Fabrikhallen hätten schon geräumt werden müssen, weil sich in ihnen Kreise manifestiert hätten. Warum sie im Gebäude seien, wisse niemand, sie seien kurz nach dem Volk von K einfach aufgetaucht, wüchsen innerhalb weniger Tage von mikroskopischer Größe auf vier bis sechs Meter Umfang an und schwebten unbeweglich auf der Stelle. Das Volk von K habe sie als Gebäudeinfektion deklariert, aber könne offenbar nichts gegen sie ausrichten. Weder könne man sie bewegen noch zerstören und es sei streng verboten, sie zu berühren oder sie länger anzustarren. Einige Bewohner seien über die komplexe Frequenz, die sie ausstrahlten, schon wahnsinnig geworden.

Über die Jahrzehnte seien es immer mehr geworden, ihre tatsächliche Anzahl sei aber schwer schätzbar, da das Gebäude zu groß und zu drei Vierteln nicht bewohnt sei. Es gebe sogar Gerüchte über geheime Gruppen in den Außenbereichen, die die Kreise verehrten und sie als Zeichen eines kommenden Wandels ansähen, aber seit der Ankunft des Volkes von K gebe es viele Verschwörungstheorien und man solle sie nicht allzu ernst nehmen.

Igor war sich der Angst bewusst, die die Kreise bei den Bewohnern auslösten, und hatte ein portables Versteck für seinen Kreis erdacht. Mittlerweile war er in der Lage, ihn so präzise zu manövrieren, dass er ihn in seinem geschlossenen Mund mit sich führen konnte, ohne dass er seine Zähne oder seine Zunge streifte. Er musste vorsichtig sein, dass der Kreis ihn nicht verletzte, aber es war die sicherste Methode, ihn unentdeckt zu lassen.

Auch das Farbenspiel hatte Igor mittlerweile genauer untersucht. Der Kreis änderte seine Färbung anscheinend als Reaktion auf seine Umgebung, und sosehr Igor auch versuchte, sie zu beeinflussen, sie blieb unabhängig von ihm und er freute sich darüber. Wie schön, dachte er, der Kreis hatte seinen eigenen Willen und das bedeutete wohl, dass er ihm freiwillig folgte. Er würde üben müssen, seine Sprache zu erlernen. Wer weiß, vielleicht sollte gar nicht er den Kreis führen, sondern sich von ihm führen lassen. Die drei Männer waren die Einzigen, vor denen er ihn hervorholte und mit ihm spielte, was die Männer oft nervös werden ließ. Sie sagten, Igor würde noch bereuen, was er tat. Im Kern des Kreises herrsche das Chaos und irgendwann würde es auf ihn überspringen.

Igor lachte und hörte sich interessiert ihre Geschichten an. Es ging ihm gut, ohne dass er wusste, weshalb. Er war es leid, eine Erklärung zu suchen, und wanderte wie ein neugieriger Tourist durch eine interessante Welt, doch unter seiner spielerischen Neugier wartete er still auf eine Gelegenheit. Eine Gelegenheit, die wichtig war, und auch wenn er nichts tun musste, um sie herbeizuführen, durfte er sie doch nicht verpassen. Sein Durst nach Wissen verwandelte sich von dem gierigen Luftschnappen eines Ertrinkenden in die wache Geduld einer jagenden Katze. Oft stellte er den drei Männern Fragen zu der Geschichte des Gebäudes und dem Volk von K, stieß aber bald an die Grenzen ihres Wissens. Immer wieder dachte er an die gigantischen Ansammlungen von Büchern, die er gesehen hatte, und überlegte, dass es aufschlussreich sein müsste, ein paar von ihnen zu lesen. Aber wo sollte er anfangen? Die Regale waren unzähmbare Monster aus Informationen und jeder Versuch, sie sich auf eigene Faust zu erschließen, wäre absurd gewesen.

Eines Morgens stand er auf und sagte lächelnd: »Ich denke, es ist an der Zeit, dass wir uns mit einer Bibliothekarin anfreunden.«

○

Der Kleiber flog durch eine abgesperrte Halle. Er dachte darüber nach, warum er wohl vorhatte, was er vorhatte. Sein Leben lang war er ein neutrales Wesen gewesen. Er hatte sich nie in die Angelegenheiten des Gebäudes eingemischt, sprach mit allen und war darauf bedacht, keine Seite zu bevorzugen oder sich einnehmen zu lassen von Meinungen oder Gefühlen. Niemals verriet er ein Geheimnis oder benutzte die vielen Informationen, die er über die Jahre von allen Bewohnern gesammelt hatte, zu seinem eigenen Vorteil. Er war frei und genoss es, die Ereignisse von oben zu betrachten. Nun spürte er plötzlich einen Drang, der ihm selbst fremd war, und er kam sich seltsam dabei vor.

Er flog in einen kleinen Kasten, wurde eingesogen und kam in einem breiten röhrenartigen Gang wieder heraus. Nachdem er eine Weile geflogen war, kam er zu einer von mehreren Soldaten bewachten Schleuse und sagte: »Ich verlange, den König zu sprechen.«

Dem Kleiber wurde geöffnet, und er flog durch einen mehrere Kilometer langen Schlauch, bis er im Saal des Königs auf einer voll besetzten Essenstafel landete. An der Tafel saßen Vertreter der unterschiedlichsten Gruppen des Gebäudes. Ärzte, Bauern, Lehrer, Produktionsleiter, Bibliothekare, Abgesandte des Militärs und der Forschung sowie Künstler und Gelehrte.

Der Kleiber setzte sich vor den König und pfiff. Der König musterte den Kleiber und ordnete an, das Mahl zu beenden, woraufhin die Abgesandten umgehend ihre Plätze räumten. Als der Saal leer war, begannen sich der Kleiber und der König zu unterhalten.

○

Einmal mehr verschlug es Igor den Atem, als er die riesige Bibliothek betrat. In großer Geschwindigkeit wurden Bücher ein- oder aussortiert, abgeschrieben, geschwärzt, umnummeriert oder auf kleinen Wägen in Transportrohre geschoben. Alles bewegte sich erstaunlich leise und Igor und die drei Männer versuchten nicht aufzufallen, als sie in den Strom der Menschen hineinglitten und sich treiben ließen.

Igor wusste nicht genau, wonach er suchte, und die Männer waren nervös. Sie flüsterten ihm zu, dass Aufgabenlose wie sie, die sich an Orten wie diesen aufhielten, oft eingesammelt und zu einer Arbeit eingeteilt oder zurück in die Außenbereiche des Gebäudes transportiert würden. Igor beruhigte sie und versicherte, er würde vorsichtig sein und nicht wahllos Bücher aus den Regalen nehmen, um darin zu blättern.

In ihm war die Vorstellung, dass er auf eine Person treffen müsste, die ihm genau die Bücher zeigen würde, die er brauchte. Er müsste nur warten, bis er sie fand. Zu gern hätte er aus purer Neugier seinen Kreis hervorgeholt, um ihn über die Buchreihen gleiten zu lassen. Er dachte, dass seine Färbung ihm einiges über den Inhalt verraten könnte, aber die drei Männer hatten ihm strengstens verboten, den Kreis in der Öffentlichkeit zu benutzen.

Igor hatte das sagenhaft entspannende Gefühl,

Zeit zu haben. Nichts trieb ihn mehr. Wenn er an diesem Tag nicht finden würde, was er suchte, würde er es am nächsten Tag versuchen, wenn nicht am nächsten Tag, dann in einer Woche. Er hatte kein Problem mit der Vorstellung, dass es Jahre dauern könnte, bis die Gelegenheit auftauchte, auf die er wartete. Igor lachte innerlich und war froh, am Leben zu sein, als er in einen weiteren hohen Flur voller Bücher einbog und plötzlich stehen blieb: An einem der vielen länglichen Tische saß eine Bibliothekarin und war vertieft in die Abschrift eines Buches.

○

Der Kleiber sprach lange und ruhig mit dem König. Er erzählte von dem Raum, in dem Alma gelegen hatte, von dem gezähmten Kreis, von den drei Männern, die Igor folgten, und von der merkwürdigen gräulichen Färbung der Asche, die sich zu Erde zurückverwandelt hatte. Der König dachte eine Weile nach, schickte dann den Kleiber fort und rief seine Abgeordneten. Der Kleiber flog davon und dachte nervös darüber nach, warum er das getan hatte.

○

Viele Frauen und Männer arbeiteten in den Bibliotheken, aber Igor wusste, dass er die Person gefunden hatte, die er suchte. Sie war unauffällig gekleidet, hatte einen Dutt und einen zarten Hals und schien von einer hohen Fähigkeit zur Konzentration. Still und versunken las sie und machte nur ab und zu eine Pause, um sich das Gelesene zu notieren. Igor bedeutete den Männern, auf ihn zu warten, und ging an ihren Tisch. Er setzte sich ihr gegenüber und wartete. Nur ab und an hob er den Blick, um sie zu betrachten, aber die Bibliothekarin schaute nicht auf. Sie schien Igor nicht zu bemerken.

»Darf ich fragen, was Sie da lesen?«

Die Bibliothekarin sah auf und erschrak fürchterlich. Sie blickte Igor an, als würde sie einen Geist sehen, und schlug ruckartig ihr Buch zu. »Weshalb?«, fragte sie scharf.

»Ich interessiere mich für Bücher«, sagte Igor fröhlich.

»Dann stellen Sie einen Antrag und leihen Sie sich eines aus«, entgegnete sie schnell und nahm ihren Notizblock, um ihn ebenfalls zuzuschlagen.

»Darf ich eine Vermutung äußern?«, fragte Igor.

Der Bibliothekarin wurde unwohl, was sich durch eine wachsende Strenge in ihrer Stimme und einer immer unbeweglicheren Mimik äußerte.

»Wenn es denn sein muss«, sagte sie, als würde sie sich unendlich durch Igor gestört fühlen und am liebsten aufstehen und gehen.

»Sie arbeiten gar nicht hier«, sagte Igor lächelnd.

○

Aus der Distanz beobachteten die drei Männer das Gespräch der beiden. Sie wurden nervös, da nicht zu übersehen war, dass die Bibliothekarin es nicht mochte, sich mit Igor zu unterhalten.

○

»Natürlich arbeite ich hier. Wollen Sie meine Leseberechtigung sehen? Dann würde ich um Ihren Prüfungsschein bitten.« Der Ton der Frau war streng, aber unsicher.

»Ich schlage Ihnen etwas vor«, sagte Igor, der versuchte, so ruhig zu bleiben, wie es ihm möglich war. »Ich werde niemandem verraten, dass Sie ohne Zugriffsrecht Bücher lesen und abschreiben, und Sie zeigen mir, wo ich Schriften über Architektur und Geschichte des Gebäudes finden kann.«

Wieder starrte die Frau Igor an, als hätte sie den Teufel gesehen. Nur nach und nach gelang es ihr, die Gesichtszüge zu entspannen und zu antworten.

»Warum leihen Sie sie nicht einfach und fragen an der Auskunft«, sagte sie spitz.

Igor freute sich, da sein Gefühl ihn nicht getäuscht hatte.

»Ich habe es noch nicht versucht, aber ich habe den Verdacht, dass es nicht sehr fruchtbar sein würde, denn ich habe ebenfalls keine Leseberechtigung. Wie steht es mit Ihnen? Warum sind Sie hier, wenn sie gar nicht offiziell hier arbeiten?«

»Hören Sie auf, so zu sprechen!«, herrschte sie ihn an. »Dies ist nicht der richtige Ort!« Sie lehnte sich zurück und sagte laut: »Drüsensysteme! 52B. Eine gute Sammlung! Die ganze Verschlackungsgeschichte ist kartografiert!«

Igor wunderte sich, aber verstand schnell.

Die Frau packte wütend ihre Sachen in eine Tasche und stand auf.

»Also wenn Sie die Verengungshistorie der B-Venen nachlesen wollen, müssen Sie sich durch ganz schön viel durchwühlen, davon sind ja immerhin 30 Prozent verbrannt bei der Überhitzung des Frontallappens.«

Igor folgte ihr. Er nickte, als wüsste er, wovon sie sprach, und machte den Männern ein heimliches Zeichen, ihnen mit kurzem Abstand zu folgen.

○

Das Militär des Gebäudes war gut ausgerüstet. Es besaß Bodentruppen, die aus trainierten Männern und Frauen bestanden, die hauptsächlich strombasierte Waffen trugen. Es gab keinerlei Partikelgeschosse, da die Gefahr groß war, ein Loch in der Außenhülle des Gebäudes zu verursachen oder, noch schlimmer, eine der Venen zu treffen. Als Handwaffen wurden Stäbe benutzt, welche ebenfalls elektrische Ladung ausstießen. Auch wurden spezielle Tiere gezüchtet, die auf nichts weiter als Kampf abgerichtet waren. Sie sahen wurmartig aus und hatten die merkwürdigste Art, sich fortzubewegen: Weder schlängelten sie sich noch liefen sie. Sie stießen sich ab wie sehr schnelle Raupen und hatten winzige Widerhaken, die über ihre ganze Haut verteilt wuchsen. Die Größten von ihnen wurden zwei Meter hoch und acht Meter lang und sie hörten jeweils immer nur auf einen einzigen Befehlshaber. Starb dieser, musste auch das Tier getötet werden, da es nie ein zweites Mal abgerichtet werden konnte. Sie wurden im Säuglingsstadium dem jeweiligen Soldaten mitgegeben, der es trainierte und sich um seine Versorgung kümmerte. Ein Soldat konnte auch mehrere Würmer aufziehen, aber das war sehr schwer, da sich die Tiere oft gegenseitig umbrachten. Das Militär verfügte zudem über Fahrzeuge und ein eigen installiertes Tunnelsystem, welches nur von Ärzten und Militär genutzt werden durfte. Dies ermöglichte ihnen, sich schneller als jeder andere durch das Gebäude zu bewegen, wenn es nötig war.

Außerdem verfügten sie über ein Alarmsystem, welches die sieben Militärzentren, die es im Gebäude gab, miteinander verband. Nicht immer mussten alle ausschwärmen. Es gab unterschiedliche Dringlichkeitsstufen des Alarms, er konnte violett, gelblich, bläulich, rot und schwarz sein. Meist wurde je nach Ort und Art der Gefahr ein einzelnes Militärzentrum aktiviert. Es war schon selten, dass mehrere Zentren mit der gleichen Alarmfarbe aktiviert wurden. Aber zu keiner Zeit des Gebäudes wurden alle sieben Militärzentren gleichzeitig mit derselben Alarmfarbe gerufen.

○

Die Bibliothekarin ging mit Igor durch die Gänge und referierte über unterschiedliche Venensysteme, deren Druckausgleich und die Beeinflussung der Herzfrequenz durch die Hirnräume.

Irgendwann blieb sie stehen und sah sich nervös um. Sie schrieb etwas auf einen Zettel und reichte ihn Igor. Darauf stand: »Bücher über Architektur liegen auf 374H. Die dritte Tür, von Ihnen aus links. Bücher über Geschichte sind weit verteilt. Welches Jahr?«

Igor nahm ihren Stift und schrieb 23 und 5 auf den Zettel.

Die Frau nahm den Zettel, sah ihn an, schüttelte den Kopf und schrieb: »23 und 5 sind großteilig verbrannt und liegen auf der Restaurationsetage. Die Schriften werden streng bewacht und sind unzugänglich.«

Als Igor fertig gelesen hatte, reichte die Frau ihm die Hand. »Guten Tag«, sagte sie streng und wartete darauf, dass Igor ihr die Hand schüttelte als Zeichen dafür, dass sie quitt waren.

Igor lächelte. Sie gefiel ihm sehr.

»Ich habe noch ein paar Fragen. Wäre es wohl möglich, dass Sie mich in die Restaurationsetage begleiten?«

»Unter keinen Umständen.«

»Dabei bin ich mir sicher, dass es auch Sie interessieren könnte.«

»Wie kommen Sie auf so etwas? Alles, was sie mir unterstellen, ist schlicht erfunden. Außerdem ist die Etage zu gut bewacht. Man kann sich dort nicht so frei bewegen wie in den Bibliotheken.«

Igor legte ihr lächelnd eine Hand auf die Schulter und flüsterte: »Mögen Sie Kreise?«

○

Der Kleiber flog nervös durch die Gänge. Alle Militärzentren waren aktiviert und es wurde eine in der Geschichte des Gebäudes beispiellose Suchaktion in Gang gebracht. Er wusste noch immer nicht, ob er das gut oder schlecht finden sollte, er handelte stets aus Instinkt. Oft wurden einzelne Personen gesucht und festgenommen, aus den unterschiedlichsten Gründen, aber dieses Mal schien es etwas anderes zu sein. Selbst er war sich nicht sicher, welcher Art die Gefahr war, die ihnen bevorstand. Und auch nicht, ob sie aufgehalten werden sollte.

○

Die Frau war perplex.

Zum ersten Mal schaute sie Igor unumwunden an. Aus ihren Augen schien eine ängstliche Neugier.

»Warum fragen Sie das?«

Sie war noch immer um Strenge bemüht, auch wenn ihr der Fremde nun in einem anderen Licht erschien.

»Ich weiß es nicht«, sagte Igor und hob amüsiert die Schultern. »Aber wie wäre es, wenn Sie sich entspannen und meine Frage beantworten?«

»Ja, ich mag Kreise sehr«, sagte sie schließlich, so leise es ihr möglich war, und verfluchte sich sogleich, es angesprochen zu haben.

»Wie schön, ich auch!«

Die falsche Bibliothekarin wusste offenkundig nicht, wie sie mit dem ungewöhnlichen Gesprächsverlauf umgehen sollte.

»Wenn es Ihnen nichts ausmacht, würde ich Sie dann bitten, mich in die Restaurationsetage zu begleiten.«

Sie musste sich mit Gewalt davon losreißen, Igor anzublicken, und gern hätte sie ihm eine Ohrfeige gegeben als Strafe für seine fürchterliche Selbstverständlichkeit. Wütend drehte sie sich auf dem Absatz um und führte Igor und die Männer in Richtung des Aufzugs, der zur Restaurationsetage führte.

○

Sie standen im Aufzug und sprachen kein Wort. Die Männer, die bereits daran gewöhnt waren, nicht zu wissen, wo sie hingingen, sahen einander nicht an und hatten das Gefühl, dass es kein guter Tag werden würde. Die Frau war noch immer aufgewühlt und perplex ob der Frage Igors. Sie hätte gern gewusst, was Igor mit Kreisen zu tun hatte. Es war eins der Themen, über die man im Gebäude nicht sprach, vor allem nicht in ihrer Familie. Als sie klein gewesen war, war ihr Großvater von einem Kreis schwer verletzt worden, als er versucht hatte, ihn zu verschieben.

Alle Welt hasste Kreise, aber sie selbst konnte nicht anders, als von ihrer Schönheit und tiefen Ruhe angezogen zu werden. Im Gebäudezentrum, in dem sie lebte, waren alle Kreise bereits abgesperrt und wenn neue wuchsen, dauerte es keine drei Stunden, bis das Militär den Raum geräumt und sie mit Metall ummantelt hatte. Aber als sie jung gewesen war, hatte sie oft Wanderungen durch die Tiefen des Gebäudes unternommen und war eines Tages auf einen freien Kreis gestoßen. Für Stunden hatte sie nicht aufhören können, ihn anzustarren und sich in sein sanftes Brummen zu versenken. Sie hatte das Gefühl, dass nichts Böses aus seiner Form erwachsen konnte, und sie setzte sich zur Aufgabe, mehr über Kreise zu lernen und andere von ihrer Schönheit und Friedfertigkeit zu überzeugen.

Sie waren nicht zerstörerisch, sie hatten nur sehr viel Kraft. Ihre Hypnose war nicht gefährlich, sie war sogar heilsam, man musste ihnen lediglich angstlos gegenüber treten. Jede Emotion, die man ihnen entgegenbrachte, wurde von ihnen reflektiert und verstärkt und wenn man ihnen ängstlich lauschte, konnte man in einen regelrechten Wahnsinn gerissen werden, dessen Ursprung und Nahrung man selbst war. Wenn man aber neutral und in einer harmonischen Ausrichtung auf sie zuging, war es ein Fest, sich mit ihnen zu verbinden. So tief und klar war das Gefühl, so eindeutig, dass man es mit einem großen Wesen zu tun hatte. Die Möglichkeiten waren noch vollkommen unausgeschöpft und die Kreise schienen nur darauf zu warten, dass man sich mit ihnen beschäftigte.

Ihr Volk war immer nur feindselig auf sie zugegangen, und die Kreise warfen das zurück. Es war, als würde man einen Spiegel bekämpfen. Man sah einen Fremden, hob sein Schwert und bemerkte, dass dieser sein Schwert ebenfalls hob. Er reagierte nicht auf die Aufforderung, sein Schwert sinken zu lassen, und es blieb einem nichts anderes übrig, als anzugreifen.

Das Spiegelbild, das ein Kreis zurückwarf, war nicht so schnell durchschaubar. Es war hochkomplex und gleichzeitig sehr einfach, wenn man sich selbst dazu brachte, einfach zu bleiben. Sie hatte das Gefühl, etwas Unfassbares entdeckt zu haben, etwas, das das Leben ihres Volkes für immer verändern könnte. Nachdem sie die Nacht neben dem Kreis verbracht hatte, um ihm zu lauschen, ging sie am nächsten Morgen zurück, um sich Proviant und eine Decke zu holen. Sie wollte viele Tage mit ihm verbringen, ihn beobachten und von ihm lernen, ihn untersuchen und sich mit ihm verbinden. Sie wusste, dass sie noch eine Weile brauchen würde, bis sie genug Erfahrung gesammelt haben würde, um auch andere Bewohner des Gebäudes zu ihm zu führen und ihnen verständlich werden zu lassen, welch unendlichen Schatz sie darstellten und welchen unermesslichen Wert sie für die Entwicklung des Volkes haben könnten.

Als sie zwei Tage später mit einem Rucksack zurückkam, war der Kreis bereits ummantelt und der Raum vom Militär abgesperrt. Sie war verzweifelt und erzählte ihrer Familie von der Begegnung, doch diese verbot ihr, öffentlich darüber zu sprechen und jemals wieder Kontakt zu einem Kreis aufzubauen. Immer wieder erzählten sie die schreckliche Geschichte ihres Großvaters und andere eindrückliche Beispiele für die Gefährlichkeit von Kreisen.

Das Militär war gut organisiert und schnell, wenn es um Kreise ging, und sie sah zeit ihres Lebens keinen einzigen mehr, der nicht ummantelt war. Sie kannte niemanden, der ihre Faszination teilte, auch wenn sie immer wieder Gerüchte hörte von Gruppen, die in den Außenbereichen lebten, um freie Kreise zu suchen. Aber dafür musste man der Gesellschaft den Rücken kehren und sie war zu ängstlich, einen derartigen Schritt zu wagen. Sie vergrub sich in Büchern und studierte Geschichte, brach das Studium aber bald wieder ab. Oft überkam sie ein Gefühl der Falschheit, wenn sie den Herleitungen der Ereignisse lauschte, die das Volk von K in den Niederschriften festlegte. Sie meinte unvereinbare Widersprüche zu entdecken. So viele Bücher aus der alten Zeit waren zerstört worden. Das Volk von K hatte eine ganze Etage eingerichtet, um sie zu restaurieren, und behauptete, dass die Bücher exakt kopiert würden, aber immer wieder fielen ihr Abweichungen im Ablauf und Stil der Sprache auf. Sie meldete sich unter falschem Namen in der Bibliothek an, in der man ausschließlich eine Leseberechtigung erhielt, wenn man einer Aufgabe zugeordnet war, und begann, alle Bücher zu lesen, die sie über die alte Zeit des Gebäudes, die Formenkriege, die Ankunft der K und der Kreise finden konnte. Je mehr sie las, desto misstrauischer wurde sie.

Sie betrachtete Igor und fragte sich ein weiteres Mal, was er wohl für ein eigenartiger Mensch sei und warum er sowohl ihr illegales Lesen als auch ihre Verbundenheit zu Kreisen erahnt hatte. Er wirkte nicht wie jemand, der sonderlich viel wusste.

Igor drehte sich ruckartig zu ihr um und sagte voller Begeisterung: »Die Aufzüge in diesem Gebäude sind unglaublich! Wie lange sie fahren!« Er blickte sie an wie ein Tourist, der voller Enthusiasmus etwas höchst Alltägliches einer ihm fremden Kultur entdeckt hatte.

Was tat sie nur? Warum stand sie mit diesem offensichtlich verwirrten jungen Mann in einem Aufzug und fuhr in die Restaurationsetage? Es war sinnlos und gefährlich.

Wenn sie keine Leseberechtigung vorlegen konnten, würden ihre Identitäten ermittelt und es würde auffliegen, dass sie so viele Monate illegal gelesen hatte. Sie wusste, dass so etwas streng bestraft wurde, und sie beschimpfte sich innerlich, in den Aufzug gestiegen zu sein.

Igor sah sie noch immer begeistert an: »Die Zahlenkombination, die Sie in die Tastatur getippt haben, war neunstellig, oder? Bezeichnet das eigentlich tatsächlich das Stockwerk, in das man fahren will, oder ist es nur eine Verschlüsslung, damit nicht jeder den Aufzug benutzen kann?«

Die Frau unterdrückte ein Seufzen. »Sie haben keine wirkliche Ahnung, wie dieses Gebäude funktioniert, oder?«, fragte sie mit dem strengsten Ton, der ihr möglich war.

»Tatsächlich brauche ich Hilfe bei der Orientierung«, sagte Igor, als hätte man ihm ein Stück Kuchen angeboten. »Heißen Sie eigentlich tatsächlich so?«, fragte er und deutete auf ihr Namensschild.

»Nein, ich heiße Marie«, sagte sie und ärgerte sich sogleich fürchterlich darüber, dass es ihr nicht gelang, den fremden Jungen anzulügen. Das Ganze war eine Katastrophe.

»Die Schriften, die Sie sehen wollen, werden Sie unter keinen Umständen auch nur berühren dürfen, geschweige denn lesen. Es ist sinnlos, in die Restaurationsetage zu fahren, das wissen Sie hoffentlich.«

Igor schaute sie mit einem merkwürdigen Funkeln

in den Augen an, drehte sich dann wieder nach vorn und blickte auf die Aufzugtür. Etwas ernster als vorher sagte er: »Haben Sie keine Angst, das Gebäude wird mir schon zeigen, was ich sehen muss.«

Die Frau fasste sich an den Kopf. Ihr war klar, dass sie sich auf einen Dummkopf eingelassen hatte. »Was macht Sie da so sicher?«, fragte sie ironisch.

»Weil ich die Vermutung habe, dass ich es war, der dieses Gebäude entworfen hat.«

○

Der König von K blickte aus einem großen Fenster. Es gab nur sehr wenige Fenster im Gebäude und der Öffentlichkeit waren sie überhaupt nicht zugänglich. Vor ihm erstreckte sich die ewige Weite der Wüste, in der an vielen Stellen bereits neues Leben entstand Er schloss die Augen, rollte in mehreren Erdklumpen vom Stuhl, schmolz zu Stein, kletterte an sich selbst hoch, zerfiel in 320 gleichseitige Dreiecke, formierte sich zu einem Heptaeder, stieß einen falkenartigen Schrei aus und setzte sich erneut auf den Stuhl, um aus dem Fenster zu sehen. Mit aller Kraft versuchte er, so zu tun, als würde ihn nicht beunruhigen, was der Kleiber berichtete hatte.

○

Die Restaurationsetage sah aus wie ein hochmodernes Krankenhaus. Männer und Frauen in aseptischer Kleidung kamen ihnen entgegen. Alles war hell erleuchtet und große Lüftungsrohre durchzogen die Decke eines breiten Ganges, von dem mehrere halbautomatische Glastüren abgingen. Nicht unweit vom Aufzug stand eine Schlange vor dem Empfang, an dem die einzelnen Arbeitszuweisungen und Leseberechtigungen bestätigt und protokolliert wurden. Marie musste hilflos mitansehen, wie Igor und seine drei Begleiter sich anstellten, als wären sie registrierte Mitarbeiter.

Auf der Etage verteilt stand Sicherheitspersonal, das unruhig flüsternd miteinander diskutierte. An den Uniformen waren kleine Leuchtdioden installiert, die ein mattes Violett ausstrahlten.

»Sie wünschen?«, fragte eine ältere Frau hinter dem Empfang.

Igor beugte sich zu ihr: »Guten Tag, ich hätte gerne gewusst, wo die Aufzeichnungen der Gebäudehistorie für das Jahr 23 und 5 liegen.«

Die Dame schaute ihn verwirrt an.

»Was soll das heißen, Sie hätten das gerne gewusst? Darf ich Sie bitten, mir Ihre Aufgabenzuweisung sowie Ihre Leseberechtigung vorzulegen? Sind Sie überhaupt ein geprüfter Restaurator?«

Marie stellten sich die Nackenhaare auf.

Igor lächelte freundlich und sagte: »Weder bin ich im Besitz des einen noch des andern. Auch bin ich kein geprüfter Restaurator. Trotzdem würde ich Sie bitten, mir mitzuteilen, in welchem Raum sich die besagten Schriften befinden, da ich mich sonst gezwungen sehe, selbst danach zu suchen.«

Marie überlegte, ob sie zurück in den Aufzug rennen sollte, aber sie war wie gelähmt. Auch die Empfangsdame starrte Igor überfordert an und brachte kein Wort heraus. Ruckartig stand sie auf und holte einen Kollegen.

»Ich verstehe den Herrn nicht, bitte übernehmen Sie das.«

Sie entfernte sich und ein hagerer, hochgewachsener Herr mit gräulichen Schläfen trat an ihre Stelle: »Sie wünschen?«

Igor wiederholte sein Anliegen in allen Einzelheiten.

Nachdem der ältere Herr ruhig und geduldig zugehört hatte, löste er den Alarm aus und wies das Sicherheitspersonal an, Igor festzunehmen und von der Etage zu entfernen.

○

Als der Kleiber in den Bibliotheken ankam, hatte er bereits ein ungutes Gefühl. Er sah den Alarm und flog hastig in eines der Büchertransportrohre, um nicht den Aufzug benutzen zu müssen.

○

Drei Männer des Sicherheitspersonals lösten sich aus ihrer Gruppe und liefen auf den Empfangsschalter zu. Marie stieß einen bitteren Fluch aus. Igor ließ seinen mittlerweile rötlich rotierenden Kreis aus seinem Mund hervorschweben, expandierte ihn auf die Größe einer Honigmelone und drückte ihn dem vordersten in den Bauch, um ihn behutsam von sich wegzuschieben. Der Sicherheitsmann war verdutzt, verlor das Gleichgewicht und stolperte. Die anderen Beamten erschraken, zogen ihre Stäbe, rannten auf Igor zu und wurden ebenfalls sanft von dem Ball zurückgeschoben.

Nachdem sich Igor auf diese Art Platz geschaffen hatte, begann er den Kreis in einem gleichmäßigen Abstand um sich herum schweben zu lassen. Die Mitarbeiter der Etage schrien auf und auch Marie erblasste. Nie zuvor hatte sie einen Kreis etwas Derartiges tun sehen.

Igor ließ den Kreis immer schneller um sich und seine vier Begleiter rotieren, bis seine Geschwindigkeit so hoch war, dass er einen ringförmigen Zaun um sie bildete. Er war so schnell, dass man seine glatte Außenlinie hätte berühren können, wenn man dabei nicht seine Hand verloren hätte.

Igor blickte auf Marie und sagte, dass sie sich die betreffenden Bücher jetzt selbst suchen müssten und dass sie ihm helfen würde, sie zu finden. Marie nickte blass.

Immer mehr Mitarbeiter brachen in Panik aus und das Sicherheitspersonal zielte mit seinen Stromwerfern auf Igor. Jede der weiß aufblitzenden Entladungen, die aus ihren Gewehren kamen, wurde von dem brüllenden Kreis absorbiert, während sich die Gruppe langsam ihren Weg ins Innere der Restaurationsetage bahnte.

○

Sie durchsuchten viele Räume mit teilweise angebrannten, teilweise wiederhergestellten Manuskripten, während der Kreis ringförmig um sie herum raste und das Sicherheitspersonal sowie das mittlerweile eingetroffene Militär auf Abstand hielt.

Keiner von ihnen wusste, wie mit einer derartigen Situation umzugehen war; auch die raupenartigen Tiere, die das Militär in den Kreis schickte, wurden von seinem rasenden Strom erfasst und hinausgeschleudert. Im Inneren des Rings war es still und Igor las in großer Versunkenheit in den Schriften der Jahre 5 und 23. Lange hatte er nicht gebraucht, sie zu finden. Marie wusste viel über die Anordnungssysteme der Etage und hatte ihm unter großer Angst den Weg gezeigt. In ihrem Studium der Geschichte des Gebäudes war sie bereits darauf gestoßen, dass es in diesen Jahren die größten Lücken gab. Etwas schien dort vorgefallen zu sein, aber die restaurierten Schriften dieser Jahre wurden nie freigegeben. Die Restauratoren hatten verlauten lassen, sie seien unwiederbringlich zerstört, und umso überraschter waren sie, als sie die Manuskripte in einem der Räume, wenn auch in einer falschen Reihenfolge sortiert und an manchen Stelle geschwärzt, intakt vorfanden. Marie war sich bewusst, dass sie sich des Verrats schuldig machte, aber dass die Dokumente tatsächlich lesbar waren und der Fremde einen Kreis schrumpfen und manövrieren konnte, war so faszinierend für sie, dass sie keinen Impuls verspürte, den Ring zu verlassen. Der Fremde hatte recht, ihre Interessen deckten sich auf erstaunliche Art und Weise und ein weiteres Mal wunderte sie sich, dass er gerade sie um Hilfe gebeten hatte. Die drei Männer waren außerordentlich beunruhigt und fluchten auf Igor, dass er sie in eine derart missliche Lage gebracht hatte. Igor entschuldigte sich bei jedem von ihnen und sagte, dass es ihnen noch verständlich werden würde, warum es das Beste für alle war. Und so warteten sie ängstlich, während Igor konzentriert in der inoffiziellen Chronik des Gebäudes las.

Als das Militär nach drei Stunden noch immer nichts gegen den Kreis ausrichten konnte, erhielt es den königlichen Befehl, die P-Spiegel zu holen. P-Spiegel waren nach internationalem Gesetz illegal und wurden deshalb in weit abseits liegenden Erdschichten eingelagert. Sie zu holen war ein enormer logistischer Aufwand und gefährlich für das gesamte Gebäude. Sie waren ein Relikt der Formenkriege, welche vor 19 Jahren mit einem Friedenspakt beigelegt worden waren, und das einzig bekannte Mittel, um einen Kreis tatsächlich zu vernichten.

○

Der Kleiber flog durch ein Transportrohr in die Restaurationsetage, blickte beunruhigt auf die Situation und landete neben Igor auf dem Boden.

»Hallo Kleiber«, sagte Igor.

»Hallo Igor«, sagte der Kleiber.

Igor schaute nicht auf, sondern las weiterhin konzentriert in dem Papier, das er vor sich hatte.

»Igor, was tust du da?«

»Ich lese.«

»Aber warum?«

»Weil ich denke, dass ich dazu berechtigt bin.«

»Weshalb?«

»Ich bin das, worin es stattfindet«, sagte Igor leise.

Der Kleiber wusste nicht, was er dazu sagen sollte, und flog strauchelnd einen Meter zurück.

Igor schlug das Buch zu, stand auf und zog seinen Kreis ein. Das ohrenbetäubende Dröhnen, das er verursacht hatte, war mit einem Mal weg und alles fiel in eine überrumpelte Stille.

Vor ihnen stand eine Wand aus Militär und blickte sie erschrocken an.

»Ich verlange, den König von K zu sprechen.«

Igors Stimmung, die die meiste Zeit über hervorragend gewesen war, war nicht mehr so hell wie zu Beginn des Tages. Sein Lächeln war verschwunden und seine Stimme klang fordernd.

Das Militär starrte ihn entgeistert an.

»Tut, was er sagt«, sprach der Kleiber.

○

Die Spiegel aus ihrer Erdschicht zu ziehen, ohne sie dabei kaputt zu machen, war zeitaufwendig. Spiegel waren als Teil des Friedenspaktes dem Volk von K und den Vertretern des Kreises verboten und symbolisch zerstört worden. Nur hatte der König diskret angeordnet, eine übersichtliche Anzahl zu verstecken und von den offiziellen Listen streichen zu lassen.

Kreise waren Erde gegenüber taub und konnten die Spiegel dort nicht wahrnehmen. Aber auch für die Menschen waren die Spiegel eine Gefahr, da sie durch ihre spezielle Krümmung und Anordnung Licht zu einer Kraft bündeln konnten, die selbst Stein durchdrang und welche in den Formenkriegen schon unglückliche Kettenreaktionen ausgelöst hatte.

Während sie die ersten großen Spiegel aus der Erde auf einen Transportzug hoben, fröstelte es viele Arbeiter und manche beteten heimlich zu ihrem dreieckigen Gott.

○

Als der König hörte, dass Igor ihn zu sprechen wünschte, überlegte er lange. Dann ließ er anordnen, ein Stadion im Nordflügel des Gebäudes zu räumen, in dem normalerweise die Spiele des Volkssportes Fußtetraeder veranstaltet wurden. Er befahl, den Boden mit Spiegeln auszulegen und mit durchsichtigen Schutzplatten zu versehen. Die Schutzplatten waren elektronisch abtönbar, sodass sie aussahen wie schwarzes Glas. Der König verlangte eine Tonverbindung über Lautsprecher und erteilte die Anordnung, Igor nicht mitbekommen zu lassen, wo genau er sich befand. Viele Kilometer lagen zwischen ihm und Igor, und es war ihm sehr wichtig, dass das so blieb.

Als Igor, eskortiert vom Militär, in das Stadion geführt wurde, waren alle Lampen bis auf die Flutscheinwerfer gelöscht. Igor wurde geblendet, und nur durch den Hall der Musik, die durch die riesigen Lautsprecher tönte und die anscheinend eine beruhigende Wirkung haben sollte, konnte Igor erahnen, wie groß das Stadion war.

Die Gruppe wurde in die Mitte geführt und das Militär versammelte sich im Dunkeln hinter den Scheinwerfern. Igor ließ den Kreis erneut einen schützenden Ring fliegen und sein blasses Licht wurde von dem schwarzen Glas, auf dem sie standen, schimmernd zurückgeworfen.

Der König ließ sich Zeit. Er war der Meinung, dass es im Gesprächsverlauf von Vorteil sein müsse, Igor nervös werden zu lassen, außerdem musste er warten, bis die Spiegel aktivierbar waren. Noch immer wurden im Dunkeln ihre Verbindungen geprüft, denn selbst ein kleiner Fehler wäre fatal.

Auch war es sehr schwierig, den Kreis einzuspiegeln, während er einen Ring flog, und der König musste es schaffen, Igor während des Gesprächs dazu zu bringen, ihn anzuhalten. Wie ihm das gelingen sollte, wusste er noch nicht, und die Präzision, mit der Igor den Kreis zu steuern vermochte, beunruhigte ihn. Nach einer halben Stunde wurde ihm mitgeteilt, dass die Spiegel nun bereit seien, und ein Befehl genügen würde, um sie innerhalb weniger Momente um den Kreis herum aufklappen zu lassen. Der König nickte und ließ die Musik abschalten. Dann räusperte er sich und sprach in einer betont ruhigen Stimme in das Mikrofon: »Nenn mir deinen Namen!«

Die tiefe Stimme des Königs hallte lange in den Weiten des Stadions nach.

Igor schwieg.

Der König überlegte, ob er seine Frage noch einmal stellen sollte. Aber das würde den Effekt abschwächen. Deshalb wartete er ab, bis Igor antwortete.

Nach ein paar Minuten sagte Igor in einem freundlichen Ton: »Ein schönes Zeichen habt ihr da. Das Dreieck ist sehr elegant.«

Der König verzog sein Gesicht hinter seinem Mikrofon. Er mochte es ganz und gar nicht, dass Igor nicht auf seine Frage eingegangen war, und überlegte fieberhaft, ob es besser wäre, ihm seine Frage aufzudrängen, indem er sie wiederholte, oder ob er auf die Aussage Igors eingehen sollte. Beides war unsouverän, und der König ärgerte sich. Er entschied sich in der gelassensten Stimme, deren er habhaft werden konnte, zu sagen: »Es ist das stabilste Konstrukt, das es gibt. Statisch gesehen.«

»O nein, das bezweifele ich sehr«, sagte Igor höflich.

»Es ist bewiesen«, sagte der König gelassen, »es ist stabiler als jeder Kreis.«

»Es ist nur in einer sehr langsamen Dimension bewiesen. Die Wahrheit ist: Es gibt gar keine Kreise, genauso wenig, wie es Dreiecke gibt. Auch gibt es keine Formen oder Partikeln, sondern lediglich Schwingung. Kleine Teilchen, die keine Teilchen sind, sondern gebremstes Licht, formen den Kreis wie das Dreieck. Dies bedeutet, dass das Universum nicht aus festen Objekten besteht. Eure Pyramide ist aus Linien zusammengesetzt. Ähnlich dem Kreis. Aber im Unterschied zu ihm sind eure Linien auf Stabilität aus. Stabilität aber ist ein Irrweg. Jede Linie zerbricht. Ein Kreis jedoch ist auf Bewegung und Schwung aus. Er entsteht, weil er sich drehen will. Ein Dreieck will sich nicht drehen. Es liegt nicht in seiner Natur. Es hat Kanten. Und deshalb wird es immer unter dem nächsthöheren Gewicht zusammenbrechen.«

Der König war irritiert. Er wusste nichts mit dem anzufangen, was Igor sagte. Er hatte viel erwartet, einen Angriff, eine Drohung, aber nicht, dass sich Igor tatsächlich über Formenphilosophie unterhalten wollte.

»Das Dreieck ist das stabilste Konstrukt, was es gibt. Dies ist ein Fakt. Es bricht nicht zusammen.«

»Früher oder später wird alles zusammenbrechen, was versucht, nicht zusammenzubrechen.«

Der König verzog erneut das Gesicht, er mochte Igor ganz und gar nicht.

»Und ein Kreis versucht zusammenzubrechen und kann deswegen nicht zusammenbrechen?«, fragte er ironisch.

»Das hängt von seinem Schwung ab. Wie gesagt spreche ich nicht von einem statischen Kreis, sondern von einem Bewegungsprinzip. Ein Kreis bleibt nicht hängen. Wenn man ein Dreieck und einen Kreis aus dem gleichen Holz anfertigt und ein Gewicht darauf ablegt, bricht natürlich der Kreis schneller in sich zusammen als das Dreieck. Wie ihr schon sagtet, ist das Dreieck statisch gesehen das stabilste Konstrukt. Aber der Kreis will auf etwas anderes hinaus. Seine Hülle besteht aus Schwung und in seiner Mitte herrscht Chaos. Somit ist sein Wesen unzerstörbar.«

»Der Kreis besitzt kein Chaos. Es gibt kein Chaos. Der Kreis ist bereits vollkommen von uns zu Ende berechnet. Hört auf mit diesem kindischen Gerede und beantwortet meine Frage, bevor ich meine Geduld verliere.«

»Pi hat keine Struktur.«

Der König seufzte. »Doch, Pi hat eine Struktur.

Wir haben sie bereits gefunden. Pi ist endlich und rational.«

»Ihr liegt falsch. Vielleicht habt ihr Pi auf viele Billiarden Stellen hinter dem Komma berechnet und seht mittlerweile Strukturen, die keine sind. Bei einer unendlichen Zahl ist es unvermeidbar, Strukturen zu finden, aber sie sind eingebettet in die Unendlichkeit und somit chaotisch. Pi ist irrational, unendlich und transzendent. Ihr seid hereingefallen auf euer eigenes Prinzip der Suche. Ich jedoch habe das Innere des Kreises gefühlt. Meine Arme waren bereits in ihm und der Kreis war bereits in mir. Lasst euch versichern: Pi hat keine Struktur.«

»Selbst wenn dem so wäre«, sagte der König, »bedeutet das, dass der Kreis instabil ist und das Dreieck über ihm steht!«

»Die Ausrichtung des Kreises ist unzerstörbar, denn sie sucht keine Stabilität. Sie sucht Schwung. Und der Schwung sucht nichts außer seiner eigenen Mitte, welche überall zu finden ist. Der Kreis wird leben, denn sein Herz ist aus Chaos, das Dreieck wird untergehen, denn es hat kein Herz.«

Eine Weile war es still im Stadion. Dann hörte man die dunkle Stimme des Königs.

»Was du sagst, besitzt keine erkennbare Logik. Es ist der Welt fern. Du errechnest den Sinn des Lebens wie eine mathematische Formel. Aber dir fehlt die Erfahrung, die unser Volk besitzt. Wir sind seit Milliarden von Jahren gewachsen und haben den unendlichen Raum bereist. Wir haben Erfahrungen gesammelt, wir haben Kriege bestritten und Welten vernichtet. Deine abstrakten Vorträge haben keine Wirkung auf mich.«

Jetzt war es am König, eine dramatische Pause zu machen.

»Das Dreieck ist groß. Unser Volk ist unzählbar. Verteilt über das gesamte Universum expandieren wir und tauschen Informationen aus, weit über dieses Gebäude hinaus. Viele Formen haben wir kennengelernt, benutzt, eingenommen und manche auch selbst hervorgebracht. Ich weiß, dass nicht alle unsere Vorgehensweisen angenehm für die anderen Formen sind, aber das Dreieck ist die am schnellsten wachsende Form, die es seit Jahrmillionen gibt. Liegt es nicht in der Natur der Sache, sich ihm unterzuordnen?«

»Versteht mich nicht falsch, ich zolle dem Respekt«, sprach Igor. »Aber Jahrmillionen sind in meinen Augen eine relativ kleine Zeitspanne. Nahezu winzig. Um nachzuvollziehen, was ich meine, müsst ihr euch von der Zeitspanne lösen, die ihr betrachtet.«

Zu gern wäre der König aufgestanden und hätte Igor geschlagen, aber er war zu weit weg.

»Wohl ist es so«, sagte Igor, »dass eure Konstrukte

schön anzusehen sind, und auch ihr Wachstum ist beeindruckend. Aber es gab immer Formen, die schneller gewachsen sind als andere, das ist der Gang der Dinge. In einer größeren Zeitspanne gesehen, seid ihr nur eine von unendlich vielen, die angstvoll auf ihre eigene Vernichtung zusteuern, da sie lediglich an Wachstum und Stabilität interessiert sind. Ihr habt kein wahres Zentrum.«

Der König fühlte tiefen Hass auf Igor und seine dümmliche Art.

»Was du sagst, ist schlicht falsch! Höre gut zu! Dieses Gebäude ist nur ein winziger, staubkorngroßer Teil unseres Reiches! Wir sind gigantisch! In jede Ritze des Universums haben wir uns ausgebreitet! Du behauptest, wir hätten kein Zentrum und doch gibt es im gesamten bekannten Universum kein größeres Reich als das unsere.«

»Eure Form reflektiert nur nach innen. Ihr könnt es nicht sehen, doch euer Niedergang ist unausweichlich«, sagte Igor trocken. »Das Einzige, was für das Überleben des Dreiecks auf lange Sicht von Nutzen wäre, ist seine Verbindung mit dem Kreis. Im Gegensatz zu euch reflektiert er nur nach außen. Er ist verdichtetes Betrachten, aber auch er ist nicht vollständig. Erst in eurer Zusammenarbeit wird sich eine stabile Form ergeben, die wachsen und gleichzeitig erkennen kann. Bis dahin bleibt ihr blind.«

»Es gibt keine gebildetere und erfahrenere Rasse als die unsere!«, sagte der König erregt.

»Ihr wisst nichts, ihr sammelt lediglich.«

Der König lachte über diese offensichtliche Frechheit.

»Irrwitz!«, schrie er das erste Mal aus der vollen Kraft seiner Stimme und schlug auf den Tisch vor ihm.

»Meine Rasse tritt die deine lachend in den Grund!«

»Ich gehöre keiner Rasse an«, sprach Igor. »Auch nicht der des Kreises. Ich gehöre der formlosen Ewigkeit und somit niemanden. Der Kreis ist lediglich aus meiner Perspektive die einzige logische Erweiterung eures Formenspiels. Lasst einen Kreis in die Mitte des Dreiecks, oder noch besser, lasst euch umrunden und ihr werdet sehen, was ich meine.«

»Köpfen werden wir dich!«, brüllte der König.

»Köpft mich ruhig. Ich schaue eure Klingen in Stücke, denn meine Augen sind aus Zeit! Sie bestehen aus Raum, der groß genug ist, um euren Widerspruch zu schlucken.«

Der König hielt die Luft an. Er wusste, er würde so nicht vorankommen, und seufzte tief und erschöpft aus.

»Igor, weißt du überhaupt, wie lange es her ist, dass du dieses Gebäude verlassen hast?«

Igor hob den Kopf. Es ging ein Raunen durch den Saal. Der König wusste anscheinend, wer der Fremde war, und sein Tonfall hatte etwas seltsam Vertrautes.

»Ich habe es in der Chronik gelesen«, sagte Igor.

Der König wurde ruhiger. Er verstand, dass er seine Taktik ändern musste, wenn er das Gespräch noch drehen wollte.

»Höre, Igor. Verlassen wir das Feld der Formenphilosophie. Ich weiß, du hast dieses Gebäude bewohnt, bevor wir hier waren, aber nichts von dem, was du siehst, würde heute noch stehen, wenn es uns nicht gäbe. Du bist abhängig von uns, nicht umgekehrt, und du solltest uns dankbar sein.

Wieder ging ein Flüstern durch das Stadion.

»Vielleicht wäre es nie in Gefahr geraten, wenn ihr nicht gekommen wärt?«

Der König atmete angestrengt aus.

»Du liegst falsch, Igor. Wir haben dich gerettet.«

○

Der König sprach nun ruhig und bedächtig. Niemals hätte er gewollt, dass das Gespräch so weit kommen würde, aber er wusste, dass es nun kein Zurück mehr gab.

»Du bist krank, Igor«, sagte der König langsam.

»Und das warst du schon lange, bevor du deine Erinnerung verloren hast. Noch immer denkst du, Forderungen stellen zu können. Versteh mich nicht falsch, ich bin dir in keiner Weise negativ zugetan. Aber was du verlangst, ist lächerlich und du wüsstest es, wenn du die Erfahrungen hättest, die wir haben.«

Im Stadion war es still. Igor starrte in das Weiß der Flutscheinwerfer, die auf ihn gerichtet waren.

»Du hast dieses Gebäude vor langer Zeit verlassen und weißt nichts darüber. Deine Erinnerung ist zerbrochen , und was du in der Chronik gelesen hast, reicht nicht aus, um sie zu reparieren. Dein Blick ist weit und doch hast du keinerlei Erfahrung mit den Dimensionen, die du siehst. Dein Gebäude war ebenfalls krank und deine Kraft wird nicht ausreichen, es wiederzuerlangen. Sie reicht noch nicht einmal aus, dieses Gebäude auch nur einen Tag lang zu führen. Du wirst dich verletzen, Igor. Dieses Gebäude ist zu groß für dich. Und das, was hinter ihm steht, ist noch unendlich viel größer.«

Der König war erschöpft.

»Ich möchte es nicht zurück«, sagte Igor leise.

»Was in aller Welt willst du denn?«, schrie der König.

Igor ließ den rasenden Kreis anhalten und vergrößerte ihn auf seine Ursprungsform.

»Ich will, dass ihr erkennt.«

Das Militär sah die Gelegenheit, den Kreis einzuspiegeln, und ein Berater drängte den König, den Befehl zu geben. Aber der König war außer sich vor Wut und schrie in sein Mikrofon.

»Der Krieg zwischen den Kreisen und den Dreiecken ist alt und geht weit über dieses Gebäude hinaus. Er erstreckt sich über Epochen. Dein kindischer Versuch, uns zu Freunden zu machen, ist, als würdest du Feuer mit Wasser vermählen. Unsere Prinzipien sind unvereinbar und werden es bleiben. Das Dreieck ist es, das dieses Universum regiert. Stoße deinen Kreis ab oder das Dreieck wird dich töten müssen.«

Wieder war es still. Schließlich sprach Igor: »Ihr wisst es bereits.«

Der König zuckte zusammen. Dann gab er den Befehl, die Spiegel zu aktivieren. Er kam sich merkwürdig vor, während er es tat, und er wusste nicht, warum. Irgendetwas hatte sich verändert und es machte ihn wütend.

Die Spiegel klappten in einem sekundenschnellen Mechanismus um den rotierenden Kreis auf. Irritiert von seiner eigenen Reflektion raste er in immer kleineren Bahnen um sich selbst und verfing sich, ohne seinen Mittelpunkt orten zu können, in einer schmerzhaften Verzerrung. Ein Spiegelkäfig war etwas, das einen Kreis sofort in den Wahnsinn treiben konnte. Auf der Suche nach seiner Mitte zerfleischte er sich durch die potenzierte, nach innen gerichtete Strahlkraft seines eigenen Lichtes nach und nach selbst. Zur gleichen Zeit sprangen Soldaten auf Igor zu und richteten ihre Stromgewehre in seine Richtung.

»Isoliert ihn«, schrie der König.

Die Soldaten trennten Igor von den drei Männern und der falschen Bibliothekarin und begannen, ihn in Seile zu legen. Auch Igor, der bis eben noch fest mit dem Zentrum seines Kreises verbunden war, spürte die schmerzhafte Panik, in die der Kreis abzugleiten drohte. Der aufkeimende Wahnsinn, den Igor in seiner Verbindung zu ihm spürte, war so stark, dass er sie abrupt kappen musste.

Gern hätte er sie aufrechterhalten und versucht, den Kreis zu beruhigen, aber die nackte Furcht, in die der Kreis abglitt, war zu stark. Während er in die entsetzten Gesichter seiner Gruppe sah, die von ihm weggezogen wurde, hörte er den Kreis aufschreien.

Igor wurde in ein Transportvehikel gestoßen und tief unter die Erde des Gebäudes in einen Gefängnistrakt gefahren.

Der König senkte den Kopf und sprach zu einem Mann, der in seinem Rücken stand: »In drei Tagen beginnt die Verhandlung. Bereitet den Richtplatz vor und wählt einen Richtenden aus.«

○

Igor wurde in eine Zelle geworfen. Es war dunkel und er fühlte seine Hände zittern. Vorsichtig tastete er über den Boden und spürte die Oberfläche eines kratzigen Teppichs. Er hatte Kopfschmerzen. Solange er mit dem Kreis in Verbindung gestanden hatte, war vieles einfach gewesen. Nun, da er das erste Mal seit Langem ohne ihn war, fiel etwas in ihm zusammen.

Immer wieder hörte er in seinem Kopf das angstvolle Sirren des Kreises, als er eingespiegelt wurde, und dachte an den Moment, in dem er die Verbindung zu ihm kappen musste. Fast wäre seine Panik auch auf Igor übergesprungen. Zu eng war die Verbindung, die er zu ihm aufgebaut hatte, und auch wenn Igor ihm in diesem Moment unmöglich hatte helfen können, so fühlte er sich doch, als hätte er den Kreis im Stich gelassen. Er war schuld an seiner Situation und wusste, dass er sich wieder mit ihm verbinden musste, egal wie schrecklich es war, seine Angst zu teilen.

Unter sich spürte er den Teppich, seine Beine und Arme sanken zu Boden und er ließ los. Als er der Stille nah war und seine Nerven etwas abgekühlt, besann er sich auf den Kern des Kreises. Sofort schoss ein verzerrtes Gefühl in sein Herz. Der Kreis befand sich noch immer in Panik, geblendet vom eigenen Licht, und wenn Igor ihn zu ziehen versuchte, zuckte er nur abrupt zusammen. Der Kreis war weit von ihm entfernt und es dauerte lange, bis er ihn greifen konnte. Auch ihn zu expandieren funktionierte nur schlecht, angstgetrieben sprang er hin und her und konnte nur schwer zwischen den Signalen Igors und seinen eigenen verzerrten Reflektionen unterscheiden. Er musste sich beeilen, da der Kreis sonst ein Trauma davontragen könnte und es würde Igor sehr schwerfallen, sich nicht davon anstecken zu lassen.

Er bündelte seinen Willen und versuchte, ihn zu verlangsamen. Je langsamer der Kreis rotierte, desto weniger schmerzte ihn sein eigenes Licht.

Nach Stunden war die Verbindung zwischen ihnen endlich stark genug und der Kreis reagierte wieder auf die Bilder, die ihm Igor schickte. Er schrumpfte und verlangsamte ihn, so gut er konnte, und der Kreis war nun so winzig und dunkel, dass die Reflektion des Spiegels zu schwach war, um ihn aus der Mitte zu werfen. Igor konnte nicht schätzen, wie klein er nun tatsächlich war, zu abstrakt war es, den Kreis über eine so große Distanz ohne Sichtkontakt anzusteuern. Er erinnerte sich, wie er als Kind versucht hatte, Punkte anzustarren, und es ihm nie gelungen war. Nun konnte er es.

Igor hatte die Augen geschlossen und Schweiß rann ihm über die Stirn. Die Panik des Kreises hatte nachgelassen und er ließ sich wieder manövrieren. So vorsichtig es ihm möglich war, ließ Igor ihn an die Außenwand des Spiegelkäfigs schweben. Er tastete behutsam nach einer Stelle, die keinen Widerstand bot, und nach Stunden, Igor hatte bereits jegliches Gefühl für Zeit verloren, gelang es ihm endlich, den Kreis durch eine winzige Lücke zwischen den Spiegeln hindurch ins Freie gleiten zu lassen.

○

Der Richtplatz wurde feierlich vorbereitet. Eine Hinrichtung kam im Gebäude einer Gesundung gleich. Alle verbanden mit einer zeremoniellen Tötung ein Gefühl der kollektiven Heilung, als würde man den Erreger eines grippalen Effekts abschütteln. Dies geschah nicht häufig, da das Gebäude selten krank war, und umso siegreicher war das Gefühl aller, wenn ein weiterer Fremdkörper entfernt und vernichtet war.

Die drei alten Männer wurden ebenfalls als Erreger angesehen und in Einzelzellen isoliert. Sie wurden aufgrund ihrer Aufgabenflucht sowie dem Unterstützen einer kreisbezogenen Person zum Tode verurteilt. Auch die trügerische Bibliothekarin hatte eine eigene Zelle. Nach ihrer Festnahme wurde sie des illegalen Lesens überführt und über sie wurde ebenfalls ein Todesurteil verhängt. Zwar gab es am Tag der Hinrichtung noch eine symbolische Verhandlung, aber das Urteil war meist schon zuvor beschlossene Sache.

Die Männer saßen in ihren Zellen und verfluchten sowohl Igor als auch den König von K, da sie nicht genau verstanden, wer von beiden Schuld an ihrer Situation hatte.

Einzig der Mann, der sich mit seinem Löffel in die Freiheit graben wollte, verfluchte niemanden und trug eine bescheidene, aber tiefe Trauer.

○

Igor starrte in die Dunkelheit des Raumes und war ergriffen von einer leisen Freude. Er spürte, wie sich sein Kreis jetzt wieder auf einer geraden Bahn bewegen konnte. Der Kreis hatte seine Mitte zurück und in Igor breitete sich eine unendliche Dankbarkeit aus. Erschöpft war er und hätte nicht sagen können, wie viel Zeit es ihn gekostet hatte.

Der Kreis war frei, aber bald stellte er fest, dass ihm ein neues Problem bevorstand. Weder konnte er den Raum mit dem Kreis abtasten noch ihn mit aller Gewalt in eine Wand einschlagen lassen. Er sah nicht, was sich um den Kreis herum befand. Blind würde er nicht weit genug kommen und die Gefahr, dass der Kreis entdeckt und von Neuem eingespiegelt werden würde, war groß. Eine Vorstellung, die Igor mit unsäglichen Schmerzen erfüllte. Nie wieder dürfte er verantwortlich für die Einspiegelung eines Kreises sein. Seine Gedanken schweiften zur Gruppe, die ihn begleitet hatte, auch sie musste ein schreckliches Schicksal erwarten.

Igor, der lange von einer tiefen Zuversicht geführt worden war, glitt in eine übermüdete Trauer. Was, wenn der König recht hatte und er einfach zu lange weg gewesen war? War es möglich, dass sein eigenes Gebäude ihn einfach ausstieß wie einen Fremdkörper? Schwach war er, seine Nerven hatten bei der langen Operation, den eingespiegelten Kreis zu befreien, ihre Kraft verbraucht. Er würde die Männer und die Bibliothekarin nicht retten können und seinen Kreis wahrscheinlich auch nicht. Sein eigenes Todesurteil war ihm mittlerweile seltsam gleich.

Immer tiefer sank er in sich zusammen und Müdigkeit umfasste ihn. Er bewegte sich nicht mehr und schloss die Augen. »Wenn ich morgen enthauptet werde und Leid über Menschen bringe, die mir nahestanden«, sagte er sich, »will ich zumindest ausgeruht sein. Ich werde es von hier aus nicht lösen können und möchte meine geliebte Unendlichkeit noch einmal in mein Herz lassen, bevor es mir zerrissen wird.«

Und so saß Igor lange still und ließ seinen Körper fallen. Nach und nach beruhigten sich die Wellen seines Geistes und er wurde leer. Er sank herab in den Raum, der er war, und genoss es, sich in der Weite auszuruhen.

Als er schon ganz weich war, spürte er einen Blick auf sich ruhen. Er öffnete überrascht die Augen und drehte sich um. Der Raum war dunkel und doch war er sich sicher, dass er allein war. Etwas weit Entferntes schaute ihn an, und als Igor diesen Blick innerlich verfolgte, stellte er fest, dass das erste Mal seit Langem nicht er den Kreis beobachtete, sondern der Kreis ihn.

○

Die Hinrichtungsvorrichtung war ein komplexes Konstrukt. Nachdem lange mit Strom getötet worden war, kehrte das Volk von K wegen einiger Unfälle zurück zu einem verlässlichen und eleganten Utensil: der Guillotine. Der Kopf des Hinzurichtenden wurde abgetrennt und zu Forschungszwecken behalten, der restliche Körper in Säure gelegt und in die Ausscheidungsapparate verteilt. Die Kleidung wurde zeremoniell an den Hinrichtenden verschenkt.

○

Igor erstarrte. Deutlich spürte er, dass der Kreis ihn durch die vielen Wände des Gebäudes ansah. Lange hatte Igor den Kreis betrachtet, ihm zugehört, ihn geschrumpft und expandiert, seine Geschwindigkeit beeinflusst und ihn in gedachten Bahnen fliegen lassen, aber zum ersten Mal fühlte er dessen Wesen auch nach seinem Kern tasten. Kühl und beruhigend strahlte es ihn an und griff nach seinem Inneren, so wie er oft das seine ergriffen hat.

Igors Herz war überrumpelt und glühte.

Der Kreis schaute wach und hell wie die Augen eines vollkommen stillen Tieres und hätte Igor gekonnt, hätte er sich abgewendet von der unermesslichen Intensität, die er ausstrahlte. Keine Waffe der Welt hätte diesen Blick abwenden können und nur langsam konnte Igor die Gewalt dieses Schauens zulassen und ihm sein nacktes und verletztes Herz entgegenhalten. Er weinte bitterlich und in dem Glühen der Betrachtung fühlte er plötzlich einen weiteren Kreis im Gebäude aufglimmen. Igor war erstaunt und sogleich kam noch ein dritter hinzu, bald ein vierter und mit einem Mal glühte eine unzählbare Armada aus Kreisen am Horizont seiner Wahrnehmung auf. Stolz und still glühten sie ihn an und fast wäre Igors Herz zerrissen unter dem Licht, welches sie auf ihn richteten.

Igor weinte. Durch alle Kreise schaute dasselbe Wesen auf ihn, durch Abertausende Wände des Gebäudes direkt in seinen Kern. Schluchzend lag er am Boden und flüsterte zitternd in sein Inneres.

»Oft habe ich mit dir gespielt und dich dabei unendlich bewundert und doch hatte ich keine Ahnung, wie groß du bist.«

Das Wesen des Kreises umgriff ihn regelrecht mit seinem Blick und unendliche Bilder schossen durch Igors Kopf. Er erinnerte sich daran, wie er das Beobachten ohne Rand geübt hatte, wie er die Welt gebeten hatte, sie möchte ihm das Sehen lehren, wie seine Kinder zu ihm gesagt hatten, man sei, weil man geschaut werde. Erst jetzt verstand er, was sich hinter all diesen Worten verbarg. Der Kreis hatte ihn gelehrt, seinen Kern mit dem Herzen zu fühlen, aber auch das war nur eine weitere Art der Wahrnehmung gewesen, sie hatte eine Richtung und war beschränkt. Jetzt, da er einen so mächtigen Blick auf sich ruhen fühlte, löste er sich nach und nach auf, es gab keinen mehr, der schaute, sondern ausschließlich das Schauen selbst. Igor sah alle Bilder seines Lebens wie in einem Wasserbad liegen und alles was vorher unvermengbar war, konnte er nun vereinen. Er schaute es mit dem, was hinter seinem Körper stand, bevor er geboren wurde. Wie die Welt es ihm geraten hatte, ließ er es aufsteigen wie aus einer Blume und bald konnte Igor nicht mehr sagen, ob der Kreis ihn oder er den Kreis ansah, all das waren unwichtige Wortspielereien, die gemeinsam mit seinem restlichen Sprachzentrum zu Staub zerfielen, alles, was übrig blieb, war das Sehen selbst und in diesem Sehen lag die Zeit eingerollt wie eine pulsierende Spirale. Er sah sie von oben und kein Widerspruch in den Ereignissen war mehr erkennbar.

Wie Igor den Körper des Kreises geführt hatte, wollte der Kreis nun seinen führen und drang immer tiefer in das Muskelgewebe Igors. Er breitete sich in ihm aus und es brauchte eine Weile, bis er sich gleichmäßig verteilt hatte. Langsam wanderte er von den Fußsohlen zu den Knien und von den Knien in das Becken, dort verharrte er eine Weile und drehte sich leise um sich selbst. Als er Igors Beine ganz ausgefüllt hatte, stieg er langsam in Spiralen um die Wirbelsäule auf. Wenn seine Wahrnehmung zuvor in die Weite geführt worden war und er keine Begrenzung seines Schauens mehr feststellen konnte, driftete er nun in die entgegengesetzte Richtung. Als ob sein Ich ein Magnet wäre, zog es sich immer dichter zu einem Mittelpunkt zusammen. Der Kreis drückte diesen Punkt wie eine Stecknadel durch ihn hindurch, er verdichtete sich in seinen Muskeln und seiner Wirbelsäule und zeichnete eine Linie durch die fragmentierten Teile von Igors Körper, als würde er ein zerrissenes Puzzle mit einem Bindfaden nähen. Ein Ruck ging durch Igor, als der Kreis seinen Brustkorb erreichte. Zuerst war es fast schmerzhaft, doch als Igor ausatmete, sog er sich rhythmisch voll, als wäre sein gesamter Körper ein pumpendes Herz. Igor wurde übel, doch sobald der Blick des Kreises seinen Kopf erreichte, wurde er wieder klar. Eine stille Liebe bemächtigte sich seiner. Wieder tauchten Bilder vor ihm auf, er sah das Wesen, das auf dem oktogonalen Instrument spielte, und die verhüllte Frau und stellte fest, dass sie die gleichen Haare besaßen. Nach einer Weile gab er dem Kreis ein Zeichen, dass es genug war.

»Ich stehe zutiefst in deiner Schuld. So viel habe ich von dir zu lernen, dass ich mich schäme, erst jetzt damit begonnen zu haben. Aber ich habe nicht mehr viel Zeit, bis ich hinausgetragen werde, um hingerichtet zu werden. Die verbleibende Zeit möchte ich dazu nutzen, mich auch mit dem Wesen des Dreiecks zu verbinden. Ich fühle mich verpflichtet, es zu verstehen.«

Langsam fühlte er den Fokus des Kreises von sich absinken und aus seinen Zellen weichen.

Sein Körper sank herab und Igor fiel zurück in die Kälte des Raumes.

Er blieb auf dem Teppich liegen und fühlte wieder seine Schwäche. Sein Körper brauchte Schlaf und Nahrung und doch wollte er nirgendwo anders sein als in seiner dunklen Zelle. Erneut war er auf unermessliche Weise verliebt in die Welt.

Vor der Tür hörte er bereits Geräusche von sich unerhaltenden Soldaten und er wusste, dass nicht mehr viel Zeit blieb, bis die Verhandlung begann.

Er atmete ein paarmal durch und verband sein Herz mit dem Wesen des Dreiecks.

○

Der König von K hatte bei allen Enthauptungen Anwesenheitspflicht und nahm diese gewissenhaft wahr.

Als ihm allerdings mitgeteilt wurde, dass Igors Kreis nicht mehr im Spiegelkäfig war und auch nirgendwo sonst gefunden werden konnte, wurde er nervös und ließ große Teile des Gebäudes absperren und mit Spiegeltüren versehen. Er dachte darüber nach, ob er Igor einfach direkt in seiner Zelle umbringen lassen sollte, fürchtete aber, dass der Vorfall in der Restaurationsetage zu viel Aufsehen erregt hatte. Viele Bewohner des Gebäudes sprachen über den Vorfall. Und da das Militär so lange machtlos gegen Igors Kreis gewesen war und die Gruppe sich einen so langen Weg durch das Gebäude gebahnt hatte, wussten die meisten Bewohner von ihm und viele waren neugierig auf seine Hinrichtung. Sie wurde bereits wie ein großer Festtag gefeiert, einen so mächtigen Eindringling zu töten, musste einen enormen Zugewinn an Gesundheit und Kraft bedeuten. Wenn der König in diesem Moment kein staatsmännisches Auftreten beweisen würde, würde dies seinem Ruf schaden, und so entschloss er sich, sich selbst einen Spiegelkäfig bauen zu lassen, in dem die Spiegel nach außen zeigten statt nach innen. Er war der Ansicht, dass es dem Kreis, wenn es Igor denn gelänge, ihn unbemerkt in den Gerichtssaal zu manövrieren, unmöglich sein müsste, ihn zu durchbrechen.

Der König blickte aus dem Fenster und war in komplexen Gedanken verfangen. Es war nicht ungefährlich, Spiegel zu benutzen: Die Bewohner des Gebäudes und das Gebäude selbst könnten beschädigt werden.

Außerdem war es nach altem Gesetz verboten, Spiegel zu verwenden, wenn sie nicht zum Schutz gebraucht wurden. Da die bloße Präsenz eines Kreises aber nicht als Angriff deklariert werden konnte und aufgestellte Präventivspiegel seit den Formenkriegen als Gesetzesverstoß galten, musste er sich etwas anderes einfallen lassen.

Er blickte aus dem Fenster, ließ einen tiefen Ton erklingen, dehnte seine Zunge aus, um sich mit ihr über den Kopf zu fahren, zerfiel zu winzigen Dreiecken, verwandelte sich in eine Echse, stieß einen falkenartigen Schrei aus und setzte sich wieder auf seinen Stuhl, um aus dem Fenster zu sehen.

Ihm war eine, seiner Meinung nach sehr gute, Idee gekommen, wie er tatsächlich Nutzen aus dieser hässlichen Angelegenheit ziehen konnte.

○

Igor sah Landschaften aus Dreiecken. Das Wesen des Dreiecks war für ihn schwieriger zu erfassen als das Wesen des Kreises. Es war in ständiger Bewegung und zerfiel jedes Mal, wenn Igor sich ihm nah fühlte.

Igor musste daran denken, wie er zum König gesagt hatte, dass das Wesen des Dreieckes auf Stabilität aus war und das Wesen des Kreises auf Bewegung. Umso erstaunlicher war es, dass sich der Kern des Dreiecks immer bewegen musste und der des Kreises von einer großen Ruhe durchdrungen war. Trotzdem erschien es ihm nicht als Widerspruch.

Das Dreieck wollte zwar Stabilität, war aber in einer ständigen Flucht gefangen.

Der Kreis wollte Bewegung und floss harmonisch still um sich selbst.

Igor fühlte sich beiden verwandt, aber sich mit dem Dreieck zu verbinden war wesentlich schmerzhafter, eng wurde sein Herz und kalt sein Verstand.

Unendliche Welten hatte das Dreieck errichtet. Gigantische Reiche hatte es bereits erschaffen, billiardenfach größer als die des Kreises. Noch nie hatte Igor etwas derart Komplexes gesehen. Sie schienen sehr alt zu sein und hatten viele Kriege durchlitten. Viel Wissen hatten sie angehäuft. Kinder hatten sie geboren und Flächen besiedelt. Geforscht, gekämpft und gelitten hatten sie, bis sie nun endlich die vorherrschende Form waren. Er konnte nicht anders, als das Dreieck für seinen Werdegang zu bewundern, auch wenn es einen Aspekt an ihm gab, der dunkel war: Das Dreieck fühlte sich nicht verbunden mit dem unendlichen Raum und sah in allem Gefahr, was nicht seine Form hatte. Wohin es kam, konnte es nicht anders, als zu dominieren. Sein einziges Glück war Wachstum. Eine scharfe Angst steckte im Wesen des Dreiecks und ein über die Jahrmillionen gewachsener Blutdurst.

Igor versuchte tiefer zu gleiten und zu fühlen, wie ein Dreieck fühlt. Da seine Form sich ausschließlich nach innen reflektierte, konnte das Licht, aus welchem es bestand, nur sich selbst erkennen. Das Dreieck sah nicht, dass alles andere ebenfalls nichts weiter als Licht war, welches lediglich eine andere Form angenommen hatte. Daher war es von Natur aus unbarmherzig. Dies ging so weit, dass es sogar fremde Systeme wie dieses Gebäude übernahm. Es musste nur dicht genug sein. Dreiecke mochten die Enge und fürchteten die Weite. Sie konnten nur sich selbst sehen und Igor tat es leid, dass es so war.

Ihre Natur unterschied sich ganz und gar von der der Kreise, sie waren in ihrer Ausrichtung diametral entgegengesetzt. Und doch spürte Igor deutlich, und das war das Schockierende für ihn, dass sie aus demselben entstanden waren. Ein Material, welchem Igor sich nicht würdig fühlte, einen Namen zu geben.

Er schreckte auf. Vor der Tür hörte Igor Männer, die miteinander sprachen. Hatte es geklopft? Er ließ seinen Fokus vom Wesen des Dreiecks absinken und seine Expedition hinterließ ihn in kalter Trauer und verbissenen Gedanken. Es würde nicht leicht sein, die beiden Formen miteinander zu verbinden. Er musste sich eingestehen, dass es ihn überstieg, auch wenn er klar sehen konnte, dass das Dreieck nur überleben konnte, wenn es das Wesen des Kreises in sich hineinlassen würde.

Igor zitterte. Seine Hände waren feuchter als sonst. Auch die Arme und der Hals waren von einer transparenten, fast schleimigen Schicht überdeckt. Seine

Haut roch nicht nach Schweiß, war aber doch salzig, fast als würde sie weinen. Er griff sich an den Kopf und spürte, dass dieser eine runde Form annahm und am Scheitel eine schlitzartige Öffnung besaß, welche sich ein wenig wie ein geschlossenes Augenlid anfühlte.

Die Tür wurde aufgestoßen und mehrere Männer umwickelten Igor mit meterlangen Mullbinden, um ihn auf einer Bahre zu seiner Enthauptung hinauszuschieben.

○

In dem Gerichtssaal war es dunkel. Der König hatte angeordnet, jedes Licht zu löschen.

Vier Regimente der sieben Militärzentren standen in der Schwärze des Raumes und installierten Spiegelkonstruktionen, von denen sie wussten, dass nur wenig Licht genügen würde, um mit ihnen ganze Teile des Raumes in Stücke zu reflektieren.

Viele Bewohner des Gebäudes waren im Saal. Sie waren enttäuscht, da sie nicht verstanden, warum die Zeremonie im Dunkeln stattfinden musste. Der König hatte ihnen freigestellt, an der Hinrichtung teilzunehmen, aber nicht davor gewarnt, dass Spiegel anwesend waren.

Während Igor durch die Gänge geschoben wurde,

sinnierte er fieberhaft über das Dreieck. Er konnte nicht fassen, dass es aus demselben bestand wie der Kreis. Sie waren Geschwister. Er hatte bereits geahnt, dass es gar nicht anders sein konnte, aber es direkt und unmissverständlich wahrzunehmen, war etwas anderes. Sein Herz wurde von tiefer Zerrissenheit übermannt. Während er auf der Bahre durch einen grellen Flur transportiert wurde, versuchte er Kontakt zu seinem Kreis aufzubauen, aber es gelang ihm nicht. Ab und zu fühlte er ihn aufglimmen, doch sein Fokus rutschte immer wieder an ihm ab wie an einem nassen Felsen. Um ihn herum war es laut und blendende Flurlichter zogen an ihm vorüber, während vier Männer ihn auf der metallenen Bahre durch den Gang schoben.

Nach seiner Verbindung mit dem Dreieck fiel es Igor schwerer als sonst, sich zu konzentrieren, und er spürte, wie eine klamme Angst seinen Körper überkam.

○

Der Gerichtssaal wurde mit Musik beschallt. Zitternde Töne, die von den riesigen Betonwänden als klirrender Krach widerhallten. Gespielt wurden sie von einem Orchester, welches aus 46 Mitgliedern der Musikkaste bestand, darunter befanden sich Blasinstrumente, Saiteninstrumente und mehrere kastenförmige Rhythmusinstrumente.

Als Igor hineingeschoben wurde, erklangen blecherne Trompeten.

Er wurde in dem vollkommen abgedunkelten Raum auf einem Balkon platziert und fühlte die kühle Luft, die im Gerichtssaal stand. Nur die Ausgänge waren von kleinen Lichtern markiert und ließen erahnen, wie groß die Halle war.

Nachdem das Orchester seine merkwürdig fröhliche Musik beendet hatte, entstand eine lange Pause, bis endlich eine kühle Stimme über die Lautsprecher erklang.

»Igor, Verursacher der gräulichen Asche, Sympathisant des Kreises. Bist du bereit für die Verhandlung, die dir dein gerechtes Urteil zuweisen wird?«

Igor hörte den Widerhall der Stimme, die aus den Lautsprechern kam, und den tosenden Applaus, der nach ihrem Abklingen aufbrandete. Ein paar Männer schoben einen großen Trichter vor Igors Mund, damit er besser zu hören war.

»Ja«, sagte Igor leise.

Die Menschen applaudierten und der Trichter wurde wieder weggezogen.

Er hörte, wie jemand ihm gegenüber auf einer weiteren Vorrichtung hinausgeschoben wurde. Sein

Auge, das sich langsam an die Dunkelheit gewöhnte, sah, dass die Person verwirrt um sich blickte.

Wieder hörte er unruhiges Tosen in der Dunkelheit und es erhob sich ein schrecklicher Chor aus Menschenstimmen.

ERSCHAFFER DES DREIECKS, ERGRÜNDER DER STABILITÄT UND SIEGER ÜBER DIE FORMEN,

SCHÜTZE UND SEGNE DEN MANN, DER UNS SEINEN WILLEN UND SEINE HAND FÜR UNSER HEIL ZU LEIHEN WEISS!

MÖGE SEIN ARM STARK UND SEIN AUGE SCHARF SEIN!

MÖGE SEIN GEIST DAS GESCHWÜR UNSERER GESELLSCHAFT FINDEN UND HERAUSSCHNEIDEN, UM ES DEM LODERNDEN FEUER SEINER STRAFE ZU ÜBERGEBEN.

NIEDER MIT DEM NEID, DER LÜGE, DEM VERRAT!

NIEDER MIT SEINEN FRÜCHTEN, TOD SEINEN VERTRETERN!

TOD DEM MANN, DER UNSEREN FRIEDEN FRISST UND AUF UNSERE FREIHEIT SPUCKT, DER UNSERE GESETZE BRICHT

UND SPIELT MIT DEN WERTEN UNSERES VOLKES!

TOD DEM FEIND DES DREIECKS!

Nachdem sich der brüllende Chor wieder beruhigt hatte, starrten die Menschen zu dem Vertreter des Rechtes, der auf einer hochgeklappten Bahre ähnlich unbeweglich wie Igor, über den Rand des Balkons blickte. Zur Verwunderung des Volkes sprach er nicht, er blickte nur ängstlich und schwieg. Männer, die neben ihm auf dem Balkon standen, flüsterten ihm etwas zu und stießen ihn nervös an. Nach einer unerträglich langen Pause sprach er leise in den Trichter, dass er keinen Richtspruch habe.

Das Volk schrie empört auf und die Männer zogen ihn hastig vom Balkon.

Igor wurde ruckartig nach vorn gekippt und sein Kopf durch ein Loch geschoben. Er hörte, wie über ihm eine Klinge hochgezogen wurde und in einen Mechanismus einrastete.

Es wurde wieder still im Gerichtssaal.

Der König, der das Geschehen hinter seinem invertierten Spiegelkäfig verfolgte, wurde gefragt, ob die Enthauptung trotzdem vollzogen werden sollte. Er gebot ihnen, noch abzuwarten, denn er spekulierte darauf, dass Igor in irgendeiner Form reagieren würde. Zu mächtig war seine Verbindung zum Kreis, als dass er nicht versuchen würde, ihn in den Saal zu locken und der König wusste, dass jeder Angriff zu einem Desaster ausarten würde.

Überall im Dunkel der Halle waren Spiegel aufgestellt, nur waren sie so positioniert, dass ihre Strahlrichtung in den Raum zeigte. Große Teile des Gebäudes und seiner Bewohner würden im Fall einer gebündelten Reflektion zerstört werden. Ausschließlich er und einige seiner Adjutanten wären hinter den Spiegeln sicher und würden vor dem Weltgericht glaubhaft aussagen können, die Zerstörung wäre durch einen Angriff der Kreise verursacht worden. Lange hatte er auf eine ähnliche Gelegenheit gewartet. Sie würde dem Volk von K ermöglichen, größere Spiegelarsenale anzulegen und vielleicht sogar Präventivkriege zu führen. Dies würde die seit Jahren verhakte Situation zwischen den Dreiecken und den Kreisen in eine neue Dimension heben und sie wären berechtigt, alle Kreise aus dem Gebäude entfernen zu lassen. Der Fall wäre beispiellos, da noch nie ein Angriff der Kreise nachgewiesen werden konnte – auch wenn es in der Geschichte der Formkriege durchaus Hinweise darauf gab. Die Kreise bestanden lediglich auf Präsenz, welche nach interdimensionalem Gesetz nicht strafbar war, und griffen nur an, wenn man versuchte, sie zu bewegen. Doch überall breiteten sie sich aus und verwirrten die Bürger. Sie absorbierten ihre Aufmerksamkeit mit ihrem gleichmäßigen Brummen und ihrem Lichtspiel. Dies war vielleicht der Anfang einer positiven Entwicklung der Gesetzeslage, dachte der König.

Er ließ sich ein Mikrofon bringen und fragte über die hallenden Lautsprecher: »Verzeih, dass unser Richter verwirrt war. Der Richtspruch, den er vergaß, lautet: Tod. Möchtest du noch ein paar letzte Worte sprechen?«

Igor räusperte sich und es wurde ihm wieder ein Trichter vor das Gesicht geschoben, damit er antworten konnte.

»Ich möchte euch gerne ein Geschenk machen, bevor ihr mich tötet.«

Der König lächelte.

»Was für ein Geschenk möchtest du uns machen?«, sprach er durch die riesigen Lautsprecher, die überall an der Decke hingen.

»Eine Zeichnung«, entgegnete Igor.

Lange war es still und man hörte nur leises Rascheln.

»Eine Zeichnung«, kam es langsam aus den Lautsprechern.

»Ja, eine Zeichnung«, sagte Igor. »Bitte gebt mir einen Moment Zeit.«

Im Saal kam eine neugierige Unruhe auf. Normalerweise verwies der Angeklagte in solchen Momenten auf seine Unschuld. Die Situation war ungewöhnlich und man fragte sich, wie der mit Gurten gefesselte Igor etwas zeichnen wollte.

Als die ersten Menschen die Kreise entdeckten, die stecknadelkopfgroß langsam aus den Lüftungsrohren in den Saal schwebten, erkannten sie sie zuerst nicht. Zu winzig waren sie und zu lichtschwach. Als das Militär sie erblickte, brach Unruhe aus, da die Soldaten, auch wenn die Kreise allesamt sehr klein und dunkel waren, noch nie so viele auf einmal gesehen hatten. Es waren 13 und sie ordneten sich nach und nach in der Mitte der Halle weit über den Köpfen der Menschen in einer gleichmäßigen Reihe an.

Der König wurde nun ebenfalls nervös. Er hatte mit vielem gerechnet, aber unter keinen Umständen mit mehr als einem Kreis und er wusste nicht, ob er die Zeremonie abbrechen sollte. Noch war nichts geschehen, was ihm von Nutzen hätte sein können. Auf der anderen Seite waren 13 zu viele, dies könnte auch seinen Tod bedeuten. Unruhig entschloss er sich abzuwarten.

Igor fokussierte den ersten Kreis und ließ ihn in einem Abstand von drei Metern immer wieder hin- und hergleiten. Als die Bahn gerade und der Abstand gleich blieb, erhöhte er die Geschwindigkeit, bis der Kreis mit den Augen nicht mehr zu verfolgen war und sein Glimmen eine gleichmäßige Linie in den Raum zeichnete. Sie schwebte wie ein leuchtend grüner Strich über den Köpfen des Volkes und ein Raunen ging durch die Menge. Dass so etwas mit einem Kreis möglich war, war ihnen bisher unbekannt.

Igor nahm einen weiteren Kreis und ließ auch ihn zu einer Linie werden. Er schob die beiden Linien nebeneinander und verglich ihre Länge, wobei er sich sehr konzentrieren musste, keine von ihnen aus dem Fokus zu lassen. Mit aller Vorsicht nahm er einen dritten Kreis hinzu und nachdem auch er zu einer Linie geworden war, ordnete er die drei Striche in einem zähen Kraftakt der Konzentration zu einem gleichseitigen Dreieck an.

Jetzt kam Bewegung in den Saal. Die Menschen riefen durcheinander und wussten nicht, wie sie reagieren sollten. Niemals hatten sie Kreise so etwas tun sehen.

Hell pulsierte das Symbol ihres Volkes in der Dunkelheit und sie blickten fasziniert in die Höhe. Manche wurden misstrauisch und viele, vor allem Eltern mit Kindern, wollten den Saal verlassen. Harsch wurden sie vom Sicherheitspersonal abgewiesen, da es vom König verboten worden war, eine Tür zu öffnen.

Igor wusste, dass ihm nicht mehr viel Zeit blieb, und versuchte, nicht jeden Kreis einzeln zu fokussieren, sondern vermittelte dem Wesen des Kreises, was er zeichnen wollte. Er hatte nicht mehr genug Kraft, um die Anzahl von Dreiecken zu formen, die er benötigte, um zu zeichnen, was er sich vorstellte.

Vorsichtig sann er in das Wesen des Kreises hinein und wartete auf Antwort. Nachdem er ihm seine innere Vorstellung übermittelt hatte, sah er auf und starrte in das Dunkel zu den übrig gebliebenen zehn Kreispunkten, die in der Dunkelheit grünlich schimmerten. Igor überkam eine tiefe Dankbarkeit, als er nach einer Weile beobachtete, wie sich die Kreise in Bewegung setzten und von selbst Linien bildeten. Drei von ihnen platzierten sich über dem bereits vorhandenen Dreieck, sodass ein gleichseitiges Tetraeder entstand.

Das Volk wurde immer erregter. Die Dreieckspyramide, die über ihren Köpfen schwebte, könnte auch ein Sympathisieren Igors bedeuten, eine Art Gnadengesuch oder Freundschaftsangebot.

Igor fokussierte die Pyramide als Gesamtheit und schob langsam sechs weitere Kreise in seine Aufmerksamkeit. Er zog die Anordnungsinformationen der Pyramide auf sie hinüber und ließ sie ihre Bewegungen nachahmen. Die sechs Kreise formierten sich innerhalb weniger Momente zu einer exakten Kopie der ersten Pyramide.

Die zweite Pyramide drehte Igor mit der Spitze

nach unten und schob sie in die erste, sodass sie gemeinsam einen achteckigen Stern bildeten. Langsam begann er, die beiden Pyramiden in der vertikalen Achse gegenläufig zueinander rotieren zu lassen.

Als dem König dämmerte, was Igor vorhatte, sprang er auf und schrie den Exekutionsbefehl in sein Mikrofon.

Die Männer neben Igor lösten die Klinge der Guillotine aus ihrer Mechanik und sie fiel auf Igors Kopf herab.

Igor zog den 13. Kreis in 299,792 Kilometern pro Sekunde an sich heran und ließ ihn über seinem Kopf die Klinge abbremsen. Die Guillotine stoppte und Panik brach im Gerichtssaal aus. Igor besann sich wieder auf seine Zeichnung und ließ den sternförmigen Oktaeder nun auch in seiner horizontalen Achse um sich selbst rotieren.

Der König sah, dass die Guillotine nicht funktionierte, gab einen zusätzlichen Schießbefehl und schrie, dass die Spiegel aus dem Saal entfernt werden sollten. Die Leuchtkraft, die Igor im Begriff war zu entfalten, war zu groß, um sie mit Spiegeln zu bekämpfen, egal, wie weit er entfernt war. Die Soldaten schossen aus den Stromgewehren auf Igor ein, doch jede Entladung wurde von dem kleinen Kreis über seinem Kopf absorbiert.

Langsam erhöhte Igor die Geschwindigkeit des

oktogonalen Instrumentes, bis seine acht äußeren Spitzen selbst Kreise in den Raum zeichneten und der Stern nach und nach zu einem Ball wurde.

Die Menge hielt inne und die Panik legte sich langsam wieder.

Die hypnotische Schönheit, die der rotierende Stern besaß, war überwältigend und viele Bewohner des Gebäudes starrten gebannt auf das pulsierende Gebilde, von dem eine öffnende, tief harmonische Kraft ausging. Sie sahen zu, wie das Symbol ihres Volkes langsam die Form eines Kreises annahm, und waren zu ergriffen, um etwas dagegen zu haben. Das Brummen der vielen Kreise vereinte sich zu einer wunderschönen Sinfonie aus lang gezogenen Tönen und löste euphorische Reaktionen in den Menschen aus. Der Stern strahlte eine für sie unbekannte Art der Kraft aus und immer mehr erkannten, dass Dreiecke und Kreise eine Verbindung eingehen sollten.

Einige Soldaten versuchten, den Kreis zu entfernen, der die Guillotine blockierte, aber er war zu klein und steckte zu tief in der Schiene der Klinge.

Die beiden um sich selbst rotierenden Pyramiden wurden immer schneller, bis sie eine vollkommen glatte, hell leuchtende Kugel bildeten. Kreis und Dreieck waren verschmolzen und überstrahlten den Gerichtssaal in einem gleißenden Grün. Aufgebracht schrie der König, dass sie Igor aus dem Raum schaffen sollten, und die Soldaten versuchten, ihn aus der Vorrichtung zu ziehen. Als er sah, dass der Stern nun seine höchstmögliche Symmetrie erreicht hatte, und spürte, wie ihn die Männer wegzerren wollten, ließ Igor den kleinen Kreis, der über seinem Kopf die Guillotine blockierte, zur Seite schweben, sodass die Klinge ungebremst auf seinen Kopf herabfiel und ihn enthauptete.

Nachwort

Die ersten drei Monate nach seiner Rückkehr verbrachte Igor hauptsächlich damit, spazieren zu gehen.

Seine Eltern weinten, als er plötzlich vor ihrer Tür stand und erwürgten ihn fast mit ihrer Umarmung. Sie schimpften ihn bitterlich aus und auch er freute sich sehr, sie zu sehen.

Über sein Verbleiben in den vergangenen Monaten sprach er nicht gern und nur sehr einsilbig, deutete aber immer wieder an, dass alles gut gewesen sei und sie sich keine Sorgen zu machen brauchten.

Bevor er in den dunklen Raum gegangen war, hatte er ihnen gesagt, dass er eine hunderttägige Reise machen würde. Als er nach 130 Tagen noch nicht zurück war, hatten seine Eltern die Polizei informiert und ihn suchen lassen. Am 167. Tag stand er vor ihrer Tür.

Igor sprach wenig, aber strahlte eine ungewöhnliche Gelöstheit aus. Er war viel freundlicher als früher – wenn auch ein wenig verschroben. Er erzählte, er sei in den Bergen gewesen und habe nirgendwo ein Telefon gefunden. Seine Eltern wussten, dass er log, aber sie beließen es dabei. Seine Haut war vollkommen weiß, als hätte er lange Zeit kein Tageslicht abbekommen. Auch war er abgemagert, sodass man seine Knochen sehen konnte, aber er lachte oft und es ging ihm ganz offensichtlich besser als zuvor. Seine Reise hatte etwas in ihm gelöst. Er schaute den Menschen mit leicht schimmernden und neugierigen Augen ins Gesicht, er stand anders, er ging anders und er sprach anders.

Seine Eltern waren ein wenig misstrauisch ob Igors Sinneswandel. Zeit seines Lebens war er ein nach innen gekehrtes und unter einem unsichtbaren Druck stehendes Kind gewesen und sie wunderten sich, wie sehr er sich in weniger als einem halben Jahr verwandelt hatte. Aber als sein Zustand nach zwei Monaten immer noch unverändert war, gewöhnten sie sich daran und freuten sich für ihn.

Igor liebte es, zu schlafen und zu essen.

Er traf alte Freunde und fragte sie nach ihrem Leben aus.

Manchmal sah man ihn im Park merkwürdige Bewegungen mit seinen Händen vollführen oder still auf einer Bank sitzen.

Er trieb öfter Sport und ernährte sich gesund.

Auch fing er eine Tischlerlehre an, die ihm viel Freude bereitete. Er mochte Holz und baute sich einen Schrank aus Buche, in den er seine Habseligkeiten einsortierte. Alles, was nicht hineinpasste, warf er weg.

Immer öfter beteiligte er sich am öffentlichen Leben. Wohin er ging, betrachtete er neugierig das Treiben, als würde er es studieren oder bemustern. Seine Haltung war offen und er konnte lange Gespräche mit den merkwürdigsten Personen führen. Seine Freunde und Eltern glaubten, er wäre endlich normal geworden und hätte seinen Frieden gefunden, und wenn sie dies in seinem Beisein ansprachen, nickte er und sagte, dass sie recht hätten.

Als er ein halbes Jahr zurück war, verabschiedete er sich von Eltern und Freunden und fuhr nach Island in eine abgelegene Hütte, in die er sich für vier Wochen eingemietet hatte.

Er lag auf dem Bett und übte das Schauen, machte er sich oft Tee und versuchte, das Kochen zu erlernen.

Die meiste Zeit war er still.

Oft blickte er in die Weite der Landschaft und sah zu, wie der Wind über das Gras strich. Er saß da, bis das Mondlicht durch das Fenster einen fahlen Schein auf seine Bettdecke warf.

In der dritten Nacht ließ er zum ersten Mal seinen Kreis hervorschweben und blickte still in dessen perlmuttfarbenes Schimmern.

Igor wusste, dass er viel Verwirrung gestiftet hatte.

Er wusste, dass Menschen seinetwegen gestorben waren.

Er wusste, dass das Dreieck noch nicht in der Lage war zu begreifen, was er ihm für ein Symbol zurückgelassen hatte.

Vieles im Gebäude war noch im Ungeraden und er wusste, dass er zurückkehren musste, um es zu begradigen.

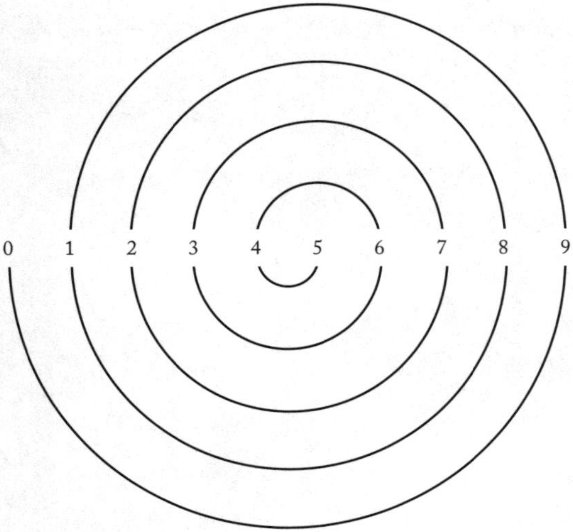
0
1
2
3
4
5
6
7
8
9